演技の果て・その一年

Masao YaMakawA

JN033752

山川方夫

P+D BOOKS

小学館

目次

煙突

戦災で三田の木造校舎を全焼したぼくらの中学校は、終戦後、同じ私学の組織下の小学校に、一時同居することになった。昭和二十年の十月一日から、それでかつて五反田の家から通っていた天現寺の小学校に、ぼくは今度は中学三年生として、疎開先の二宮《にのみや》から通学せねばならなかった。――だが、仮の寓居にせよ、中学は復活しても、「勉強」はまだそこに帰ってきたわけではなかった。三年生以上の全員は、こぞって大井町の罹災工場の後始末に従事せねばならなかった。病弱のぼくは学校に残され、四五人の同僚とともに、毎日、玄関脇の小部屋でポツンと無為の時間を過すのである。だいたい、ぼくの中耳炎は全癒していたのだ。勝利のために、という錦の御旗が、握りしめていた手からスッポリと引っこ抜かれて、ガッチリ両手で握っていたものの正体が透明な空白であることに否応なく気附かされたぼくは、いまさら健康を害してもバカバカしいというしらけた気持から、「居残れ」、と言う教師の命令に無感動に従ったのだが、しかし、この薄暗い小部屋での残留組とのつきあいのほうが、はるかに健康的でなかったとは、その最初の日のうちにわかった。

正面玄関の脇の、便所の隣りのその小部屋には、朝も昼も夕方も、まるっきり日が当らなかった。北東に面した唯一の窓の前は、卒業したぼくらの植えた桜やケヤキや椿などが、骨みたいな細い枝を縦横にはって、陰気なその部屋をいっそう薄暗くしている。そこに顔をそろえた総計五名のうち、ぼくのほかの男は言い合わせたように相当強度の胸部疾患者ばかしであり、陰気な咳ばかりをつづけていた。それも、山口という同学年生をのぞいては、みな髭などを生やして顔にも見覚えがない上級生であり、年長者である。多分かれらはここ二三年動員不参加のための落第をつづけて、今更中学生など恥ずかしいが、ただ上級学校へ行く資格のために出席をカセごう、といった人々であったのだろう。かれらは皆、おそるべく勤勉であり、おそるべく生真面目であった。かれらに、それは友だちの無いせいだったかも知れない。

ぼくは、とにかくその暫く学校を遠ざかっていた人たちが見せる、へんに卑屈で、へんに年長者ぶった、エゴイスティクで点取虫じみた応待がきらいだった。豪放でユーモラスで融通のきく与太者のアンチャンみたいなのにも感動しないが、落第組はみんな官吏みたいに慇懃無礼でいやであった。要するにかれらは年下であるぼくらにへんにフランクになれず、ぼくらに接する態度を決めかねていたので、その距離の不定さで余計ぼくらを気詰りにし、妙なものにしたのだ。かれらはぼくと山口とだけを「さん」づけで呼び、かれらどうしではいかにもよそよそしく、「……クン」とつけて呼んだ。『新生』などを仰々しくカヴァをつけて廻覧したり、将棋でそれぞれの頭脳の優秀さを競いあったり、(全く、それはゲエムという種類のものではなかった)かれらは性的なことに極端なカマトトや極端な好奇心や、極端な無関心を気取る。──そのころ、ぼくは「女」に、殊更の少年らしい伝説的なヴェールをかぶせることはなかった。動員や空襲や疎開などのめまぐるしい現実的な明け暮れを送迎して、自分が何か欲したとき、すぐ、それを直視し実行するという能力と率直さに、ぼくは充分自信を抱いていたし、ぼくは自分が、まだ女に特別の関心がないことを信じていたから、そのような一種の羞恥にはまるで縁がなかった。……率直さは、ぼくの混乱した社会のなかで獲得せざるを得なかった倫理だった。

部屋には、きっとさまざまな病気の黴菌がみちていただろう。だが、色の蒼白い、まるで仕事みたいにいつも咳きこんでばかりいるそんな同僚のなかで、老人のようにぼくも背をまるめて、一日じゅう手当り次第の活字を繰返し舐めるように読んだり眺めたり、また飛行機の絵をイタズラ書きしたりして日を送った。そのほかには時間のツブしようもなかった。ただ一人の級は別だが同学年生の山口を、だからぼくは話相手にしようと思った。

山口は、顔が小さく、背と四肢ばかりがチグハグにヒョロヒョロとのびて、少年期から青年期への、あの不安定でヒレのつかない成長の過程にいた。それはたぶんぼくも同じだった。だが、彼は神経質で、無口で、可愛いい顔のくせして、おそろしく不愛想なのであった。……ある日、ぼくが便所で用を足していると、重い跫音《あしおと》がきこえて、彼が冷たい風のようにはいってきた。チャンスだ。ぼくは思った。

「――この便器、児童用だな。……やはりこんなものにでも小ささをかんじるほどでかくなったんだな、ぼくら」

下心のせいで、親しげにぼくは言うと、わざと破顔一笑というかんじで笑った。……だが彼は、表情を動かさず、答えようともしない。

「……皆、……どうも陰気な連中でね。……ときどき、ぼくは議論でもして、舌をペラペラと軽快に全廻転させてやりたく思うよ。はは」

下の方から、黄ッぽい小水の湯気につつまれながら、でも彼の表情は微動だにしない。ぼくは半分呆れながら、だがボタンをはめながらウロウロとそこを離れたくなかった。

「君はでも、そう思わないかい?」

そのとき、ガツンと顎を突き上げるような、此上なく突慳貪《つっけんどん》な彼の答えがきた。

「――思わないね」。彼は軽蔑したように横目でチラッとぼくを見て、フン、と鼻を鳴らした。そして戦闘的に右肩をそびやかすと、そのままぼくに目もくれず、さっさとそこを出て行ってしまった。……ぼくの甘い下心は死んだ。

ぼくはそのときのやりとりに、まるで自分自身の愚かしい不安定さを相手にしたみたいな、ある不快な憤慨をおぼえて、もう二度と彼と口をききたいとはおもわなかった。――気の合う友達を居残り組に勧誘しなかったことをぼくは悔んだが、最早すべては後のマツリだった。休むことは落第することでしかなかったのだ。

自塁の殿堂、とさえ呼ばれた天現寺の鉄筋コンクリートの校舎は、完成してまだ十年にみたなかった。戦争まえまで、それは東洋一の設備と瀟洒《しょうしゃ》たる美観を誇るものだと言われていた。だが、対空擬装とやらで、所々——といってもその半分以上を、純白のコンクリートの上に容赦なく黒いコールタールを塗られてしまったので、白黒に幾何学的に染め分けられたその風体は、今ははなはだ異様なものであった。奇怪ともみっともないとも言いようのない、惨めでナサケない姿であった。中央部から屹立する高さ二十メートルの煙突も、半分までを真黒に塗られていた。かつてそれはスチームの黒煙を濛々と吐きながら、白いキリンの首のように優美なすがたで、周囲を見下ろしつつ大空に鮮やかな姿勢で直立していたのだった。

茹でたジャガ芋二つの朝飯を嚥みこんで家を出ると、ぼくは六時二十九分の汽車で上京して、品川から四谷塩町行の都電にのる。そしていつも古川橋から渋谷川に沿って光林寺ちかく、冬の白じらとした寒空のなかに、今は空のしみほどの煙も出さない薄汚ない煙突をながめ、急激な空腹感といっしょに、寒風に皮膚をさらしている煙突のような孤立した冷えびえとした気持ちが、さらに暗澹たるものになって行くのをかんじる。……毎日の、その四角い白黒の壁のなかでの生活は、まさにその校舎の外観にふさわしく、陰鬱で暗くてみみっちい、憂鬱でみすぼらしいそこの囚人じみたものであった。囚人——そう言えばその汚ならしく四角い白黒の校舎は、なにか刑務所じみた不明朗な陰惨さもたたえていた。

そうして、そんな囚人のような寒ざむとした毎日をつみかさねているうち、いつのまにか、ぼくにもちょうど同僚と同じ病人としての感覚が生れてきて、ひどく内省的で悲観的な、孤独な重症患者になったような気分までが伝染《うつ》ってきた。——病人どもには（ぼくを含んで）おしなべて活気がなく、工場行きの同級生たちの、おそらくはサボったり、喧嘩したり、映画を見たりダンスを習ったりするその余剰なエネルギイを、ぼくはふと、別世界のもののように遥かなものと感じる。そして思い出すたびに、まるで飾窓越しの一皿料理のように、それに手のとどかぬ焦燥と嗜慾《しよく》とをかんじる。……無気力でつねにそれぞれの沈黙のなかにとじこもった残留組のなかで、同じような沈黙の日常をくりかえしながら、ぼくはいつもそういった抽象的な空腹感と現実のそれとを、ほとんど交互に味わいつづけていた。……そうして、ぼくは時々こんなことを思うようになった。何故こんなにまでして通学せねばならないのか。このような日常の存在する理由は、要するに「大学出」になることでしかない。ぼくはそれからの生活をいったいどうして行く心算なのか。——腕に職のない「大学出」の悲劇を、疎開先での生活のうちに、数かぎりなく見聞したせいもあった。一年まえに父を亡くした個人的な家計の事情もあった。ぼくには漸く、経済的にも多大の出血を要求するぼくの、相模湾縁の海岸中央部に位置する漁師町からの、毎日往復五時間弱を要する通学に、そしてそんなぼくが、日々空ッぽの貨物列車みたいな無内容で義務的な往復をしかくりかえしていないことに、はじめてある不安と疑念とが萌《きざ》しはじめたのだ。それはぼくが、残留組の病人と同様、無内容なくりかえしをしか生きてはいず、そしてそのくりかえしが、すでにぼくに無内容としか思えなくなったことの証拠だった。

だが、だからといって学校に行かないわけには行かなかった。よろこびも、生甲斐もないいま、ぼくには無意味なその毎日の行為を繰返すことのほかに、なんの出来ることもなかった。……休むにせよ、止めるにせよ、ぼくには通学に替えうる秩序の目安がなかったのだ。新しい生甲斐のある秩序をつくることに、ぼくは懶惰《らんだ》であり、かつ不信だった。だからぼくの日常は毎週つづけられた。他の生き方の手掛りを想像することもできぬぼくを、ぼくはその外に扱う術を知らなかった。ぼくはいつか、まさに他の同僚たちと選ぶところのない、陰湿なカビのような一員でしかないぼくに気づいた。

ぼくは残留組の病人たちから、あらゆる意味でぼくを隔離しようと思い立った。——これ以上かれらに影響されたくなかったし、とにかくかれらと違ったぼくを守りつつ育てようと思ったのだ。ぼくはかれらへの関心をぼくに拒否するため、できるだけ建設的な何かに、ぼくを集注させようとはかった。……いくばくかの古本をもとでに、ぼくは毎日曜日、二宮の貸本屋に行って七冊ずつ本を借りた。一日一冊が、ぼくの日課だった。ぼくは自分にそれを強制した。

——それは、ぼく自身でのぼくの生活の規定であり、生活の秩序でもあった。生活の充実感を失くしていたぼくに、それは、一応、自家製で自己専用の充実をあたえることになった。……ともあれ、同僚のなかで自慰的に消極的な孤独をかんじるより、ぼくは生きることの充実感をぼくに回復したい願望から、あえて積極的にかれらから孤立することを選んだのだ。だが、それは案外、生きることの充実感を喪失した影響でしかなかったのかも知れなかった。

　小学生や低学年生たちの授業時間に、ぼくはだから玄関脇の小部屋から脱け出し、屋上に出て、時々ひとりその平面に特大のマッチ箱のような形で突起した出入口の、それもやはり半分から上を黒く塗られている壁に、ボールをぶッつけて遊んだ。校舎は森閑としていて、時として屋上にはりめぐらされた金網の向うに、校庭で体操をしている幾組かの騒音や、軽い叫びや、霞町の方から走ってくる小型の都電の軋んだような音響までが、アブクのように空ろに浮かび上ってくる。人気のない平坦な白い石の砂漠のような静かな屋上に、ボールはポクンと壁にあたって、ぼくの足もとまで転げてかえってくる。……同じ音程でくりかえす奇妙な呟きに似たボールのひびきこそが、つまりはぼくの存在を確証する孤独な谺《こだま》だった。そして、それは比較的に青空のような一途な気分になれる、ぼくの好きな遊びだった。「汗をかきたい」という衝動が起こるたびに、だからぼくはボールを握ってひとり屋上にかけ上った。

　壁には、ちょうどストライクのあたりに、黒いしみがあった。ぼくはそこを目掛けて、投げる。——えい、打たしちまえ。レフト、バック。などと呟きつつ、一人でカウントを取り、ぼくはそうして六大学のリーグ戦を挙行したのだ。無意識のうちに手加減をしてしまうのか、どうしても母校の慶応は敗けなかった。ぼくは熱心に敵方のときも大真面目で投げているので、それが不思議でならなかったが、それでも相手方をスコンクに抑えたときの気分は、なんとも言えないほど嬉しかった。

屋上には、たいてい荒い風がひとりで威丈高にかけめぐっていたが、閑静でもあったし、晴れた日には日当りが良かった。誰一人あらわれない授業時間に、ぼくがそこで過す時間は多くなった。秘密の、そこはぼくのホーム・グラウンドであり、ぼくはその壁の直角になった隅に背をもたせて本を読んだり、弁当をたべたりもした。――同僚はたいてい白米のキッチリつまった豪華な弁当をひろげていたが、ぼくのはたいていフスマのパンか、粟飯のパラパラなのを防ぐためにそれをオニギリにした奴であった。ぼくは我慢して、ひとり、たいてい五時間目の終るころに喰べた。さもないと帰りの汽車の中で目が廻るほど空腹になるのだった。しかし、ぼくは元気だった。……その日の分の一冊を読み終えたときなど、ぼくは烈しい速度感をためしてみたい健康へのウズウズした気持ちにまけて、ひと一人居ないのを幸いに、一人で気狂いのように叫びながら、屋上を疾走してまわったりする。なにか、それでも物足りはしない。全身全霊を打込んで、という表現がピッタリするような感覚に、たしかに、いつもぼくは渇いていた。

年が変っても、同級生らの動員はいっこう解除されなかった。自然ぼくは居残りの一員としての毎日をつづけなければならなかったが、ぼくにはそれはかえって好都合とも思えた。リーグ戦が、あと三ゲエムほど残っていたのだ。

一月の中旬がすぎるころ、あと残された試合はワセダとの決勝戦だけになった。

よく晴れた午後であった。その日いっしょに挙行するはずのリーグ戦の閉幕式の考えに夢中になって、ぼくが弁当とボールとをもって階段をかけ上ると、屋上の金網に幽霊のような姿勢で両手の指を突込んだまま、広尾方面の焼跡をじっと見下している一人の先客の背が目に入った。山口であった。「若き血」の口笛を吹いていたことに、ぼくは秘事を暴かれたような羞恥を平手打ちのようにかんじて、口を尖らせて立止った。

不愉快ははなはだしかった。だが、今更階下へおりて、同僚の不健康な口臭や、無気力でしみったれた笑声や、「年頃」の会話を手つき巧みにコネまわしている暗い物置のような詰所で、同じようなくすんだ仏頂面《づら》をならべて黙りこくる気分に、到底もどりたくはなかった。ぼくはボールをポケットに捻じこみ、再び応援歌の口笛を吹き鳴らしつつ、屋上の中央へと歩みはじめた。

ぼくと同様、山口も一寸ふりむいただけでぼくを黙殺した。黒い手編みの丸首のセーターが、薄っぺらな学生服の襟からはみ出し、色白な秀才タイプの彼の首を、よけいか細く繊弱に見させていた。ゲートルをつけてない彼の宮廷用ふうの細長いズボンの下には、不釣合なほど巨大な、重たそうな赤い豚皮の編上靴がならんでいた。

ぼくは山口の向うをむいた頑なな背に、ある敵愾心をかんじた。彼に目もくれず、ぼくは一人で壁に向って早慶戦をはじめた。真向から吹きつけてくる青く透きとおった風にむかって、怒ったように力いっぱいで投げつづけた。……彼を無視する強さを、ぼくは獲得しようとしたのだ。

山口は何も言わず、そうかと言って下りて行くでも散歩するでもなく、ただじっと金網越しの下界を眺めつづけている。しかし、ぼくは次第に、その彼の不動の存在を忘れて、早慶戦に熱中しだしていた。

四対零。慶応のリードで三回は終った。さあ。飯をたべよう。

振りかえって、ぼくはぼくの強さの確認と、専心していたスポーツに一段落のついた爽快で無心な気分から、ほがらかに山口を見て笑った。すると、彼は意外にも、偶然ぼくと目を合わしたのを恥じるように、軽い雲影がうつるような、無気力な微笑をうかべた。……彼のそんな笑顔なんて、ぼくには初めての経験であった。その笑顔には、秘密の頒ち合いめいたものが、力無くではあったが、含まれていたのだ。――友人になれる。そんな無邪気な直観が、ぼくを陽気にした。拾った弁当箱を片手に、ぼくは山口のほうに近寄ろうとした。

そのとき、弱々しく視線を落した山口の眼が、ぼくの弁当にふれると、急にそれを滑り抜けて流れた。はッと、はじめてぼくはあることに気づいた。そうだ。彼はいつも昼食をたべてないのだ。――昼休みのはじまる頃になると、彼はいつでもスーッと部屋を出て行ってしまう。何の気なしにその姿勢を憶えていながら、その理由にいままで気づかなかったぼくは、なんてバカだ。——だが、果していま、彼に弁当を半分すすめたものだろうか？

実を言えば、そのときぼくを躊躇させたものは、外ならぬぼく自身の空腹を想像したことではなかった。そんなことはぼくの頭に、その瞬間はなかったのだ。それは、恥ずかしいことだが、善いことをするときの、あの後ろめたさだった。

つづいて、ぼくに弁当を渡すために昼食を抜いている、母への罪悪がはじまる予感が来た。おそらくこれは習慣になってしまうだろう……。すると、帰途の汽車の中での、あの痛みに似たセツない空腹、そして空ききって痛みもなにもなくなり、どこにも力の入れようのない立腹感がからだ全体に漂いだしたような、あのその次の状態が、ぼくによみがえった。……だが、結局ぼくに弁当を分けることを止させたのは、神経質で孤高でプライドの強い山口が、ぼくの押売りじみた親切に、そのまま虚心に応えっこないという惧《おそ》れだった。——ぼくは思った。ぼくは一人で朗らかに弁当を食おう。それはぼくの権利のフランクな主張であり、彼の矜持のフランクな尊敬である。あたりまえのことをするのに、あたりまえの態度でしよう。人間どうしの附合いのうえには、決して触れてはいけぬ場所にふれることは、むしろ非礼である。……思いながら、ぼくの足はもう、彼の横にまでぼくを運んできてしまっていた。

「……あすこ、日当りがいいな。行こう」

それ以上何も言わずに、ぼくは晴れた冬の日がしずかにキラキラと溜っている、屋上の隅にあるいた。返事はなかったが、山口はおとなしくぼくにつづいてきた。へんに反抗して、見透かされたくないのだろうか。ぼくは彼の意外な素直さに、そう思った。

ぼくは黙っていた。彼も黙っていた。黙ったまま弁当の風呂敷包みを解いたとき、ぼくの腹がク、ルル、と鳴った。異様な緊張の気が弛んで、ぼくは大声をあげて笑った。……それがいけなかった。アルマイトの蓋をめくり、いつものとおり細いイカの丸煮二つと、粟の片手ニギリほどの六つがコソコソと片寄っている内味を見たとき、ぼくの舌は、ごく自然にぼくを裏切ってしまっていた。

「良かったら、食べろよ。半分」

山口は奇妙な微笑に頬をコワバらせて、首を横に振った。それは、意志的な拒否というより、首の据わらない赤ン坊が見せるような、あの意味もなにもない反射的な重心の移動のように、ぼくの目にはうつった。

「食べなよ。いいんだ」

山口は振幅を心持大きくして、もう一回首を振った。膠着した微笑は消え、なにかウツケたような表情で、目を遠くの空へ放した。……激昂が、ぼくを襲った。先刻の思慮や後悔の予感も忘れ果てて、恥をかかされたように、ぼくの頭と頬に血がのぼった。

ぼくは繰返し低く、強く言った。

「ぼくは素直な気持ちで言ってるんだ。お節介なことくらい、わかってる。でも、腹が減ってるんだったら、駄目だ、食べなきゃ。……食べなきゃ……、食べたらいいだろ？　食べたかったら」

言葉につまって、やっとぼくは昂奮から身を離すべきだと気づいた。ぼくは握り飯のひとつをとって、頰張って横を向いた。もうどうにでもなれ、とさえ思った。こんなバカとは、ツキアイきんない。――そのとき、山口の手が、ごく素直な速さで、弁当箱にのびた。

「――ありがとう」と彼はぼくの目を見ないで言った。あり得ないことが起ったように、ぼくは眸《ひとみ》の隅で山口が食べるのをながめていた。一口で口に入れて、彼はわざとゆっくりと嚙んでいるようであった。

ある照レ臭サから、相手の目を見たくない気持ちはぼくにもあった。黙ったまま、ぼくらは交互に弁当箱に手をのばした。当然の権利のように、彼はイカの丸煮も、ちゃんとひとつツマんだ。……徐々にぼくはかれが傷つけられていないことに、またそう振舞ってくれていることに、ある安堵と信頼とを抱きはじめた。それは、最後に残った山口のぶんのひとつに、躊躇なく彼の瘦せた手が伸びたのを見届けたとき、ほとんど感謝にまで成長した。――ぼくは彼が狷《けん》介《かい》なヒネクレた態度を固執せずに、気持ちよくぼくに応えてくれたことが嬉しかった。

ぼくと山口とは、それからというもの、毎日屋上を密会の場所と定めて、いつも弁当を半分コするようになった。

――ぼくらはどうしてわざわざ空ッ風のさむい屋上などを密会所に定めたのだろう。その小学校には、かなりひろい赤土の運動場も、動員で空ッぽになった教室もあったし、また、運動場のうしろのくすんだ濃緑の林におおわれた小丘には、秘密の媾曳《あいびき》には好適の場処がいくらでもあった。そして更にその向うには、殆どいつも人気のない草茫々のF邸の敷地が、なだらかにつづいていたのだ。

しかし、ぼくと山口とは、それから毎日、きまって午後の授業が始ったとき、別々の階段から屋上でおちあい、そこで昼食をともにしたのだった。屋上。——おそらくその最初の偶然の場所をはなれなかったのは、その下界を見下ろして、自分と同じ高さにはただ空漠たる空しかないという位置に、地上の現実をきらうぼくと彼との趣味が、一致したことのせいではないだろうか。——雨の日など、ぼくらは屋上への階段の、てっぺんの一段に足をのせて、階下に向って並んで腰を下した。ぼくはそうして僅かな食事をわけあうぼくと山口とに、まるで人目を忍ぶ泥棒ネズミどうしのような、みすぼらしい友情がつながっているのをかんじる。……すべての人間たちを、自分らの足の下にかんじることが、せめてものその代償なのかもしれなかった。

しかしぼくは、山口とぼくの関係を、それまでより親しいものにしようとは決して努めなかった。どちらかといえばぼくはすぐに無我夢中になりやすい人なつっこい甘えんぼで、ザックバランな話相手は欲しかったのだが、山口が、食餌を提供される引きかえのように、そのぼくの態度をとることが避けたかった。だからぼくと山口とは、毎日弁当を二分するときだけ、それまでと別人のような親密な会話をかわしながら、それ以外は全くそれまでの無関心で冷淡な表情で押し通した。それはまた、山口自身も望んでいたことであったらしい。他の同僚たちと、ぼくは時々ピンポンなどを附き合ったが、彼は絶対にそんな仲間にも加わろうとはせず、そんな場所に顔を出すこともしない。詰所の陰気な空気のなかで、ぼくと毎日一つ弁当の飯をくうことなど忘れ果てたような顔で、そのくせ子供っぽい敏捷な目を鋭く光らせ、いつも仄白く黙りこくっている彼を見ると、ぼくは時々、彼はぼくとの間に無言で協定したお芝居じみた約束を、内心たのしんでいるのではないかと思った。彼も無為な日常に退屈して、そんな遊びを必要としているのではないかと思った。

青カビの色をした表紙の微積分の本に目を落していたり、またさも人々がうるさそうに新聞で顔をかくして眠っていたりしている山口を見ると、ぼくはよく子供ぎらいの年寄りを聯想した。彼の動作にはそんな片意地なエネルギイのない匂いがした。

彼は歩いて通学していた。家は広尾の焼跡のバラックだと言った。――屋上での食事のあとでだけ、彼はぼくにそんな自分のことや同級生の話などを、ポツリポツリと聞かせた。中耳炎で終戦直前の動員をサボっていたぼくに、そのころの話はほとんど未知の領域のことであった。――山口は、工員の一人に男色を強要されてもいた。

「しかしね、そんなケダモノみたいなことの好き嫌いは別としてね、ぼくは戦争中の方が何となくハリがあったね。――体も丈夫だったしね」「そりゃそうさ。とにかくあの頃はぼくらのすぐ目の前に『死』があったさ。ぼくらは死に行きつくに決っている残り少ない日を一日一日生きてたさ。けど、それが終戦でなくなっちまったんだ。生きるために生きるなんて、こりゃ撞着《どうちゃく》だよ」

山口は煙草が好きだったが、ぼくは嫌いだった。当時、動員中にその配給を受けたこともあったぼくたちには、かつての大人を憧れてムリに煙草を吸わねばならぬと思った子供たちとは違って、煙草を拒否する大人の権利さえ、同時に配給されていたのだった。だから、ぼくらには大人を軽蔑する資格さえあった。家からそっと盗んできたという手巻き煙草をウマそうにふかしながらの山口とぼくは、毎日のようにそんな結論を交換しあっていたのだった。——ぼくらは、二人ともまだ満十五歳とすこしだった。

彼は髪をぼくに一月ほど先んじてのばしはじめていた。その粗悪な黒い制服の胸はうすっぺらで、生っ白く小さい顔は、まだどうみても少年のそれであった。髭になる生毛の最初の兆しさえない、蠟のようにナメらかな削げた頰に、染めたような赤い口唇ばかりが肉づき良く、厚い。そして、睫毛の深い美しい目だけが、まるで人生の裏ばかりを眺め暮してきた大人のそれのように、時としてこの上なくイヤラシク光ったりする。……ぼくはとくに彼のこの眸がきらいだった。あるいはその目の陰険さを意識していたのか、山口は決してひととまともに目を合わして喋ろうとしないのだった。

空腹はたえがたいほどになった。……いくら説得しようとしても、空ききった胃はいっかな納得はせず、全身に力を供給しようとしない。ちょうど四日にいっぺんの割で、ぼくは目がクラみ、どうにも動く気力さえ出せなくなる。……止むを得ず、ぼくは毎週水曜日か木曜日かの一日は学校を休んで、家で寝てすごした。でも、それでも一日一冊の読書の日課は休まなかった。岩波文庫の後ろの、あの沢山ならんだ書籍名の上を、読了したしるしのマルで埋めて行くことに、ほとんどぼくは憑《つ》かれていたと言える。読書した冊数は、もう七十冊に間近かかった。

……校庭の裏手へ行くと、南向きのなだらかなスロープが、林の切れ目から二三箇所つづいていた。そのうちにときどきぼくはそこへ行って、枯れた芝の斜面を、横になってゴロゴロと転り落ちて娯しむのをおぼえた。てっぺんで、ぼくはまず材木のように横ざまに硬直して倒れる。そしてからだにハズミをつけてコロゲ出すと、空がまわる。世界がまわる。そして乾草のような匂いが、粗い土のそれといっしょに、ぼくの鼻のアナにつまってくる。——それは、力を極度に倹約して、しかも快適な速度感を味わうことのできる、不思議なほど面白い遊びだった。……ぼくの回転は徐々に急速となり、二三回胆の冷えるような夢幻的な思いが走って、そしてやがて、力無く、ぼくのからだは死体のように停る。——とくに、ぼくはその最後の感覚を好んだ。だから、ぼくはまた斜面をなめるようにして上っては、横ざまに倒れ、まるで抜筏された材木のように、またしてもころげ落ちる。……「野球」をするほどのエネルギイを費《つか》うことのできぬぼくは、よく、飽きるまでそれをつづけては、ヒザ小僧をかかえて、生暖い日射しを正面から浴びながら、放心したような時間に入った。……

ぼくが山口に、二人でいるときよりもさらに深い、あたたかい友情をかんじるのは、たいていそんなときであった。彼はぼくの邪魔をしない。ぼくも彼の邪魔はしない。ぼくは彼が好きだ。彼もきっと、ぼくを好きだ。……そう突拍子もなく、鋭くぼくは思ったりした。自分の空腹をシノんで、毎日ぼくが彼と弁当を半分わけにし、そのときにしか話しあわないぼくらの友情を、ぼくは、だからこそ気楽で貴重なのだ、と思った。食事どきだけをともにすることは、最大限で最小限の、いや唯一つの、ぼくらの友情の表現であり、その保証であるのだ……。いくら腹が減っても、だからぼくはその習慣を変えたくはなかった。休んだ日には、山口へというより、その友情にたいする申訳なさでイッパイであった。

だが、往復五時間の汽車通学は、決してラクなものではなかった。……往きはまだ良かった。巧くすると二宮からでも坐りこむことができたし、また列車の前部に乗って目を光らせてさえ居れば、平塚でどッと降りる労務者のあとに席をみつけて、そのまま品川まで読書にふけることも可能だった。だが、帰途はすさまじかった。定期は品川からだし、乗れないことがあるのを覚悟せねばならない。だからといって東京駅まで行って席をとれば、どうしても三列車か四列車は遅れて泣きたいようなヒモジサがつのってくる。そして、殺人的な混みようの上に、横浜をすぎるころからラッシュ・アワーにぶつかり、同じようなハンガー・コムプレックスに目を血走らせた進駐軍労務者たちが、まるで戦争のような勢いで窓やら連結器やら、凡ゆる車内と車外との連絡口をめがけて雪崩れこんでくるのである。ぼくの帰る汽車は、だから二宮着がたいてい五時半から七時までのどれかとなり、毎日三時すぎに学校を出るくせに、いつまでも一定しないのであった。

冬の日は暮れるのがはやかった。山口と学校の前で別れて、ひとりで品川行の都電を待っていると、もうぼくの想うのは夕食のことぐらいであった。空腹感を唆《そそ》るかにあたりは黄昏《たそが》れはじめ、気早な家々に灯がともりはじめて行く。そんなときのぼくの読書は、ただの気休めみたいなものにすぎない。なかなか来ない都電も、来れば満員にきまっている。その中で捧げるようにして借りた文庫本を読みつづけながら、ほんとに、何故こんなにまでして通学しなければならないのか、いや、生きて行こうとしなければならないのか。生きるということはこんなにも面倒でつまらないものなのだろうか。そうときどき、ぼくは心の底から冷えびえとおもった。すると、氷のような風に裸身をさらしているみたいな、そして、その寒さが空洞になったぼくを内側からムシバんで行くみたいな、鋭い刺すような痛みが——いや、そんな痛みに似た無意味なかなしみみたいなものが、全身に煙のようにただよいだす。ひととき、そしてぼくは生きるということを考えるでもなく、ただ娯しげに朗らかに、充実した生活を送っている人々の才能を、ふと、全くぼくの理解を越えたものだと思ったりする。——そして、ぼくはあわてて「日課」の本にかえる。ぼくの欲しいのは熱中であり、充実であり、若い頬っぺたのピンとはりきったような、そんな明朗な健康感なのだ。それ以外のもの——たとえば病弱な悲哀感とか、少女的な空想とか、暗い内視とかに陥いって行く傾斜を、ぼくは極端に危険におもっていた。しぜん内容や種類は問わなかった。その頃のぼくにとって、読書は、ただ読むだけのことに意味のある、熱病のような充実感への偏執なのであった。

しかし、帰途はほとんど本は読めなかった。疲労と、適度の震動と、車内のうす暗さから、毎日のようにぼくは居睡りをしてしまった。……たいがい、ぼくの乗るのは、当時一列車に三台位はかならず挿みこまれていた、有蓋貨車の代用客車だった。それは、床に桟があってカカトの安定が危かったが、割れたガラス窓から吹込むチヂミ上るようなスキマ風もなく、暗くても戸を閉ざしたら暖かかったし、また、たとえ座席の設備がなくても、立ったまま鮨詰めになるため人が沢山つまり、それで必ず乗込めるので、ぼくの愛用していた客車だった。ときに靴の底が床から宙に浮いていても、居睡りをしてコックリしても、周囲にびっしりつまった人々がいやでもぼくを支える。人いきれと人間の密集から、寒気も忍びこめない。……一口でいえば、それはぼくにとって、もっとも安楽な客車なのであった。

……いっぺんなど、ぼくの外套のポケットには、婦人用の赤いガマ口が入っていた。勿論内味はカラであったが、それを発見したときの不思議な童話的な快感と驚愕とを、ぼくはいまだに忘れることが出来ない。スリの御用ずみのその贓物《ぞうぶつ》を秘かに所持していることに、ぼくは共犯者のそれのような、ある疚《やま》しげなスリルと、秘密の悪事に加担する奇怪な歓びとをおぼえたのだ。……だから、ぼくは誰にもそれを知られないように、そっと一週間ほどそれをポケットのなかであたためつづけてから、その感動が空ッぽになったあくる日、ひとりでコッソリとそれを海へ棄てた。

いくら居睡りをしていても、不思議に、ぼくは二宮をいちども乗り越したことはなかった。ぼくの毎日はそのようにしてつづいた。

それは、二月も終りにちかい或る朝のことであった。玄関をまわって、ぼくがいつもの小部屋のドアをひらくと、年長の同僚の一人が、「やあ。……動員が終るんだってさ」とほがらかにぼくに言った。

「来月の一日から、だから皆もこっちへ帰ってくるんだ」

ぼくは、同僚がにわかに日が射してきたみたいに、揃って明るくハシャイでいるのに、まるで理解できなかった。……かれらは、多分、動員されていた中学生らといっしょに、勉強が、――つまり、具体的に言えば試験制度が、学校にかえってくることを歓んでいたのだ。かれらの欠陥は学問にではなく肉体にあったのだし、それも、学生としてのそれより工員としてのそれであることに、むしろかれらは自負をさえ抱いていたのだから。

だが、ぼくには、あたえられていたこの気儘な休暇と、そこに或程度架工しおわっていた秩序の消滅とに、ひとつも愉快な気分にはなれなかった。三月の一日といえば、もう五日たらずだ。……ぼくには、それまでの数箇月が、そのとき、友だちのハチの巣をつついたような復校により荒々しく開始される、あるガサツで非精神的な騒擾《そうじょう》と、ぼくにとってははなはだ非衛生な、健康なかれらの生命力の氾濫という、煩忙な季節に処するための、不充分な準備期間であったような気さえしてきた。もう、安呑とひとりの時間にひたっては居られない。これからは土方人足のような、かれらのめまぐるしい健康という暴力のウズ巻のなかで、まるで混雑した都会の十字路で立往生したぼろリヤカーみたいに、ぼくは自分の非力さと劣等を、かれらの活躍に小突きまわされて嘆かねばならない……。ぼくはまるで詰所での最初の一日のような、暗澹たる気分のまま、それから誰とも口をきかずに沈鬱な幾時間かをすごすと、思いついて、久しぶりに硬いゴムの冷たいボールを手にして、ゆっくりと屋上へとのぼった。

もういちど、リーグ戦でもはじめてやろうか。——ぼくひとりだけの六大学野球リーグを、一人でぼくはつづけてみてやろうか。

——むろん、ぼくはそれがハカない自己偽瞞のための強がりであるくらいは、充分に承知していた。「率直」というぼくの倫理は、いまやぼくのなかで、サヤを失くした短剣のように危険だった。それはすでにぼくを支える力ではなく、ぼくの生身を裏側から鋭利な切ッ尖で突っつく。「率直」な「実行」力とは、健康の同義語なのだ……。ふいに、ぼくは思った。だから、ぼくはやはりホンモノの病人なのだ。最早そういった「健康」を喪ってしまったぼくは、復校してくる奴らのひきおこす活動的な混乱、ソウゾウしいその暴力団的な秩序の横行にいやでも捲きこまれて、きっと奴らのその健康につねにヒケ目をかんじていなくてはならないのだ。……ぼくは、そんな毎日が襲来する予感に、窒息死するような、あるセッパつまった圧倒的な恐怖をかんじた。——よし、ではぼくは奴らに、ぼくの読んだ本の名前や内容をヒケラかして、それでぼくを尊敬させ、別物視するようにしてやろうか。あの日課だった読書にでも救ってもらわなければ、いったい何がぼくを救ってくれるというのだ。生物学や民俗学、美術書や神話や図鑑までの手当り次第の読書の量は、当分かれらを威圧するに足りるだろう。そうだ。ではひとつ、これから毎日二冊ずつを日課にしてやろうか。……だが、そんな独白は、じつはぼくの実感から目をそむけた、たとえば海底で吹くカニの泡のように、口を出たトタンにふらふらと気球のようにぼくの手を離れて、やがてポッンと水面に消えて行ってしまうそんな小さな気泡みたいな、ウツロで架空なただの言葉でしかなかった。突然、ぼくは今、ただの惰性で腕を振り動かし、壁とボールの受け取りっこを無意味に繰返している自分が、まるで屋上の強い風にいいようにオモチャにされている頼りない奴ダコみたいな気がしてきた。そして索漠としたガラ空キのぼくの心を、ふいに空洞のように風ッ通シよくかんじた。——ぼくはふくらんだ紙風船のようにカロヤカで、おのれの空虚な充実を抱きつづけてただよう、ただの一枚の『膜』であった。

——バカバカしく、ぼくは最早ボールを投げつづけるだけのハリも持てなかった。ころげてきたボールを拾おうともしないで、ぼくはみじめに気力を喪失して、こそこそとウナダレたまま、いつも食事をする隅に向ってあるいた。だらしなくションボリした自分を軽蔑して、ぼくにはでも反抗するだけの力もなかった。

「山川」

じっと屋上の石だたみを眺めながら膝をかかえていたぼくに、どれくらいの時がたった頃であろうか。不意に、出口からそんな山口の甲高い大声が曲ってきた。無気力に目をあげたぼくの方へ、彼は例の黒い丸首のセーターに、冷たく白い表情をのっけたまま、やっと探し当てたという様子で、まっすぐに重たい靴の音をひびかせて歩いてきた。

その顔を見たとたんに、ぼくは、ある共通の感情が彼にも重たくのしかかっているのがわかった。——ぼくは山口が、ぼくと同じ嫌悪と恐怖とを、未来に、つまり来月一日から開始される新しい生活に、もっているのがわかった。彼の瞳は思いつめたようにぼくを真向から見つめて、冴えたその沈黙の凝視に、はりついたような頬の青白い翳りが、ふだんより更に濃く目立っていた。

「皆が帰ってくるんだってな」とぼくは言った。

「フン。同じことだよ」

「いや。同じことじゃないよ。きっと」

「いや。同じことだよ」

ぼくを見下ろしたまま、山口はなぜか傲岸な、不遜な、まるで狂信者のような態度で、肩口でハネかえすようにそう繰返した。

同病者の連帯感を予定していたぼくの言葉は、自然、みだれた。

「……そうかな。ずいぶん違うと思うんだがな。ぼく……」

「――フン、ぼくは思わないね。ぼくと君とは同じじゃない」

なにかを申込む前にキッパリ拒絶されたような、不当に邪慳な返答を受けた気がして、ぼくはポカンと彼を見上げた。眸をぼくの右後方の空に固定させて、まるで屈辱にでも耐えるように、唇を固く結んだまま、彼の表情は化石していた。――ぼくには、何故彼がそうムキになるのか、よくわからなかった。だいいち、そう固執するなら、彼はまず、今日何用あって屋上へなどやって来たのだ。いつもの食事までにはまだ二時間もある。奴は食事どき以外にぼくに逢いに来たことなどない男じゃないか。……色あせた僅かな光を背負って、頑固に肩肘をイカラせて突立ったままの彼の不動の貧弱な長身を見上げて、突然、ぼくは少年航空兵募集の、あの戦時中のポスターを思い出した。全く同じ姿勢の、それは、ケナゲな少年の勇姿だった。

ぼくは遠慮なく笑った。……笑うと、ぼく自身余裕が生れたのか、それとも、それまでなんとなく圧迫感を意識していた彼に、ぼくがそしてやっと同等の少年を見出しえたことのせいか、ぼくに明るい元気が恢復してきた。――すっかり気がラクになって、ぼくは言った。

「今ごろ、じゃあ君、どうして屋上になんか来たの?」

「………」

山口は無言だった。だが、ふッとその表情に、動揺とまで行かないにせよ、ある弱々しいものが滑ったのを、ぼくは見のがさなかった。……山口は、腹がへってここへ来たのだろうか。

いや、これから弁当を二分するぼくらの習慣がなくなるのを心配して、ぼくに会いに来たのだろうか。

山口のみつめている空の一角に眸をうつしながら、ぼくは腰をのばして立上った。

「……何にも、かわりやしない。……そうだ、君の言うとおりだ。心配することはないよ」

「…………」

答えは聞けなかった。ぼくは答えを見た。……呼吸を止めたようにみるみる山口の頬は紅く染まり、はげしいものが顔に充満してきた。しかし、怒り、というより、それが羞恥であり、外側にむかって爆発する何かではなく、内側へのそれであることは明瞭であった。中空をつよくニランだまま、彼はじっと動かなかった。

なんだ。やはりそうか。――ぼくに白けた納得が来た。ぼくは気がつかないふりで、そのまま階段の出口の方へ歩きかけた。これ以上、彼と話したくはなかった。

「……山川」

そのとき、奇妙に晴れた山口の声が、ぼくを呼んだ。

「山川。……二人でこの煙突にのぼってみないか？」

ぼくの立止ったのは、でも、彼の言葉どおりのことに好奇心を誘われたせいではなかった。実際は、その急激に打ちとけてきた態度がめずらしかったから、態度変更をしたのにすぎなかった。

振返ると、彼はニコニコしながら、半身をねじって右手で煙突を指さしていた。

「のぼってみようよ。煙突に。ね」

「……エントツ？」

だが、山口は本気だった。突然の思いつきに占拠されてしまったように、彼は別人のような子供っぽいイチズな顔になって、無邪気に指で合図すると、振り向いて何の躊躇もなくスルスルと巧みに金網をのりこえ、煙突の細い鉄梯子を器用にのぼりはじめた。――「わあッ、つめたい！……」彼は梯子にかけた手に白く息を吹き掛けると、首をねじまげてぼくに笑った。「うへえ、高いぞ……！」風で彼の黒い上着はまるで巨大なコブのように膨み、彼はつづいてさも痛快そうにそう叫んだ。……

そのときぼくのかんじた烈しい願望の正体が何か、それは知らない。とにかく、マストの上の水夫のように、颯爽と愉快そうに煙突にとりついている彼を見たとき、ぼくには凍るような寒さの高空に、きびしい酷烈な風を受けてサラされてみたい激しい衝動が、突然胸をタワシでこすられたように湧いてきたのだ。

「うん。行くぞ」

ほとんど何を考える余裕もなく、ぼくはフラフラと吸い寄せられるように金網に駈けより、身軽にそれを越えた。そして、スリルとも戦慄ともつかぬ奇妙な感動の綱わたりのように、軽業師の足つきで煙突に移ると、五メートルばかり上を登る山口と声を合わせて笑いながら、ある快適なリズムにのって、鉄梯子をのぼりはじめていた。……煙突は、屋上への出入口の四角い突起物にくっついて、まっすぐ天にそびえていた。ぼくはすぐにその黒く染められた部分をこえ、ヒビのきれたあざとい素肌をむきだしにした白い上半部へとかかった。そのとき山口はすでに頂上に到着していた。

頂上は、直径二メートルほどの広さだった。不気味に天に突き出したこの黒い洞穴をめぐって、円周は幅二尺ほどであった。いっぱいの埃で、ぼくらの掌は、まるでニグロのように指の間だけを残して真ッ黒に染った。……だが、しばらく炊かないためか、煤煙はそれほどでもない。山口とぼくは並んで縁に腰を下ろすと、ブラブラさせた靴のカカトで、煙突の外側を一二度蹴ってみたりもした。

「チェッ、海が見えるかと思ったのに」

「見えないかな」

「チェッ、汚ねえ街だな」

「うん」

奇妙なおそろしさで、ぼくは首をねじむけて遥か品川の方角を見ることさえ、出来なかった。真正面の広尾方面しか、だからぼくの目には入らなかった。調子よくトタンに返事をかえしながら、ぼくの頭のなかにはリンリンと鈴の鳴りつづけているような興奮しかなかった。

「面白くない風景だね。まったく」

しばらくの沈黙のあと、山口が言った。それはふだんの陰気な声音だった。ふと、ぼくも後頭部に冷たさをおぼえた。——案外、その陶酔のサメた速度の差は、彼とぼくの五メートルの差であったかもしれない。ちょうどそれくらいのチガイで、ぼくの朗らかで律動的な興奮もそして消滅したのだから……。

煙突のてっぺん。——さっきの希望の頂点であったそこは、目指していた幸福の存在した位置から、今は味気ない充足の終点という位置にかわっていた。寒風は、音を立てて耳たぶをカスメていた。どこにもやりようのない両手を腕組みにすると、白ッぽい冬の靄につつまれた眼界いっぱいのバラックや安建築や焼跡の、なにか寒々とした荒涼たる景色を眺めわたしながら、ぼくは、何故ぼくがこんな危険な高みにまで這いあがったかを、今更のように疑問に思った。そして、まるで自分がはるかな冬空の一部に化してしまったような、下界を見おろしている爽快な気分が、落ちるのではないかという本能的な恐怖心といっしょに、ぼくにつづいていた。いや、ことによると、ぼくのなかで生きていたのは、その二つだけだったかも知れない。ぼくは、その地上と別世界にいる凛烈な感覚を、忘れていた宝石がよみがえったように、鋭いヒカリの矢のように胸にかんじていた。これは、戦時中の経験にあったような、あの死と隣りあわせになったときの生の緊張感ではないのだろうか。死を目の前にしたときの、あのなつかしい生の充実感ではないのだろうか。……とにかく、それは生きていることの実感には違いなかった。

「寒いな」

「うん、寒いな」

こたえて、やっとぼくは山口に眸を向けた。山口は、寒さで、鼻を少し赤くしていた。

「……なんて魅力がないんだ、地上は」

地上。――抽象的なそんな言葉での会話が、ごく自然な位置だという発見に、ぼくは有頂天になった。地上は、苔ムシたような煤けた緑の斑点を、校舎の裏の赤土のうえにひろげて、ところどころ窪地の影をうかべながら、眼下から渋谷川の方に裸の空地をつづけていた。

「全くだ。ぼくはあんな地上を軽蔑する」

「ふん。……とび下りてやろうか」

「とび下りるほどの執着は、ぼくはこの下界にはかんじないね」

「……生きていたいか、君」

「うん……そうでもないがな。……」

言って、はじめてぼくは、何気ないぼくらのこの冷静な会話が、重大な意味を含んでいることに気づいた。――ぼくは質問した。

「……君、とび下りるの？」

「……とび下りるんだったら、どうする？」

とび下りるつもりなんだ、山口は。とぼくはトッサにかんじた。ぼくは困惑した。

「……仕方ないだろう。ぼくはどうもしないよ」

やがて、ぼくは真面目にそう答えた。そのとき山口は、ぼくにとって、牛肉屋の店先に吊された赤い肉塊のような、ぼくにどうすることもできない「他人」という物質的な存在でしかなかった。死んだり生きたりは彼の自由なので、ぼくの関係することではない。ぼくが全ての能力をあげても、結局山口という他人は、それが他人である以上、どうすることもできない。彼を好きだとしても、それは要するにぼくの勝手でしかないのだから。

「とび下りるのなら、とび下りたって、いいんだよ」

真面目に、ぼくはもう一度、そう山口に言った。山口は微笑していた。その微笑は、すでにぼくの手のトドくものではなかった。……仕方がない。彼が彼の理由でとび下りるのなら、ぼくにそれをとめる資格も能力もない。まして、いくらとび下りさせろと彼がいっても、ぼくに彼を突き落してやるようなことはできない。……からだの引き緊まるような感覚とともに、ぼくは思った。孤独とは、つまりは誰も手を下して殺してくれやしないことの認識なのではないか。人間どうし、他人の手で、それは、どうすることもできない。……そして、ぼくはぼくの孤独だけを感じた。

——ぼくらは、そのまま三十分ばかりそこを動かなかった。凍えた手で鉄の梯子をつかむと、手は氷をジカにつかむように痛んだ。……そして、屋上にかえったぼくらは、おたがいに無言のまま、言合わせたように首を曲げて、いま下りてきたばかりの煙突を仰いだ。煙突は、白黒に塗り分けられた姿のまま、不透明に白濁した冬の寒空のなかに、いつものとおりただ茫洋と無感動にそびえていた。それが低い雲の動きを背景に泳いで、一瞬、軍艦の司令塔のように、ぼくらとともに、どこかへ進んでいるような気がした。ぼくは、そこに吹きまくっている冷酷な冬の風を、ありありと肌にかんじた。……だが、そのとき、たぶんぼくと山口とには、自殺未遂者の敗北感も、下界をはなれて鮮烈な生命を実感したという、あの感動の記憶もなかった。ぼくらには、それぞれ勝手なスポーツを真面目に実行したあとの、あの疲労だけがあった。

ぼくは、しばらくのあいだ、どんよりと曇った冬の空の、いちめんに死んだ魚の目玉の白さを剥き出している、天の向うをながめていた。低く垂れた雲のかなたに、かすかにB29らしい爆音がひとつ聴かれた。——やがて気付いたとき、山口の姿はもう屋上にはなかった。ぼくはひとりだった。風が急につめたかった。おそろしいような、或るヒリヒリする痛みとも哀しみともつかぬ感傷的な寒さを、ぼくは風にもてあそばれている頬のあたりにかんじた。そしてふらふらと落ちていたボールを拾うと、いつもの壁にむかって突然、わざと晴れやかな大声で、ぼくは、「プレイ・ボール！」と叫んだ。

〔1954（昭和29）年3月「三田文学」初出〕

猿

　そのころ、僕は学業が終るのをちょうど一年の後に控えて、社会に出ようとする誰しもが一時はそうなるように、多少、感傷的な季節にいた。僕は、まるで行動の一つ一つが、僕自身を裏切って行くみたいな、そんな奇妙な予感と現実のなかに暮していた。

　僕もまた、人が青春と呼ぶその季節を、生きていたのに相違ない。だのに、何故かその僕に青春とは、雨に降られた春祭りのような、賑いの欠けた祭に似たものにすぎなかった。遠く祭礼の興奮と律動を持続して、鈍くかすかにひびいてくる太鼓の音。煙るような早春の緑雨のむこうの、なまぐさく鬱陶しいあの退屈な狂騒……。僕には、ただ季節を同じくしただけの、それは他人の歓びでしかなかった。

　大学の四年になろうとしていたその頃、僕はそうして他人の歓びに、いや、他人までにある剝離を感じていたばかりか、いい知れぬ畏怖をすら抱いていた。つとめて僕は自分と他人たちとの無関係を、積極的に身につけようとだけしていた。……美しく晴れたその早春の午後、だから僕が野中家を訪問したのも、他人との交際の息苦しさ、不安定なわずらわしさなどにまるっきり無頓着な、強引な妹の強制のためであった。妹は、僕の新しいアルバイトの口を、やっとさがし当ててきたのだった。

しかし、その日の訪問の記憶はあざやかに僕にのこり、現在の僕のなかに、完成した一つの絵のようにはっきりと定着してしまっている。僕はいま、それを書いてみたい。そのまま、書いてとどめておきたい。何故なら、いま、その記憶をまるで一幅の絵のように額におさめ、かりに一つの季節の記念として見させているものもまた、僕のうえを過ぎて行ったある季節の、その遺した結果の一つには違いないのだから。……

その日、野中氏との用件は、だが意外なほど簡単にすんだ。お茶に呼びに来てくれた篠《すず》子さんのノックをきっかけに、僕は六尺に近い体軀の、銅像の西郷さんに似たパパの書斎から、分厚な二冊の原書を手にして出た。新しい僕のアルバイトとは、英文の古美術研究書の飜訳なのであった。薄暗い廊下の突き当りの、女中部屋らしい方角では、かすかにさかんな拍手とのど自慢のテーマ音楽とが終って、ラジオが一時を報らせていた。

くらい扉のかげで、篠子さんは下手くそな肖像画のような微笑をうかべていた。棒立ちのまま目を伏せると、不器用に体をななめにひらきながら、口の中でなにかいって彼女は僕の先きに立った。右に曲る廊下の行き止りには、明るいフレンチ・ドアの硝子が、まるで洞窟からの出口のように、くっきりと裾に緑の光をしたたらせて嵌《はま》っていた。

「ごゆっくりしてらして。どうぞ。……」

痰のからんだような、しかし、昔ながらの物怯《お》じたような声音だった。記憶の中の彼女との、十年の余の距離を、僕はあらためて強くおもった。彼女はパパに似たのか、目鼻だちも、体格も、大きかった。首すじのあきらかな乾葡萄のような黒子《ほくろ》は位置も大きさもかわらないのに、その成長は、見れば見るほど昔の彼女を遠くへと匿してしまっている。いま、肉づきのいい彼女の、白服のそのまるい肩のあたりからただよってくるのは、有名なあるフランス香水の匂いなのだ。

十年。……僕はおもっていた。妹とともに、野中氏の令嬢も、その春高校を出ていた。美校に進んだという彼女と妹とは、幼稚園からの同級生で、かつては家の庭でいっしょに遊んだ古い仲間でもある。十年。僕はふたたび想った。戦争が、動員が、疎開が、僕の父の死、敗戦が、そして各自の別人のような成育が、その十年の裡にはつまっている。ふと、僕の眼眸《まなざし》が宙にういた。僕は、彼女らや僕の上に、すでに始ってしまっているだろうそれぞれの生活の、その個差と間隔とに目をこらそうとしたのだったか。

「こっち。――」今にも走り出しそうに、おずおずと一歩先きを行く彼女が立ち止った。客間らしい白塗りの扉のまえで、大きな笑声がなかにひびいている。妹は無遠慮な高笑いをつづけていた。が、相手の声はない。扉に手をのばしかける僕を篠子さんが制した。不審な気持ちのまま、僕は扉に耳をよせた。

突然、扉が音もなく内側にひらいた。小刻みに開く扉のノブを、両掌でつつむように引いている背のびをしたアロハ姿の矮人《こびと》が目にはいった。……目を疑った。猿であった。

「お行儀よくするの。ジャック。こちら雅子のお兄さまよ」

僕は仰天していた。猿に握手をもとめられ、その掌を握ったのは、初めてであった。

「……コンチワ」

狼狽して、僕はいった。われながらこの挨拶は頓間だった。妹が笑い出した。が、猿は鄭重に僕をソファへと招じるように歩く。信じがたいお伽噺しの中を案内されているみたいな気分で、僕はあっけにとられたまま、ソファに腰を下ろした。

猿は雄《おす》だという。二尺たらずの、それは日本猿であろうか。春もまだ早いのに、すでに椰子やヨットや英字を染め抜いた明るい色地のアロハを着、薄茶の短いギャバジンのズボンをはいている。かれはちんまりと篠子さんの隣りの椅子に坐って、服装を直した。

かれはフェミニストであった。片手で耳のうしろを掻き、鼻さきに黒い指をそろえ丹念に爪垢をしらべおわると、かれはもう男性の僕には見向きもせず、妹の席にとんで行ってそのスカートを弄びながら、めまぐるしい愛嬌をふりまく。膝小僧に抱きつき、スカートの下にもぐり悲鳴をあげさせては満悦して歯をむく。鹿つめらしく手をうしろに組み、べたべたとソファのまわりを歩きまわる。僕は、全く無視されたままであった。ジャックが次々と慌しくくりひろげる道化に、声をあげて応援にいとまないのは妹と篠子さんであった。篠子さんの笑声は、意外に大きく、たかく晴れやかで美しかった。比例して、かれのエゴイスティックな善意、押売りにこたえるのに、妹の笑声は、しだいに単純な吐息じみたものに似てきた。

「こいつ、目の細いひと、好かないのよ」

「へえ、じゃあ雅子と同じじゃないの。きっとジャック、シナトラ好きよ」

ようやく、僕もいつもの自分を取り戻してきていた。部屋は、南と西が硝子戸でひろい庭につづいている。明るい光が炸裂したように洗い落ちる漆喰《しっくい》の白い壁に、三十号ほどの海景の額がかかっていた。まだ三月の終りだというのに、降るようなはげしい日射しには、すでに気早やな初夏の到来さえかんじられて、硝子越しの庭の風景は眩しかった。何気なく開けられた正面の硝子戸に、なかば截《き》られて大理石の水盤が見えた。その根もとに、白くあふれるようにマーガレットの群が光っている。

僕は一人だけ取り残され、この明るい部屋の中でのその隔絶が、そのころの僕には、だが、はなはだ快かった。いつもの棲栖《すみか》である弾力のないひとりだけの沈黙にとじこもって、僕は妹たちのざわめきを聞くともなく耳にしながら、まるで、枕もとでの健康な見舞い客どうしのおしゃべりに、曇りない晴天を感じているサナトリウムの病人のように、自然にいつのまにか目を閉ざしていた。そして僕は思った。たしかに、篠子さんの声は、声とその抑揚だけは、本当に昔とかわらない……あのころ、僕らは、彼女のことをスズチンと呼んだ。綴方で「篠ちゃんが」と書くところを、誤って「篠ちんが」と記したという、それは彼女の愛称なのであった。

「ねえお兄さま、ジャックったら、とても潔癖で、贅沢で気位いが高いんですって。――ね、篠ちん？」

「そうなの。なんでもキチンと人間なみにしてあげなければ、怒るの。ハンストをするのよ」

「あら。カレ、いねむりしてるよ」

ぽかんと目をひらいた僕に、妹が笑った。猿が僕に尻を向けて床をはねまわった。

僕はゲエムの順番が来たように、あわてて膝をのり出していった。

「人間なみって、どんなふうに？」

そのいい方が、あるいは唐突だったのかもしれない。篠子さんは吃驚《びっくり》して、瞳を妹に据えたまま、みるみる頰に血を昇せた。やはり妹をみつめながらの義務のようなその答えにも、戸惑いはうかがわれた。

「どんなふうって……、あの、お洋服とか、お食事とか、お客様がいらしたときとか……」

「つまりね、一個の紳士として扱わなきゃいけないのよ。身だしなみも、資格も、権利も」

気みじかな早口でそう後をつづけながら、妹は、僕にからかうような眼つきをした。

すると、不意にジャックがちょこちょこと篠子さんに走り寄りその膝に跳ね上ると、奇妙な敵意（と見えた）をみせて、僕を睨んだ。奇怪な叫びをあげ、鼻に皺をよせて僕に歯を剝く。

「どうしたの」

僕はうろうろと猿と女たちをながめた。

「嫉《や》いてるのよ。ジャック」

間髪を入れずに妹がいい、爆発するように笑い出した。僕はさらにうろたえ、わざと意味を測りかねた表情をつくった。緊張していたのだった。

猿は、だが、一大事の表情をかえない。キ、キ、と叫びながら篠子さんの手をひっぱり、床で地団駄をやたらと踏む。もう、彼女以外の人の顔はみない。

「あらいやだ、おしっこだわ」

他人のかけ忘れたボタンはすぐとびついて直すくせに、かれは自分の股ボタンを外すことができないのだった。「待ってジャック、我慢よ。いますぐ、いますぐ」悲鳴のような声をあげて、抱え上げながら篠子さんは、まるで自分が粗相したように赧《あか》くなった。

「笑っちゃ駄目。怒るから」

しかし、もちろん僕たちは笑った。異様に切迫した形相のジャックは、おとなしく彼女に抱き去られた。空ろな瞳が、笑いつづける僕を、じっと不思議そうにみつめていた。

僕たちは、それを機会に庭に下りた。気分からしこりが取れ、全身に沁みてくるような若い春の色彩が目映ゆかった。

椎の木影の、ちょっとした人間の家以上に完備した瀟洒な三角の小舎が、猿の住居だった。

〝Maison de Jacque〟細い赤ペンキの字が、白く塗られた廂の下に書かれていた。

かれの逸話には、おどろくべきものがあった。おしっこ以来、水がほとびるようにいきいきとした自然な表情にかえって、篠ちん（これから僕はそう呼ぼう）は、小鳥のように笑いながら、上手にそのいくつかを僕に話した。

それによると、ママにくっついて歌舞伎座に出掛けたとき、かれは置去りにされたのに憤慨して、勝手に自動車の窓をこじあけて脱け出し、そしらぬ顔で通路にしのび入って芝居を熱心に立見したのだという。当分、かれが箒やはたきを振りまわして立ち廻りの真似をしたり、長襦袢をひきずって女形を演じたりするのに、皆はひどく悩まされたという。

ときどきは気ままな散歩に足をのばしたりする。犬を警戒してけっして道は歩かないで、塀や庭木の梢などをつたって遠くへ行く。あるときは二粁《キロ》ばかりはなれた駅の近くまで行ってしまい、欣喜してマーケットの中を駈けめぐった挙句、山と積んだ盗品をもてあまして映画館の裏にうずくまっているのを発見された。そして、これは驚嘆すべき記憶力なのだが、かれは盗んだ店の一軒一軒を正確におぼえていて、迎えに行った篠ちんや警官にともなわれふたたびマーケットの中を歩きながら、それぞれの盗品をおとなしく、几帳面に、一品あまさず返したという。一軒の店で一つずつ、かれは記念のように盗んでいた。けっして二つは盗らなかった。

「……嘘だ」あんまりお話じみてる、僕は思った。

「どうして？　だって、でも、本当のことなんですもの」

目をまるくした篠ちんの表情に、僕はそれ以上をいうことができなかった。第一、嘘か本当か、なにをむきになることがあろう。語り方の巧みなのが、たとえたくさんの客に接待用に語り慣れたせいにしても、はたして僕は客以外の何者であろう。……僕は、だまし、だまされることに過敏になっている自分、そしていつのまにか、そのころの癖の卑屈で無気力な笑いを笑っている、そんな自分を憎んでいた。

歩きながら、そのときふと、思いついたように篠ちんはいった。

「十年ぶりですのね。こうして、……」

鸚鵡《おうむ》がえしに、僕は答えていた。

「ええ。十年、……まるで、お伽噺しのように遠いな」

なにかを答えねばならない、ただその義務感だけの精いっぱいの言葉も、しかし次の瞬間、僕には上の空での空疎な音のような、なんの現実感も意味もないものと思えてくるのだった。やわらかな、染まるような短い芝生の緑をふみ、サンダルをはいた篠ちんの白い素脚が動いて行く。なんとなく、僕は白いその脚の表情を感じていた。

沈黙が来ていた。眩しいほどの空虚が、僕の心を嚙む。たとえ上の空であろうと返事をしなければいられぬ自分の小心さを、滑稽な臆病さと嘲りながら、少しでも落着くように、十年……と僕は自分のうつろな心に問うてもみるのだった。しかし、もちろん、なんの返事もない。

「自分でも、いけないと思ってることをやって叱られると、ふるえるのよ」

篠ちゃんがまた話しはじめる。それは、ふたたび猿のことなのであった。

彼女は微笑している。烈しい日光に細められてはいるが、その目は大きく、深い。

「お客様だと、かならず出て行くのよ。そして……」

健康なばら色の頰に、照り返る光を映しながら、いいよどみ彼女は口をおさえる。

「そして、……女の方だと、とても喜ぶのよ」

はるかに、手をつないで歩いている猿と妹とは、木洩れ日に彩られた緑陰に入っていた。

「篠ちーん！」

妹の叫びがとどいてくる。遠く緑いろの明暗を泳ぎながら、猿も手をたかく振って、二三度大きく跳びあがった。

「マァ子お！」

篠ちゃんが歌うように答え、腕を振った。と、篠ちゃんの芝生に投げている濃い黒い影に、雪白の影が落ちた。僕はそう見た。腕にはさんでいた、それは彼女の純白のアンゴラのカアディガンなのであった。やわらかな毛糸の触感にためらいながら、僕がそれを拾ったとき、持主はすでに五六米先きの芝生を走っていた。

白い裾長のワンピースが、緑の芝のうえを舞う蝶のように、まっしぐらに妹のほうへ走っている。妹も、ジャックに裾をつかまれたまま、むこうを向いて走っている。篠ちゃんが追う。妹が逃げる。追いもつれる蝶の恋のように、二つの若い肢体が、ひらひらと跳ねて明るい庭を走っていた。僕は、二人の甲高い笑い声にまざって、けたたましい猿の歓びの叫びを聞いたとも思った。一瞬、光を僕はかんじていた。稲妻のような光に照し出され、僕に、もはや手のとどきようのない僕自身の過去が見えた。へだてている十年の余の距離がみえた。……敗北感に似たなにかが、不意に鋭く胸に疼いてきていた。僕は拒まれ、遺棄されたようにひとりだった。

……蔓ばらの垣に沿って、僕は歩いていた。低い竹垣に絡む薔薇の爪に、かすかな紅が滲んでいる。春の陽が、水草の澱んでいる浅い池の面に金粉の帯を流している。僕は立ち止った。じっとその水面をみつめていた。

そのとき、ちょうど静かなその水の底から、まるで風船のようにまるい光が重なりあい、浮かび出すのを見るみたいに、僕に、その映耀する陽光に似た記憶の断片が、次つぎと心に浮かびはじめてきたのだった。あれは、どのような日々であっただろう。あの眩しい光のなかに彼女らとともに生きた、かつての僕のすごした日々。……病弱であった僕は、そのわがままな、それなりに神経質な頰を火照らせ、彼女たちに壮語した手前、恐怖を忘れすべりやすいその花梱《か》櫚《りん》の木によじのぼった。あれは、少しいびつな、鋭い芳香をはなつ楕円の実が、黄色く熟れていたのだから、たぶん秋も半ばだった。下から差し出された竹竿をとり木実をはらい落しながら、僕は家の二階の屋根よりも高い、高所の危険と悦楽にしびれていた。すでに、その庭も人手に渡ってしまったけれど、そのころ、人工的に刈込まれた庭の躑躅《つつじ》のあいだを縫って、僕らはまだその躑躅にかくれるほどの背丈だった。裏山から池へそそぐ寺水のような流れに沿う平たく大きな石の上で、どうやって取ったかはもう記憶にもないが、僕はふだんならさわることもできぬ五寸ほどの鮒の鰓《えら》をとって、ナイフで腹を裂いた。妹たちを前に、原始林での馳走をふるまう、そこの主人の心算でいたのだった。僕は焚火をして、焼いて喰う考えであった。銀いろの柄の、得意の大型ナイフの切れ味を誇るように、ばさばさと僕は杣人《そまびと》を気取って山の木の枝を薙ぎはらった。しかし、その魚はみな家の猫が盗んでいた。僕は何故かほっとして、そして猛りたって猫を追いまわした。鮒を喰わねばならぬ事の成り行きをおそれてはいたが、当《あ》途《ど》をなくした心は、やはりやるかたなかったのだ。……同じその頃だったろうか、妹たち数名のなかに、ただ一人男の子の僕がまじって、戦争ごっこをしたのは。僕は敵軍の斥候であった篠ちんを捕虜にし、陣地の樫の木にしばった。篠ちんは頭に大きな桃色のリボンを結んでいた。残虐なよろこびに駆られたのか、僕は手をのばしてそのリボンを引きむしった。泣き出しそうに表情をゆがめたまま、だが、ついに彼女は泣かなかった。……あの樫の幹には、そのころの僕の秘密の暗号も彫りつけてあった筈だ——。

だが、と僕は思った。たとえまたその幹のまえに立つことがあっても、すでに僕はそれを解読することはできない。それが、たとえあの季節の謎をとく秘密の鍵であり、かつての季節の形見であるにしても、もう、僕はその意味を知ることはできない……。

妹たちのすがたは見えなかった。ただ春、早い春だけが、まるで僕には関係のない芝居の書割りのように、僕の歩行のけばけばしい背景なのであった。僕をとりかこんで、木々はあまりにも若々しく、春はあまりにも楽しくかがやいていた。何故だろう。僕はふかくその春との無縁さを意識することよりできなかった。ただ、僕は歩一歩とふるい過去を踏みしめるように、春のその若草をふみ、池をめぐっていた。僕の心には、急激な、ふしぎな「春」の氾濫があった。

ピテカントロゥプス・エレクテェタス。長いあだ名、家の爺やの顔をふと僕はおもった。歩行猿人。たしかこうであったろう。その何百万年まえかの原始人の顔は、猿に酷似していた。頭が尖がり口もとが突出して、爺やはそれにそっくりの容貌をしていた。僕は彼を「ピテカン」とつめて呼んだ。彼は僕の相棒であり、偶像であった。

大磯の漁師で、夏は水浴客の世話を副業としていた彼は、ふとしたことから夫婦して東京の僕の家に住み込むことになった。すでに篠ちんたちの遊びに来なくなった頃の僕、十歳ほどのターザンは、この自分より背丈の高いチイタをつれ、もの憂げに、しかしもの欲しげに、家の裏山をジャングルと見做して跋渉《ばっしょう》した。僕はターザンのふりをしていたのではない。その密林の王者に化していたのだ。学校ではつねに友達の遊びをはなれていた気弱な僕は、内弁慶の名にそむかず、この裏山ではいつも夜ごとの夢の中でのような腕力たけた英雄、即座に最上の判断を下し命令するマスター、豪胆かつ細心なすばらしい探検家なのであった。発育のおそかった僕に、お目付け役のチイタはいつもいっしょだった。倦《う》まずに僕は彼とともに崖をすべり落ち、洞窟をうがち、急な傾斜に秘密の道をつくり、弓矢で蟇を追い、鯉を釣り、梨や椎や栗や花櫚の実をあつめて時をすごした。そうして僕は毎日くりかえす素敵な冒険に酔った。僕は、咆哮する百獣の雄叫びを幻の唱声のように聴いた。蔓にぶら下って、足場から足場へ、夢中で風を切って飛んでのがれた。

しかし、このコムビにおいて、主たるターザンは、忠実で頑丈な従僕のチイタに、かえって深甚な敬意を抱いていた。架空の、もう一人の勇敢な僕、その夢想を支えたのは彼というチイタの存在にほかならなかった。いつか、僕は頑健な彼の赤銅の胸に憑かれた。潮風にきたえられ深い皺を折りたたんだ、野太いその頸筋に魅された。青白く血管の浮いた繊細な僕の腕を、どんなにか僕は恥じ、怒ったことか。やがて僕は夥《おびただ》しい血に染んだ鉄のような腕を、吹出してくる美酒のような汗粒を、灼けた盾のような胸板を、森のような髭を、みずからに空想した。……僕は彼を愛し、彼もまた僕を愛した。彼は僕の王国のために、孤島の王国を生きるその僕のために、必要であった。僕は彼とともに、――いや、僕は彼を生きていたのだ。彼とは、少年の僕にとって、じつはもう一人の自分そのものなのであった。

彼が僕の家を去るとき、小学校は、国民学校と改称されようとしていた。

彼は泣いた。こっそりと僕も蒲団の中で泣いた。そしてその頃から、僕は涙というやつを忘れた。「ピテカン」の爺やは、平塚で空襲をうけて死んだ。あの古い家の庭も戦災こそ免れたが、終戦前後の混乱のうちに木々はほとんど近隣の人びとに薪として持ち去られ、見るかげもなくなって他人の手に渡った。

戦争を、父の死をふくむあの十年余が、僕から奪ったもの、それは、まずあの童心の世界であった庭ではないだろうか。夢の世界への信頼ではないだろうか。その自由な、架空な真実の世界、そこでこそ充実し、生命の歓喜を貪婪《どんらん》に追いつづけることができる、現実の中に夢をみる力ではなかったろうか。

眸を落している汚緑色の水面に、ふと目をこらすと、明るい青空が逆さまに沈んでいた。その白い綿雲に手をのばしている銀杏の、細かな新緑を美しく散らした梢に、ツ、ツ、とある色彩がうごめくように走って、梢は撓《しな》い、大きく揺れて動いた。目をこらす僕の耳に、上気した妹たちの叫びがきこえてきた。動く色彩。——それは御愛嬌に梢に走り上ったジャックなのであった。

二人が声をそろえて僕を呼んだ。

「お兄さまあ——」無邪気に、篠ちんもそう叫んでいた。並んでほがらかに手を振っている妹の背丈は、大柄な篠ちんの眉の高さだった。

僕を、仲間に引きもどそうというのか。

頬が熱している。苦笑して僕は汗を拭いた。春の直射に、きっと、すこしばかり僕はのぼせていた。

僕には、しかしその苦笑は、いまだになにかを回復することのできない、ある僕の無能、そのかなしみに向けられたものと思えた。僕をみたすものは、いつもそのだらしのない無力感であり、むしろ、僕は棲みなれたその意識の底で安定するのかもしれなかった。

十米ほどの高い枝に腰をかけて、猿は、歩み寄る僕を意識してか、妙に落ち着かなかった。案のじょう、カアディガンを手渡そうと僕が篠ちんに近づくと、ケ、ケ、と口走って、かれはいかにも腹立たしげに梢を宙に揺らした。

「まあ、……恐れ入ります」

ごく自然にいい、彼女はそれをまた腕にかけた。なにか貴重な感覚を返却してしまった気がして、空いた手を後ろに組み、無為に僕は猿のいる梢を仰いだ。

「下りないわね」

両拳を腰に当てて、妹も梢を仰いでいる。湿っぽい青空は紺青にあかるく、ふるえる銀杏の新芽のあざやかな緑が、くっきりと細密な輪郭を描きながら空を泳いでいる。

「駄目ね。下りて来そうにもないわ」

「きっと、いつまでたってもごきげんで下りてこないよ。雅子たちの見てるあいだは」

「そうなの。ジャックったら、皆にみてられると思うと、すっかり嬉しがっちゃって……」

僕は、だがやはり無言ではいられないのだった。僕はどなった。

「おおい。下りてこいよ。遊ぼう」

「ねえ？　なにかしてみせてくれない？　ムシュウ・ジャック？」

「マァ子、いいから黙ってもすこし見ていらっしゃいよ。いまあの子、なにかすること探してるの。してみせたくて、うずうずしてるとこよ」

「ふうん。たいへんな歓待。……」

突然、僕は樹上のかれに、少年の日の僕をかんじた。僕は失笑した。滑稽であった。それはかつての花梱の梢で得意顔をしていた自分に、あまりにもよく似たすがただった。——だが、それはすると先刻、僕が失っていることに気づいた幸福、十年の歳月の彼方にみた健康な幸福、それは「猿」の幸福ではないのか？ そうだ、僕の理想であった爺やも、そういえばゴリラと見まちがうほどに猿に酷似した「チイタ」だった。

……しかし、馬鹿のように笑いつづけながら、僕には心を刺す新しいしずかな痛みが来た。僕はもう、あの純真で一途な道化から、一人の無縁な見物とかわっている。かれの幸福にたいし、すでに僕は一個の愚劣な野次馬にすぎないのだ。退屈で、無力で、そして残酷な野次馬の位置にしか、僕はいない。そのくせ、僕が他への関心につねに胸をいたませている、卑屈で阿諛《あゆ》ずきなかわらぬ道化でない証拠が、いったいどこにあろう。僕が、その健康を失い、その幸福を忘れた「猿」のままではない証拠が、いったいどこにあるのか。……しかし、僕は笑いつづけていた。かれを見て愚かしく笑うことのほかに、かれとのへだたりの深さを確認する方法はなかった。そして、それ以外に僕はこの現在、かれへの態度を知らないのだった。

現実の猿は、だが、僕自身が「猿」であるという発見を経ると、やはり僕には少々なまぐさすぎるのが気にかかった。この道化は毛深く、皺だらけで、汚ならしいその矮小な体軀は、どうも少しばかり醜悪にすぎた。

すくなくともあの頃の僕は、あんな分別くさいしたりげな表情、一面の皺と粗毛、褐色の皮膚、干からびたミイラのような爪の長い指、そして粘っこく脂くさい体臭はもたなかった。

手持ちぶさたに、かれは木の枝をゆすった。ようやく、かれは活動を開始していた。片肢で立ち上ると、手をのばしてなにかを捕える様子をした。口へ持って行った。尖がった唇から白い歯をむき出し、かれは、訴えるように空に啼いた。啼く。——そう、それは叫びではなかった。ホウ、ホウ、と僕には聞こえた。流行の衣裳を一瞬身にそぐわぬやくざな道化の服とし、故郷の山森や谿谷の友をなつかしむような声。それは、樹上のかれを淋しげにみせた唯一つの瞬間であった。つづいてかれは四肢を使いさらに高くよじのぼった。顫動《せんどう》する梢に無雑作に膝をまげると、かれは瞳をキラキラさせ、狂ったように枝をゆすった。

僕は、かれの熱意と善良、そしてレパートリィの不足を、同時におもった。

だが、僕らは笑った。仕事のように、腑抜けみたいに、ただ惰性でのように僕らは笑いつづけ、空を仰いでいた。そして、僕は見た。猿の小さな皺だらけの顔に、ふとやるせない倦怠の色がうかび、ジャックが、あきらかに満面で笑ったのを。

——だが、それをいう間もなく、かれは勝利者のような叫びをほとばしらせ、片手で枝にぶらさがると、一回転して今度は二本の肢で立った。猛禽のように足指でしっかりと枝を摑んだまま、ポケットをさぐり、憎悪にちかい表情をみせかれは手を振りまわした。それは僕たちになにかをぶつけようとする動作に思えた。実際、僕はかれが投げつけてくる軽蔑に、そろって僕らが同じようなわざと痴呆めいた馬鹿笑いで、仕方なく対抗しているような気がした。

かれは止めた。飽きたようにかれは首すじを掻き、欠伸をするように腰をのばした。まくれたアロハの下から、蒼ぐろい不健康な色の腹がのぞき、一瞬呼吸をはかるかに見えたその腹部が、そのままぐっと異様にそりかえった。

「あっ」僕は息を呑んだ。

虚空を背に、猿は大きく両手をまわしながら、弓なりに後ろへのけぞっていた。

「あ、あ、落ちる――」

だれかが叫んだ。同時に、四肢をひろげたまま、黒い影が樹間から顚落した。小枝などにぶつかり、かれはまるで躍りかかるような姿勢で地面に落下してきた。次の瞬間、かれは勢いよく緑の芝にはずみ、声をのんだ僕の瞳に、一瞬倒立したかれの短く曲がった脚が、暗いその顔のかたく閉じた瞼がうつった。とんぼがえりを打ち損ねたみたいに、かれの軀はゆっくりと右に崩れ、うつぶせたその小さなアロハの背に、舞い落ちる二三枚の小さな銀杏の葉が、音もなく一本の折れた小枝が当った。

かれは鞠のように四肢をちぢめ動かなかった。

「……ジャック!」

叫んで、妹が走り寄った。篠ちんがつづいた。茫然と、僕は主人の消えた梢を見上げながら、一瞬まえ、その虚空にさらされたジャックの、のけぞった腹の不気味な蒼さをおもった。枝が、まだ小さく揺れつづけていた。

死んだかと、僕は思った。道化―椿事―死。この連想はいかにもまっすぐであった。が、見返ったとき、すでにかれは立ち上っていた。つまらなさそうに後頭部を撫で、大仰にビッコを引き、かれは振り向きもせず小舎の方角に去って行った。

「……おうちに入りません？」

そのとき、なぜか篠ちんの声は奇妙なほど白けていた。機械のような無言で、僕たちも芝を踏んだ。興ざめがすぐに伝染してきた。

部屋にかえり、ふたたび耐えきれぬような息苦しさが僕にうまれてきた。僕は辞去を考え、やたらとそうすべきだと信じて、妹に拙劣な目まぜをくりかえした。猿のいない室内は、会話もぎごちなかった。

うつむいた篠ちんの首に、黒子が、やや弱まった光を吸うように目立っている。彼女は、だまって不興げに膝の笹縁のハンカチをいじっていた。

「ねえ、大丈夫？　ジャック、ほんとについていてやらなくていいの？」

僕の視線をさけ、さも心配そうに妹がたずねる。

忠実な犬のように僕も彼女に同調して、ひどく心配そうに篠ちんの顔をみつめた。

だが、篠ちんの返事はあまりにも意外だった。

「……平気よ。だってあれインチキなんですもの。いつもの手なのよ」

「え？」

僕たちは唖然とした。

「ほんとう？」

「ほんとよ。このまえもあれをやって、お見舞いをいただいて困っちゃったの。だって、ピンピンしてるんでしょう？　……今も、そっとコツンとぶってやったの。だから、私には申しわけないし、自分でもてれくさくて、きっとここにも来られないの」

「あきれた。……お芝居うまいのねえ、ジャック……」

「だってマァ子。あれくらいの高さなんて、平気よ。相手はほんものの猿よ」

なるほど、相手はほんものの猿であった。

とたんに、われながらおどろくほどの大声で僕は笑い出した。久しぶりでの、心の底からの哄笑《こうしょう》であった。

「ま、お兄さまも？　お兄さまもひっかかってらしたの？」

僕たちは笑った。おたがいの顔を見くらべ、沸き出てくる泡のように、笑いはなかなかおさまろうとはせず、果てがなかった。心の底からの笑いはたのしかった。笑いつづけながら、僕に、そしてある納得が来たのだった。

猿は、僕たち兄妹という客に、みごとな道化をみせ、成功したのだった。僕には、あの墜落の一瞬、かれが味わったであろう鮮烈な恐怖と歓喜の戦慄、それがちょうどかつての僕が追いもとめて倦まなかった幸福の実体のように、そんな充実のように想われてならなかった。でもとにかく、それが遠い。病める猿——僕はいま、あの生の充実と感動に渇いている。それは、もしかしたら、自分にあらゆる偽瞞や道化を拒むことの結果、いや、新しい客を、頑固に拒みつづけていることの結果ではないのか。僕はそう思った。

そのとき、運ばれた紅茶茶碗を手にとり、思い出したように篠ちんが僕を眺めた。

「たしか、お兄さまもいつか、あんなにして木におのぼりになったことがあったわ。いつか。……ね？　マァ子」

僕は狼狽した。どぎまぎして意味のない微笑をつくり、僕は紅茶の底を透かせた。

だが、僕がまたそんな自分を嫌悪してしまうまえに、無心に篠ちんはつづけていた。

「ねえマァ子、あの木、なんていう木だったかしら。ほら、とてもいい匂いの実がなる、……」

硝子戸の外に、風が出てきたのか、銀杏がこまかな緑をひるがえして、青空に梢をこすっている。明るい空の紺碧は、まだ濡れたように光っていた。

「——花櫚よ。あれ花櫚の木よ」

揺れ椅子に背をもたせ、眸を青空に放ちながら、朗らかに妹がそう歌うように答えた。二、三度かるくうなずき、篠ちんもその青空の高みに眸をうつした。ふと母性的な処女をかんじながら、その平和な眼眸を、美しいと僕はおもった。

やがて、その晴天の奥に見入るように、僕はまたあの庭の樫の木のことを想った。それからの十余年、そのあいだに喪ったものを無視して、僕は彼方のその季節に、かくしもった恋人へのような眼眸で眺め入った。……僕の心は、そのころの僕が青空を見るごとに照し出される、明るく透明な光にあふれていた。

——僕たちが辞去したのは、落日が大きな硝子戸を赤くまみれさせる頃であった。バルコンの芭蕉のひろい葉影が、すでに平たく床の上に伸びてきていた。

玄関に下りると、どこをうろついていたのか、やっとジャックが顔を出した。仰向いた低い鼻をひくひくさせ、小さな鳶色の瞳で敏捷に篠ちんのご機嫌をうかがうようにしてから、安心して、甘えたようにかれは彼女のスカートの裾を握った。

かまわず、篠ちんは白の舟底型の靴に足を入れる。駅まで送ってきてくれるというのだ。

猿は仕方なく、右手をあげ膨ませたその頰を掻いた。なるほどピンピンしていた。

あらわれた野中氏が、膝をかがめて猿の手をつかんだ。家から出すまいというのだろう。曲ったまま横にのびたその痩せて毛むくじゃらな猿の腕は、病人のように不健康に細くしなびていた。

「さようなら。ジャック」

パパに挨拶してのち、脇に重い本を抱え直しながら、僕はいった。だが、すでに僕のことは忘れたのか、かれは怪訝《けげん》な一瞬の視線しか僕に投げなかった。

僕に向けたかれの瞳に、僕は、未知の他人への空虚さしか読むことはできなかった。

「さようなら。ジャック」

貰った小さなマーガレットの花束をかかえて、妹はつけ加えた。

「よくもだましたわね、ジャック。もうひっかかってなんかやんないから」

含んだような笑声をたてて、冗談に篠ちんがつづけた。

「さようなら。ジャック」

とたんに、僕は小さな猿の顔に、ある真率な哀しみがただよい出すのを見た。僕たちを、にわかに彼は追おうとして悶えた。キ、キ、とかれは叫び、しつっこくパパの手をふりもぎろうとしてあばれた。宙を掻き、四本の肢で泳いだ。

パパはかれをむりやり胸に抱いた。両手をつかまれ、胸を一本の太いパパの腕でおさえられて、不自然なかたちでぶらさがったかれのまくれたアロハのしたに、そのとき、例の不気味なほど蒼い色の腹がみえた。一瞬、樹上で虚空にのけぞったあの腹の蒼さが、ある完璧な瞬間の記憶のように、僕の目にうかんできた。

「……さようなら。ジャック」

無心に笑いあって、妹たちが一足先きに門に向う。かすかに、肌寒い早春の黄昏の石畳みに響くその跫音を感じながら、ある感動をもって、もう一度、僕はそうやさしくかれにいった。

——いまも、この訪問の記憶は僕の目になまなましい。パパに頭を下げると、僕はすぐ妹たちのあとを追った。暗く顔にかかる嫩葉《わかば》の枝をはらいのけて、僕がゆるく傾斜した玄関の前の石畳みに出たとき、すでに妹たちの笑い声は、植込みの灌木のかげを曲り門を出ようとしていた。うすら寒い夕ぐれの薄墨をひろげた屋敷町のなかに、その華やかな笑い声が、ふいにあたりの深い静けさを際立たせた。

が、いま、これを書きながらあらためて僕は思う。あの日、一つの完璧な瞬間を猿の蒼い腹に見たあのとき、僕は、無意識のうちにやっと新しい次の季節へ、一歩だけふみ出したのではないだろうか。……たとえ、ある季節との別離が、次の季節のなかに身を置いてのみ実感される性質のものであるとしても、あのとき、僕は自分の見た一つの瞬間の完璧さに、すくなくとも、すでにある隔絶を同時に見ていたのではないだろうか?

〔1954（昭和29）年7月「制作」初出〕

遠い青空

僕の疎開していた神奈川県の二宮という町は、三浦・伊豆とならぶ二つの半島の根もとを北にゆるく抉《えぐ》った相模湾の、海岸線の恰度《ちょうど》中央辺りにある。東京から東海道本線に乗れば、茅ケ崎、平塚、大磯、二宮の順序でざっと一時間半あまり。小田原や国府津の手前である。後になって湘南電車が開通して時間もいくぶん短縮されはしたが、そのころ、僕はまだいわゆる汽車にのって、採光の悪くいたるところ窓硝子の破れた埃っぽい車内で押しあいへしあいをしながら、週に五日、三ノ橋の焼ビルを改装したK大の旧制予科の仮校舎に通学していた。当時日吉の本校舎は、占領軍のコックの学校になっているという噂だった。

ある冬の日の帰途、僕は平塚で定期を見せて下車した。別に大した理由はない。満員の乗客に押されてフォームに一足先きに下りた僕は、そのままそこで降りる人々の渦にまきこまれて、ごく自然に、——というより、抵抗する気も起こらないまま、人々といっしょに階段を上り、改札口を過ぎてしまっていた。目的も意志もありはしない。またさして強い衝動のせいでもない。まあ、どうせ真直ぐ家へ帰ったって配給の馬鈴薯とミソ汁の夕飯、それに待っているのは停電くらいのものだ、ままよ、ちょっと気の向くまま時間をつぶしてやれ。強いて言えばそんな気まぐれのせいだったろう。とにかく僕は足の赴くまま、ぼんやり駅前の広場に出た。

東京とちがって高層建築のない田舎都市の空はひろい。焼けてまだいくらも経っていないせいもあって、それも特別に突き抜けたように高く、だだっ広く感じられる。その平塚の空いっぱいに夕闇が青黒く澱んでゆき、低い商家の窓々に競走するみたいに明りが灯りはじめてゆく時刻だった。僕は独りを感じ、ちょっとスリリングな気持ちで当もなく町を歩みはじめた。自らの意志でこんな所で道草をくうなんて初めての経験だったし、やっと十八とはいえまだまだお坊っちゃんの僕には、それはささやかながらも一つの冒険に違いなかった。恰度旧正月の季節で、疎開人種から取上げたらしいチグハグな絹物の衣裳を身に飾って、白壁のように塗りたくった安白粉の剝げかけた娘たちが、それでも娘らしいしなや嬌声をつくりながら、まだひけらかし足らぬ物欲し顔で、お祭りの夜みたいに三々五々大通りをぞろぞろと無意味に歩いている。いくら派手な着物を着いくら白粉を厚く塗っても、その下には太陽と潮風に鞣《なめ》された健康な皮膚と巌丈な体軀とがあり、風船のように緊張した巨大な尻や時々袖口から露わになる逞しく太い腕に見えるように、その娘らしい動作に影のように添って武骨で明るい土の匂いがあった。

上気した眸は黒い石のおはじきのようで、放心と疲労とが美しく無心に輝いている。僕は彼女らの無邪気なデモンストレエションに紛れて歩きながら、何の拘束もない自分の自由に満足し、ついでに彼女らに好意さえ抱きはじめていた。椿油や化粧品の匂いにまじって、通り抜ける度に彼女らは汗ばんだ若い女の匂いを撒く。眇《すがめ》のような不器用な眼つきで不意に愛らしく僕を睨む。赤く毒々しい分厚い唇が笑いかける。笑いかえそうとしながら僕は、ひょいと、まるで僕が知らない男になってしまったような、奇妙に快い錯覚をおぼえた。東京や、二宮での自分とはあきらかに違う自分が、僕の服を着、僕の脚で歩いている。……急に、夢のような架空な快感が、不思議とスリルに富む生々しさで僕をとらえた。胸がドキドキしてくる。僕は歩きながら、こみあげてくる得体の知れぬ嬉しさにひとりでニヤニヤ笑いはじめた。僕は、いま糸の切れた凧のようにふわふわと空中を漂う、位置も重みもない架空の一点にすぎない、一つの自由意志という抽象的な存在に化しているのだ。だから、名前もない。役目もない。話しかけられもしない。決定を要求されもしない。特定の学校の生徒でも、特定の家族の息子でも兄でもない。それは、家計や姉の縁談まで相談される十八歳の戸主(父を亡くした僕の家で男は僕一人だった)の僕にとって、胸の躍るような開放の意識だった。現実の条件のいっさいを脱れて、僕はいま、一人の任意の男である。僕は僕ではない。僕でなくていいのだ。今は僕は、均質で平等な、群衆を構成するその単位の一つにすぎない。……そして僕は、深海魚がふいに海面ちかくにポッカリと浮かび出たときのように、その信じかねるほどの自分の身の軽さに、ひとつの膨脹しきった浮袋を、浮袋の中に充満した空白をかんじた。空白とはつまり僕の消滅したあとの空虚なのだ。いわば僕はその身の軽さに「僕」の死を感じたのだ。

深海魚は海底の暗さと水圧の高さなしに生きることができない。だから僕の感じたスリルとは自殺のスリルだったとも言えるだろう。いつもの僕は死んだ。いつのまにか、快適な自殺を遂げ消滅してしまっている。いま、ボクはカラッポである。ボクは居ない。ボクは無である。……何故かその意識が、僕を青空の恍惚にさそう。ひろびろとした自由の天国に誘う。僕は頬をかすめる寒風も空腹も忘れ、暖かそうなショオルに肩をつつんだ女たちの後を追って、意志すらなくしたようにしばらくは群衆の動きにつれて町を歩いた。生れてはじめての、それは幸福でしかも肉感的な、僕の雲の上の時間だった。……確かに、そのとき僕には未知の僕がめざめかけていたのだと思う。僕は、いつものそれによって一つの役割を強制される現実の受身の状態を、すっぱりと捨て去っていることに、むしろ男性的な潑溂さすら誇らかに感じていた。

通りすがりに、アセチレン瓦斯くさい女たちの肌の匂いがする。あたりはすっかり夜になってしまっている。僕はいつか外套の襟を立てて、(学帽なんて持ってもいなかったのだ)鞄を脇にかかえこんで、ヤクザみたいなことさら肩を張った歩き方で、黄色い裸電球の光に洗われる桶の中の馬鈴薯のような土臭い雑沓をいくども往復して、いつもなら顔をしかめてそっぽを向くにちがいない娘たちの赤く霜焼けのした腕や臼《うす》のように重い胸に、わざと肩をぶつけたりもして歩いた。少し金があったので僕は菓子屋で塩餡の牛糞みたいなソバマンジュウを食べた。それから本屋でエロ本を立ち読みした。もう少しで僕は本屋の前をすぎる娘たちの一団に話しかけるところだった。すべての風景がたまらなく僕にたのしかった。そんな僕の朗らかさは、或いは無の明るさだったかも知れない。風景というより、僕はすべてに僕自身の透明な空虚をうつし、うつっている僕の無を楽しんでいたのかも知れないのだ。ふだん真面目な顔を役目のように装っていた僕の、それは潜在的な、その日暮しの旅ガラスへの憧憬だったというのか、また隠されていた青年期の興味の露出だったというのか、とにかくそんな行為の一つ一つが何の気恥ずかしさも要らず、僕にはただ素直にたのしかった。

その日の、たかだか一時間ほどの幸福の記憶を、いまだに僕は忘れない。……胸のドキドキするほどのたのしい道草の味、そのとき初めて紹介された未知の僕、任意の存在となることの魅力、それは現実の僕にとって、地上にたいする青空の位置にある僕のすがただった。そして、僕はそれからというもの、積極的にそれらを僕の中で生かしつづけてゆこうと努めはじめたのだ。新しい自分を身に識ることには、一種淫美な快感さえもあった。新しい自分――それは、からだこそ大きく一見タクマしいくせに、ラグビイ部の先輩からの強制のような歓誘さえことわり、どの部会にも属さずあまり友達とつきあおうともしない、小心者で臆病で、つまり狷介な内実の東京での僕（僕は疎開さわぎのため動員に一日も参加しなかったおかげで落第していたし、一年上の前の同級生たちの会話には訳のわからない方言のような、動員中の共同生活の匂いがする特別な語彙や語法を感じて、とてもついては行けなかった）、クラスで常々眉を寄せて黙々と孤立している学生の僕でもなく、二宮の母と姉妹だけの家庭での、家計簿を十日目ごとに検閲する分別くさい几帳面な長男の僕でもない、一人の別な男だった。……そうして、その夜からというもの、僕は「道草」する愉しみにすっかり病みつきになってしまったのだ。

——今でも、僕は誘惑とその動悸とを、楽に思い出すことができる。学校の帰り、少しでもポケットに金の持ち合せがあると知ると、もう僕は落着けない。むしろ、汽車が平塚の駅につくのを、目をつぶって一瞬でもいいから忘れ去りたいような気分になる。駅が逃げればいい、永遠に着かねばいいとさえ思う。——全く、それは僕たちが今、黄昏の銀座をホッツキ歩きながらふと襲われるあの様々な誘惑の不可解さに似ている。休みの日にそこへ出掛けたいというわけでもない。要するにそれは帰路に限られているのだ。——三度に一度ほどの割で、僕は誘惑に負けた。茅ケ崎をすぎると、僕は苦労して満員の車内を押し分けて手洗いに入る。それが誘惑に負けた第一のしるしだ。そこで僕は髪の毛をわざと適当にみだし、詰襟の学生服の第三釦までを外して、固い襟をつかんでぐっと裏返えす。下のワイシャツにはちゃんと亡父のネクタイが結んである。ズボンは勿論替ズボンだ。あとマフラアを按配して学生服をかくせば、上には冬の外套を着ているから、少々貧弱だがそこに一人の青年紳士が出現する。何喰わぬ顔で僕は表に出る。そして僕は、汽車が平塚駅の構内に入ってゆくのを待ち兼ね、片手でデッキの鉄棒にぶらさがると、右足をぶらりとそとに垂らす。やがて靴先がフォームのコンクリイトを擦りはじめる。信じて貰えるかどうかわからないが、それはひとつの淫らがましくすらある恍惚にさそう、開放がはじまる合図であり、また僕の平塚への「今日は」なのだ。汽車がガタガタと肩をゆすってフォームを深く進んでゆくに従い、靴底のザラザラした抵抗の速度も徐々に下火となる。僕は飛び降りる。そうして、傍目もふらず口笛でも吹くみたいな晴れやかな顔になって、さも用事ありげな速足でフォームの階段を上ってゆくのだ。僕は、すでに「無名氏」になってしまっている。

それは、母も姉妹も、また学校での友達も誰一人として知らない僕の秘密だった。僕はそれがバレるのを極端に警戒した。そこでの僕を人々に知らせることは、それを東京や二宮での生活に持ち越すことだし、そしたら折角のその愉しみは、その存在理由といっしょに消失してしまうだろう。僕にはそんな一種の信仰があったようだ。同時に、僕はまた、他の場所での僕を平塚に持ち込むことも避けた。本屋に入っても、真面目な興味をひく本はわざと東京での僕にのこして手も触れずに、いわゆる通俗なスポーツや娯楽・エロ雑誌の類いばかりを立ち読みした。映画も名画といわれるものは敬遠した。しかし、白状するが、冗《くだ》らない映画に欠伸ばかりしていたのも事実だった。きっと僕は映画への興味というより、一人でそんな愚かしい映画を気楽に眺めている、自分の無責任でヤクザな立場そのものに快感を感じていたのだろう。僕は、両方の僕を混同せず、夫々の区別を厳格に守ってこそ、自分を歓ばせている僕の二重性が維持できるのだと信じていた。僕はだから、いわば平塚での僕を他でも秘密にして置くように、他での僕を平塚で秘密にして置きたいと考えたのだ。

たいてい、僕は駅前のイチノセという菓子屋兼喫茶店みたいな店に鞄などを預けて、それから当時平塚に三軒あった映画館のどれかに入った。それがすむと、もう当なんてない。海岸まで散歩したり馬入《ばにゅう》の近くまでさまよったり本屋をのぞいたりして、訳もなくぶらぶらと町中を歩きまわる。――駅からまっすぐ北に行くと、八幡神社がある。戦前はその右が飛行機工場、左が海軍の火薬廠で、おかげで全市は爆撃で丸焼けになった。そのころは火薬廠あとに万年筆工場とゴム会社とが看板を立て、飛行機工場のほうは自動車会社にかわって間もなかった。たぶん僕は殆ど全市中を歩きまわったろう。市はまだ立ち直れず、いたるところに焼跡があり、中心部ちかくにもここかしこに畑がある。何か銹びた金属の鉄気《かなけ》くさい匂いや肥料の臭気が漂う道路は、都市計画か八間幅ほどのだだっぴろさで、風が吹けばもうもうと物凄い砂埃りが立ち、雨が降ればたちまち泥濘に化してしまう。よくある田舎の都市みたいに、平塚も中心部をのぞけば田園都市といえた。でもすべての緑までも薄汚れて、さした歴史がないせいか、平塚は品位とか伝統の美しさとか、情趣にははなはだ貧しかった。

喫茶店。映画。散歩。喫茶店。――平塚での僕の運動の、それはほとんど唯一の形式であり、順序であり、循環であった。そして、僕が一寸したことから一組の男女と知り合いになったのは、ようやくその繰返えしの単調さと町の平凡さに鼻白みはじめた頃のことであった。

三つの映画館のうち、唯一つの洋画専門のL劇場というのが、須賀《すか》と呼ばれる市の東南の一角にある。そこは、小さな漁船の船着場を東に控え、平塚も馬入寄りの外れにある、もっとも人気の荒い土地だという噂だった。それがそんな土地のせいかどうかは知らないけど、僕が彼らと知り合ったのも、そこで売られた喧嘩が発端だったことはたしかなのだ。

苗字は知らない。その男は大五郎という名前だった。自己紹介によれば渾名をドンダイといって、自分じゃドン・ファンのドンだろうと言ってたけど、後で知ったところではドンカンのドンででもあったらしい。与太者にしてはめずらしい気持ちのいい僕と同い年の男だった。

春が間近かかったとはいえ、それはまだ猛烈に寒い日だった。道ばたの白梅が凍りついたように固く、細かく顫《ふる》えていた。僕は三時まえにすでに平塚に着いてしまっていた。……すでに書いたように、しかし僕は平塚でくう道草にそろそろ厭きはじめていた。生活というものはいつも一種の形式の繰返えしなのだろうが、そこに下車しようとする度、僕は自分が芸もなく同じ形式をくりかえしてしかいないことに、決して夢でも架空でもない、実生活のその重みと味気なさといったものを、やがて感じはじめたのだ。当然僕は退屈した。なにかとんでもない変化を心待ちにしていた。そんな僕は、自分の反射的な行為とか気まぐれといったような、僕の軽率さを恃《たの》むような気持ちでもいた。大体、僕は自分の生来の軽率さをそんなに憎んでも嫌ってもいなかった。もしかしたらそれは僕を思わぬ方向にみちびき、僕を変えてしまうかも知れない。未知への遁走に役立つかも知れないのだ。そのころの僕にとって、未知とは危険のシノニムでもあったろうが、中途半端なままで終ろうとしている状態の僕の冒険趣味には、そんな軽率さでも大切だった。勿論、だからといって何でもかでもにそそっかしく首をつっこんでみようと決めたのではない。その日の突飛な僕の行為には、そんな心理的な底流があったというだけの話だ。つまり、僕はその日L映画劇場の中で、隣りに小柄の可愛いい少女が座ったのを幸い、ふと何の気もなくその手を握ってしまったのだ。強いて大胆になったのでも、意識的だったのでもない、ごく自然に……というのも変だ。いわば、ごく遠慮なく、といった動作だった。温和《おとな》しく手を握られたまま、少女は首をめぐらして僕を眺めた。僕は真赧になった。だって、女の視線は明らかに次の行為を待っていると思えるのに、僕は突嗟に何をどうすればいいのか、まるきり見当がつかなかったからだ。と、そのとき「変化」が来た。後から肩がぐいと小突かれると、おい、ちょっと表へ出な、とお定まりの文句が、押し殺したような男の太い声で耳たぶに当ったのだ。

一瞬救われたような気がした。定跡どおりの小説の中を歩いているような気もした。ひどくしらじらしい気持ちもした。しかし次にたちまち僕を襲ったのは氷のような恐怖だった。あらためてカーッと首筋から全身が火照りはじめてくる。でも、止むなく僕は素直な女の柔い手をはなして、男について映画館を出ると、裏の板塀にかこまれた細長い空地に出た。男はガニマタをふんばって僕を睨んでいる。ドン・大五郎との、それがはじめての対面だった。

だが僕よりざっと四、五寸は低い、肩の筋肉の盛りあがったその男は、茹でたカニみたいに角ばった平たい顔を紅潮させ、垂らした両手の先におどろくべく大きい石斧のような拳をつくって、正面から僕を睨み倒そうという猛牛みたいに立ちはだかっている。僕は憂鬱であった。もともと戦意のないのを認識して、僕は鼻血を出してながながとノビているウドの大木みたいな悲惨な自分の姿を思うと、なさけないがまたひどく滑稽な気がした。すべてがバカバカしく、恐怖というより、すでに白ちゃけた諦めがきていた。腕力の自信なんかあろう筈ない。卑屈に地に両手をついて詫るなんて造作もなかったのだが、彼の口汚なく吐きかけてくる罵倒のセリフは符牒や訛りのため聞きかえさずに殆ど理解することができず、そのうちに彼はいよいよ怒りはじめ、詫る機会なんてどこかへ行ってしまった。イキリたって顔を真赤にしたムキなその男がおかしく、つい、ニヤニヤと僕が笑ったのがキッカケになった。男は「オンバアを脱げ!」と大喝した。

もう仕方なかった。逃げられっこはなかった。僕は学校の屋上で毎日のようにみる喧嘩を思い出して、一応、応じる姿勢だけはとった。不思議に、するとはじめて闘志が湧きはじめた。僕だって一つや二つの手ぐらいは覚えていた。

そのとき、睨みあった男の顔に、やにわに悪戯を発見された子供みたいな弱々しい狼狽がうかぶと、何かに射すくめられるように彼は棒立ちとなり、僕にはお構いなく別人のようにしおたれ首を垂れて立ちすくんだ。——振返って、僕は背後五米ばかりのところに、先刻手を握った女が寒そうに白い雨外套の襟を立ててじっと険しい表情で男を睨みつけているのを認めた。

「大《だい》ちゃん、あやまんなさい」

「……だけんど、よう、ミサ……」

するとその小柄で円顔の女は、おどろくべきことを言った。

「このひと、きっと強いわ。きっと東京の与太者さんよ、あやまんなさい、大ちゃん。喧嘩なんか、やめるの」

しばらくは僕はそれが自分のことだとは思いも寄らなかった。僕は振返ったまま、赤々と燃える夕映えを背にうけ海岸の塩気を含んだ湿っぽい風に毛をなぶらせて立つ、怒気というより恐怖を面にあらわした少女の、小さな蒼白い顔に茫然とみとれていた。彼女の声はテキパキした江戸っ子の口調だった。少女は同じような焦点のない声で、今度は呟くように言った。

「このひと、きっと自信あるのよ。だから喧嘩なんか、しないわ」

そろそろと大五郎が近づいてきた。緊張した無表情な顔で、僕は振返った。

「……すまねえ、兄キ、お見それして」ピョコンと頭を下げ、叱られた小学生のように意気を喪失して、彼は上目づかいに僕を面映ゆそうにちろちろと眺めた。少女の言葉は、この男に意想外に強力な効果をもっているのだった。

なにか異常を感じながら、僕がさっぱりわけがわからなかったのも無理はあるまい。女はさっきと同じところをみつめたまま観音様のように動かない。喧嘩相手は何もしないうちに僕の傍で詫っている。どうやら僕を東京のヤクザとまちがえているらしいが僕は自分がダマされているようなへんな気持ちだった。——よし、じゃ僕ごとこの嘘にダマされてやろう、そう僕が決心したのは、しばらくして、とにかくこれで鼻血を流さずにすむと見きわめをつけてからだ。僕はできるだけ唇を歪め軽い吐きすてるような口調で、「そうか、じゃ喧嘩は止そう。俺は杉田って言うんだ。このへんに顔見知りのねえ男だ」と言った。もちろん本名じゃない。杉田と言うのは、六尺ゆたかの大男であとで土建屋に入った、僕のクラスの与太者の中では親分だった男なのだ。

「……お嬢さん、どうも失礼しました」ついでにふてぶてしく僕は言って、はじめてその同じところを動かない色白で首の細い、どこか子供っぽい感じの女が、焦点のない瞳をひらいたまま、唇を細かくふるわせているのに気づいた。頬に泪のあとが光って、少女は放心しているように見えた。大五郎がとんで行って彼女を支えるのを、異様な衝撃をかんじたまま、僕はぼんやりと眺めていた。彼方には、雲間を射し貫く幾条かのはげしい赤光が天に昇っていた。

その日、それから駅前のイチノセで、僕はこの奇妙なカップルと友達になった。大五郎はまずくどくどと自己紹介をしてから、女を紹介した。女は美佐といって、意外にもやはり同い年だという。もうすっかり元気だったが、あまり口をきかない性質《たち》らしく静かだった。――美佐。白い雨外套の袖からのぞく真赤なセーターの手首が、びっくりするほど細い。しかし決して痩せてはいない。華奢な、しなやかな骨細のからだだった。血管の透けて見えそうな白いなめらかな皮膚にも、すこしまくれた紅のない淡いさくら色の唇にも、切長の一重の目も、どこか稚い病弱な少女のような果敢なさが感じられた。片頬にやさしい微笑をうかべたまま、美佐はほとんど口もきかず、瞳も、ちらちら僕が見る毎にたいてい放心したように壁の一点をみつめている。すべて動作のおおような、怠惰な、無表情な、いつもくたぶれたような目つきの、……そう、いつも男から何か働きかけられるのを待っているような感じの女だった。僕はやっと彼女が東京生れのことを聞き出したが、美佐のことについては、何故か彼女自身も大五郎も、妙に寡黙で語ろうとしない。僕は二人の関係がどうもよくのみこめなかった。

大五郎は、しかし、疑いというものを持たない男だった。杉田さん、杉田さん、と嬉しそうに僕を呼びはじめて、僕が面白がって話すでたらめなギンザのヨタモンの出来合いの身の上ばなしをなるほど、うん、よくわからね、とすっかり信じこんでしまった。そのころになって、やっと僕は自分の危険な軽率さに後悔をはじめた。そこで仲間の仁義という言葉で、僕は僕についての一切のことを固く彼に口止めした。大五郎は気負いこんで言った。

「絶対に口外しません。誓うですよ。なあ。よう、美佐?」

美佐はおどろいたように瞳を戻して、にっこりと肯きながら僕に笑いかけた。その遠いところに生きている人のような、奇妙に関心のない笑顔に、どう応えてよいか迷いながら、僕はしかし、とにかくそれで一応杉田という新しい僕の存在が確認されたのといっしょに、しばらくは身の安全が確保されるだろうことを感じた。

だが、不安は募るばかりだった。いつ、このウソツキ奴、と撲《なぐ》りとばされるかは判らないのだ。すっかり臆病ないつもの僕にかえって、僕は大五郎が、この土地の彼の属する宮松組とかいう与太者の組織について長々と喋るあいだ、河岸《かし》をかえるべきかどうか考えていた。危険とその恐怖は大きかった。しかし僕には、自分がまた道草をくわずには居られないのもわかっていた。嘘が嘘を生んでゆく、そんなときの自分の弱さもわかっていた。結局のところ、なるべく偶然にもこの二人に逢わないようにすればいいのだ。僕はそう思った。しかし、それは相不《あいかわ》変《らず》平塚へやってくるということでもある。

大五郎が、疲れたという美佐をつれて二人して店を出て行くとき、僕はじっと美佐の後姿を見送っている自分に、はじめて先刻からの逡巡の原因を見たように思った。すでに僕はそのとき自分の弱さに裏切られていた。僕は美佐を好きになってしまっていたのだ。

しかし、子供らしいストイシスムのせいか、僕は自分が美佐を好きになりかかっているのを知ると、かえって楽に平塚を素通りすることができた。道草の味や与太者の恐怖を忘れて、僕は平塚に寄らないのはその美佐のせいだとさえ思い込んだ。他人を愛するより、自分が孤独であることの確証のほうを大切にしていたい年頃のせいもあって、好意をもつ異性にたいして、接近より自己抑制することのほうがそのとき僕には容易だった。

一週間目の午後、だが僕はまたイチノセにぶらりと入って、そこに大五郎と美佐が並んで坐っているのを見たとき、白刃を擬せられたような恐怖に立ちすくんだ。美佐への傾斜をどうころがり雪崩れおちてゆくかわからないという空想的な不安より、僕は嘘がバレたのではないのかと真剣に甚だ現実的な心配をしたのだ。もしも大五郎がそのとき僕に笑いかけなければ、僕は後を向いてきっと一目散に遁げはじめていたにちがいなかった。

「やっぱりここに寄られたね」大五郎は他意のない朗らかさで言った。「今日も外映を観られるですか？」

「いや……」慌てて僕は言った。「今日は海岸のほうでもぶらつこうかと思ってたんだ」

「汚ねえ海岸だよ。今日は天気がいいが、……でも浪は荒れてんだろう」

大五郎は途中から独白のようにいうと、美佐に、やさしい子守りみたいな口調で言った。「どうしる？　美佐。……杉田さんと散歩すっか？」

じっと僕の顔をみつめながら、美佐ははじめて白い木実のような歯をみせて笑った。それが同意の合図だった。このまえと同じ雨外套の美佐は、よくみると毛が濃く、生え際がせまっている。揉上げの長く生えそろった毛がよけい顔を小さくしていた。そして、目のふちと鼻のわきに細かな雀斑《そばかす》が散って、皮膚には脂が浮いてみえた。

それでもイチノセを出るころになると、僕はすっかり落着きを取戻した。美佐は想像してたよりか綺麗じゃない。貧弱な発育不全みたいな温和しい小娘にすぎない。歩きながら、やたらとパットを詰めた背広に毛布の切れ端しのようなマフラアをまいた、小男の大五郎が何か僕にしゃべりかけるたび、笑みを含んだ美佐の物しずかな顔が肩ごしにこっちに向けられるのを感じて、僕は甘い得意な気持ちだった。それに大五郎は、どうやら僕を信用しきっている。うきうきした口調には、率直な好意すら感じられる。すっかり気をよくして、僕は彼を相手に気まぐれな空想をペラペラとしゃべりまくって、それを僕の実際の経験のように思わせるのに熱中した。とにかく大五郎はその日海岸につくころ、僕を兄キ、ギンザの兄キと呼びはじめていたのだから。

歩いて、二十分程の距離であった。ひろい砂浜を前にした小高い枯芝の丘に立つと、突然、思いがけぬほどはげしい潮風が、真正面から僕らの顔に当った。海は、目の高さからまるで傾斜した青瓦の屋根のようにこちらへと雪崩れてきて、幅ひろい鳴動が赤土の丘を憾《ゆるが》す。一面に三角の白い旗に似た風浪《かざなみ》が立って、海は渚からはるか離れた僕らにまで、細かな繁吹を冷たく散らしてくる。つよい風は時に砂粒すら混えている。僕は両手で顔をおおう美佐の、下腹部に密着した白い雨外套に、あきらかにその二本の腿の太さを見た。

日当りのいい海岸には一人の漁師の姿もない。丘ちかくまで、幾艘かの漁船が引上げてある。いつもその船を岸辺に曳くワイヤア・ロオプの杭は、灰いろの砂丘のかげで烈しい砂塵に打たれている。——僕らは早々に烈しいその風を避けて、小丘の裏の若い数本の松のある窪地で、言い合わせたように横になった。そこには嘘のように風が無かった。

濤《なみ》の音が、頭にひびいていた。仰向いて枯草を枕にしながら、僕はまるで意外な発見のように、視野いっぱいにひろがるよく晴れた青空をぼんやりと見ていた。澄明な光を湛えた巨大な泉みたいな天空のなかに、なにかを覗きこんでいるような気持ちがする。皮膚の裏側まで光に洗われてしまったように、そのとき僕は空虚だった。

「私、こんなに眩しい青空なんて、嫌い」

ふいに美佐が言った。彼女は僕の左に並んでいた。しばらくして、僕が言った。

「……じゃ、どんな空が好き？」

答えはなかった。見ると、美佐は仰向いたままの横着な姿勢で鏡を出して乱れた頭を直していた。僕の視線にきづくと、彼女はにっこりして顔を僕のほうにずらした。それから芋虫のように、背をそらし、横目で僕をみながら腰をずらして、二三度そんな動作をくりかえすと、両手で鏡を持ったまますぐ近くに来た。

「……私ね、黒子が顔に五つもあるのよ。小さいけど。でも今みたらこっちの眉毛の中にも一つあるの。だから六つ。……」

「眉毛の黒子はいいんだ。お金ができるんだってさ」

「あらそう？　うれしいわ、それじゃ。……ね、見て」

眉のその黒子を見せるようにかぶさってくる美佐を避けて、僕は半身を起した。仰向いたまま、何故か声を立てて嬉しそうに笑う美佐を、大五郎が鎌首をもたげたように、真剣な興味にみちた目でながめていた。真面目な、いわば敬意に充ちたやさしい目つきだった。僕は、そのときはじめて大五郎が、まだ美佐を犯していないのを知ったように思った。……肩をゆすって、彼は僕にしょっぱい顔で笑いかけると、弁解のように言った。
「俺、このところどうもへんなゲップが出てやりきんねえ。俺、珈琲、だから好かないすよ」

——

その日、僕はすこぶる上機嫌で彼らと夜おそくまであそんだ。もうすっかり安心してしまっていた。以来、僕はこの無邪気なカップルを信用して、朗らかにイチノセで待合せしてつきあうようになった。——勿論、相不変僕は杉田だった。そんな嘘は、しかし、一つも心には咎めはしない。僕はドンダイをつかまえてでたらめなホラを吹くのが面白くて仕様がなかった。彼の口の固さは、確かに一寸類がなかった。だから何の警戒も要らない。僕は彼を相手にして僕の空想力を野放しにする。話してゆけばゆくほど、僕は自分がどんなにみっともない、だらしのないチンピラ不良に僕を似せようと専心しているかに気づいてくる。クリミネル・チャイルド。それは一つの無頼な夢の具現なのだ。戦争のおかげで人並に家族というものの結合のはかなさを充分に理解しながら、しかしやってきた平和な社会の中で、現実にあいかわらずその家族というしきたりの中に、厳重に身動きもできぬ位置や役目とともに、しっかりと僕は嵌めこまれてしまっていた。そして僅か十七か八で、家庭の金銭上のことはおろか、家族の揉事とか生計の相談、姉の縁談とか親戚の家のいざこざの交渉まで、否応なく背負いこまされていた僕の、それは真剣になれる唯一つの遊びだった。だから、せめてこの平塚で実現し、大五郎に説得したかった僕の像とは、つまりそんな家族内で信用されているのとはまるきり逆な男だった。

……だがそんなことはどうでもよい。とにかく、僕はそこで懸命に現実の僕を抹殺し、口先だけででもそれから遠くへと逃れるのに、自瀆に似たある秘密な愉しみを味わっていた。そう、それはまるで初めての道草の宵のような、東京や二宮でのシカツメらしい僕が、緩慢な死を遂げつつあるという快感でもある。そして、こんど生れた新しい僕は、もはや任意の男ではなく、ホラ吹きの一人のヤクザなのだ。テエブル・マナアの知識を開陳したときのことだ。ついに、僕は自分がある華族の妾腹の息子で、家では事々に虐待されるが、将来はカタギのホテル経営者になるつもりで、来年からはそのホテル学校に入学するのだという、奇妙な実話までつくりあげた。

ところで、美佐は、……いや、美佐のことを書いてしまう前に僕のアルバイトについてふれておこう。

平塚での数時間は、当然、不自由のないていどの小遣いを僕に要求する。財布はすぐカラッポになる。都合しようにも、僕はそれまで自力で一銭も稼いだことさえない。——だがいったん平塚のことを口外しないと決めた以上、金を費う理由を明らかにすることはできず、そうそう家計からヘソクルことはできない。僕は家計簿を一々検査する僕の役目と、その家計の予猶のなさを呪った。内幕を知らなかったらかえってネダれるのだ。僕は責任上、使途不明の出費を母に納得させることはできない。内幕の苦しさを知ればなお出来ない。困じはてて、僕は父ののこした本を整理のため売るという口実で、そのいくらかを着服することに決めた。……だが、すると運のいいことに、その茅ケ崎の古本屋で、アメリカ煙草が安く手に入ることがわかった。僕は早速本を売った金を資金に、洋モクのブロオカアをはじめることに決心したのだ。同類は学校にごろごろしている。捌くのに大した苦労はない。僕は勇をコして茅ケ崎に行き、古本屋の親父と交渉した。茅ケ崎には米軍戦車隊のキャンプがあり、交渉の最中にもパン嬢が二人ばかりおじさん煙草買ってと頼みにくる。——交渉は成立した。

月窓社というその古本屋は、茅ケ崎の駅を海岸の方に降りて、少し右に歩いた右側にあった。それから週に一二度、朝の学校の行きがけに僕はそこへ寄って、薄暗い奥に火鉢を前に坐っている主人かカミさんに向って、黙ったままピョコンと右の親指を立ててみせる。すると彼らは赤褐色の鷗外全集のうしろを探って、いくつ? と言いながら蠟引きの細長い函をとり出す。僕はワン・カートンをたいてい六百円か七百円で買った。……外套の内側にかくすような素人っぽいヘマはしない。堂々とボストン・バッグに押しこみ、上に黒と黄の縞の、ラグビイ選手のようなセーターをこれ見よがしに詰める。そして僕は運動部の学生のような大股で、颯爽とちょうど試験期だった学校を歩き、料亭とか宿屋の息子たち、金持ちの坊やたちにそれを売りつけてまわったのだ。いつのまにか僕はかつてとは見違えるほどふてぶてしく、また朗らかになり、ヤクザめいた仕種までが板についてきてしまっていた。

学校には、そのころ殆どあらゆる種類の職業人が学生として来ていた。保険屋、バンドマン、会社員、会社社長、エロ作家、バアテン、日雇い、ガイド、ダンス教師、男メカケ、……一番多いのがＰ・Ｏ・Ｗなんてジャンパアを着たセールスマンとブロオカアだ。学校はさながら奴等の取引所、連絡所、事務所兼販売所であった。皆それぞれの生業にムキになっていたので、僕の変化なぞは何の関心もなく見すごされてしまったのだ。

当時、東京発三時二十分という伊東行きの列車があった。湘南沿線の学生たちの中で、多少とも不良とか与太者、ズベ公をもって任ずる者は、殆ど皆その列車の最後部の箱で顔を合わせて東京をはなれてゆく。勿論、程度の上の悪者たちは、明るいうちに列車にのるなんてことはしない。だから、つまり毎日その箱に集る連中とは、戦争による生産階級のブウムでもなければ東京の大学に行くなんて思いも寄らなかった百姓や漁師の伜たちで、その中でもチンピラの連中だったわけだ。不良というより、夢のような毎日に浮かれて少々羽目をはずしすぎていたのだろう。サガミなまりの、ヨウ、ヨウ、となんでもかでもそう言葉のあとにつける、牛革のサンダルから赤い太い足指のはみ出てるような学生たちだ。

僕は用心して、決してその箱だけには乗らなかった。彼らは顔を覚え、身許調査するのがじつに迅速である。彼らと顔見識りになるというのは、つまりヤクザな僕を東京と二宮に持ち越してしまうことだ。そして大五郎は、その仲間じゃないということだけで僕に好意をもつほど、連中をひどく嫌っていた、嫉妬もあったろうが、要するに軽薄な都会かぶれで、アメリカかぶれだという。ドンダイは勿論国粋主義だったが、それにしても嫌悪というより、その口調はむしろ憎悪だった。きっとあまりに彼らが美佐に関心を示しすぎたのが、まず気に喰わなかったにちがいない。

だいぶ日の短くなった或日、僕が偶然三時二十分の列車を平塚で降りたときだ。駅前の広場の植えられたばかりのポプラの幹に背をもたせて、わらわらと列車の最後部から下りてきた揃いの紺スプリングの学生たちを、大五郎が執拗な憎悪にちかい目つきで眺めているのに気づいた。大五郎は、そして玄人っぽい眼つきであたりに眼配せをすると、ぶらぶらとポプラを離れ、学生の一人に因縁をつけて、とたんにおどろくほど爽快な喧嘩をおっぱじめた。大五郎の仲間は金次というどこかの網元の伜と、もう一人、名を知らない真面目な若い百姓タイプの男だ。野次馬がとんでくる。女の悲鳴がきこえてくる。両手両足をつかって大奮闘の大五郎の太い首筋がちらちらと見える。しばらく見物してなお足りずに、僕は乱闘を肩越しに見ながらイチノセに入った。美佐が珈琲茶碗を前において、壁の画でも眺めてるみたいないつもの眼眸でひっそりとそこに坐っていた。今日もふだんの雨外套を着ている。黙って僕が横に坐ると、美佐は飲みかけの鉈豆《なたまめ》くさい珈琲を細い白い指で僕の前に押した。飲めというのだ。

「今日ね、もう珈琲これでおしまいなんだって。とっといてあげたわ」

平和なその目を見て、僕は彼女が大五郎の喧嘩を知らないのだとわかった。ふと僕に悪意が――、悪戯好きないじめっ子のような気持ちがうごいた。

「美佐、ドンダイ、喧嘩してるぜ」

「うそ。いけないって言付けといたもん」

美佐はまじまじと探るように僕をみつめた。冷たい珈琲を前において、スプーンを玩具にしながら、二度、僕は言った。

「いま駅前でやってる。相手は学生だよ。きっとまた、美佐をからかった奴なんだろう」

すっと血の気がひき、美佐はとたんに恐怖のかたまりになった。

「杉田さん、ほんと？　見たの？」

「僕、喧嘩みるの大好きだから」

「うそ、うそ。杉田さんもきっと、見るのも嫌なんだわ。杉田さん喧嘩しちゃいや」

「……ドンダイならいいの？」

「いけないわ、喧嘩は、でも、大ちゃん駄目ね、いくら言っても大……ああ、また……」

美佐の頬はいよいよ蒼褪め、発作のような神経的な痙攣がその頬に走った。唇が白く乾いたままパクパクする。もう声も出ない。青い頬がつめたく、陶器のように硬くこわばりはじめてゆく。——既に僕は後悔していた。

「美佐、おマンジュウとろうか」

うろたえて僕は、うつろな彼女の目が描き出しているに相異ない惨澹たる大五郎の死闘のさまを覆いかくすように、美佐の顔に顔を寄せた。手巾《ハンカチ》であふれ出てくる涙を拭く。泣きじゃくりながら美佐はされるままになって、やがて頭を僕の肩に傾げてきた。

——実は、僕は勿論、もうその頃は知っていたが、美佐は一種の精神耗弱者だった。喧嘩というと恐怖のあまり気絶するのだ。直接の原因は東京での空襲の恐怖だったらしい。彼女の頭脳はひとつの明るい廃墟だった。彼女はそれからのまる四年ものあいだ爆撃とか戦争とか喧嘩だとか、人々の雑沓までに異常な恐怖を覚える、痴呆にちかい日々を送ってきていたのだ。

実際、はじめ美佐は雑沓の中に出るたびに悲鳴をあげ、頭をかかえてうずくまってしまったほどだという。戦災で焼死した父母が昔世話をしていた関係で、平塚旭町の大五郎の親父、魚《うお》清《せい》の店に引取られてからでさえ、魚の血や刃物をみていくども卒倒したのだという。……もちろん、僕は大五郎の口からはそんなことは一言半句も聞かない。すべて弟分の金次から聞いていたのだ。

美佐は家では何一つしない。時折ぶらぶらと大五郎の庇護の下に人ごみを歩けるようになったのも、やっとここ一年ほどのことだという。大五郎との関係は、だからたしかに男と情婦のそれじゃなかった。肉体的には何一つなかったろう、ドンダイを自称する大五郎は、何故か美佐が引取られてから、それまでの多少の女関係をすべて清算して、美佐のお守りを買って出たのだ。まるで自分の彼女のように紹介しながら、実は二人は主従関係で結ばれていた。そして、大五郎は家に引取られた神経異常の美佐をつねに監視しながら、次第に崇拝のような、憧憬に似た愛情をかんじはじめていたんだろうと、僕は思う。大五郎は美佐の周囲を警戒し、守りながら、騎士が姫に捧げるような献身の快感のとりこになっていたのだろう。……僕は、彼のその純情を、騎士としての忠実さを、そして誠実さを信じる。

喧嘩の翌日は一日中冷たい銀いろの霧雨が降りつづいた。僕はまた午後イチノセに寄った。すると入口ちかくに、右の眼のまわりを青黒く絵具で描いたように脹らして、大五郎が坐っていた。美佐はその大五郎からとおくはなれて、知らん顔で一輪差の百合を弄《いじ》っている。僕は異常をかんじて、何となく二人の中央の卓に坐った。

「……どうしたんだ、ドンダイ」

「口きかないで!」烈しく、美佐が叫ぶように言った。「今日一日、私たち、大ちゃんに口きいてやんないことにしたの。ね、そうね、杉田さん?」

大五郎は苦笑して、面映ゆそうに眸をそのまえの冷えかけた番茶におとした。

「なんだ、私たちって、僕と美佐のことか」

おあずけをくらった小熊のような大五郎に失笑しながら、僕は照れかくしでではなく、むしろ面白がりながら言った。美佐が僕の横に来て、ぴったりと体をくっつけて座った。僕たちは無邪気に笑いあいながら、黙りこくった大五郎を眺めていた。

大五郎が、そのとき眼の隅でちらりと僕らをみると、そのまま無表情に目をそらした。それがはじめて僕にコチンときた。いったいなんで僕にそんな顔をすることがあるんだ。――思ってからしかし、すぐ僕は自分のあまりの幼さを反省した。だいたい、他意がなかったとは言え、喧嘩したのをいいつけたのは僕じゃないか。僕は思った。そうだ、僕は内心自分でもおそれているより、実はもっとはるかに子供なのかも知れない。まるで、幼稚園の子供たちみたいにこうして仲良く美佐と肩を寄せて、それがどんなに大五郎に惨酷だかを考えもしない。どんなに彼を傷つけるか思ってもみない。たしかに無邪気だけではすまされないことじゃないか。……大五郎は形のわるい薩摩芋みたいに腫れあがった顔をうつむけ、厳丈な肩幅を羞じるように小さくして、でもどこかふてくされたテコでも動かない感じで床にじっと目を落している。僕は子供だ。しかし、こいつは大人なんだ。こいつは、女だって知ってやがんだ。……俄に僕は敵意に似たものを感じた。美佐を好きなのはお前ばかりじゃない、それに、僕はまだ女なんか知らないんだ。——それはいわば「大人」への敵意、いや、すぐ前を走る競走者への憎悪に似た、戦闘的な意識だった。僕は頑張って彼を追い抜き、彼に手のとどかない世界へ美佐を奪ってやりたかった。……とまれ、はじめて僕に美佐を奪ってやろうという意識の、あからさまに兆したのがその刹那だった。

僕は急に不機嫌な「杉田」の顔をつくると、ぶっきら棒に珈琲を二つ注文した。ほとんど同時に、今日は大ちゃんには何もやんなくていいの。お仕置きなの。そう美佐が言った。美佐はだから僕の二つだけの注文にひどく満足して、喉の奥に音を立ててしばらく愉しげな忍び笑いをつづけた。

黙ったまま、僕は美佐の小さなまるい肩を抱いた。意外に弾力のある肉づきが感じられた。

美佐は僕の胸のなかに倒れてきた。小鳥のようにせわしなく、雨外套の胸を柔かく上下させて、首を仰向かせてにこにこと笑いながら、肩を抱いた僕の手を両掌でつつむように握った。大五郎は海底の石のようにしずかである。美佐は僕の二の腕を枕にしている。ちらりと銅像のような彼の姿を見て、僕にちょろっと小さな朱桃いろの舌を出してみせた。

「今日ね、大ちゃんったら、ついてこなくていいっていうのに、私のあとばかりついてくるの。——うるさいのよ、とても」

可笑しげに瞳を動かせる美佐に、僕は明瞭に一人の女を見た。理解できないおそろしい現実のなかで、そっと呼吸《いき》をころして日を送っている白痴にちかい美佐の、その中の女は、そんな自分の行為や言葉が、大五郎へのもっとも手酷い刑罰であるのをちゃんと悟っていた。

突然、大五郎がよろめくようによろよろと出口に向った。硝子戸の前で足をとめ顔を真赤に力ませて振返えると、充血した目で僕と美佐を等分に眺めて、牛が吼えるようにどなった。

「俺ア、美佐、もう絶対に喧嘩しねえ！　止めただ。もう、絶対にしねえ！」

「——今日いちんち、口きいてやんない」

ぴたりと彼の怒声に定規をあてるように、そう美佐が言った。無感動な、唱うような語調だった。すると、それだけで、風船がしぼむようにみるみる大五郎の力が抜けてゆくのがわかった。うなだれて彼は慄える手でガタピシと硝子戸をあけると、霧のような雨の中をしょんぼりと去って行った。音もない雨脚に洗われた彼の姿が、小路を消えるのを、僕はじっとみつめつづけた。――僕は自分の陰険な眼眸に気づいた。僕は「杉田」が、すでに僕に乗憑《のりうつ》ってしまっているのを感じた。

映画を観てから、その夜、僕は美佐と二人で、生れてはじめての呑み屋の酒をのんだ。一時間ほどしたとき、ほんのりと頬を染めた美佐は、握っていた僕の手をふいに唇に当てた。やがて、やわらかな熱いものが手の甲に触れた。美佐が舐めたのだ。美佐はそれから僕の人差指と中指とを、ふとその口に銜《ふく》むと、かるく歯を当ててしゃぶりはじめた。……もう、僕は耐えきれなかった。そんな刺激的な経験はなかった。痺れるような激越な肉慾が一挙に僕の目をくらませ、オシでツンボにしてしまった。火の玉のように全身が火照ってくる。最早前後の見境いもつかない。金を台に投《ほう》り出すと、じゃ又、と誰にともなく言いすて呑み屋の障子戸を蹴倒すようにあけて、僕はうそ寒い夜の雨の中を駅に向って全速力でつっ走った。――バカ。バカ。美佐に、自分に、いや全てに、怒ったみたいに僕は、そう繰返えし夢中で心に叫びつづけていた。

生れてはじめての猛々しい慾望の記憶は、裸の僕の肌にぴったりと貼りついてしまっていた。恰度学期末の休暇が来たのを幸い僕はしばらく平塚に行かなかった。再び僕は美佐をおそれはじめていた。

だが、僕はすっかり美佐にイカレてしまってもいた。二宮の家の縁側から見ると、シバザクラの地を匍う雲のような白に囲まれ、母の手造りの独逸アヤメやヒヤシンス、チュウリップが多彩な花をひらいている。ふいに僕は乱暴に見事なその花輪を捲《むし》りとってやりたい衝動に駆られる。花をじっとみつめていると、蜂のように、その中心にもぐりこんで内部を見きわめてやりたい気がする。部屋で勉強する筈のノオトに美佐の顔を夢中になって描き、それに手脚をつけて、怺《こら》えきれなくなって口中に含んだ二本の指を血の出るほどつよく嚙んだりする。海岸の、よく晴れた春の空に向うと、ふいにいつかの平塚海岸での美佐の声が聞こえてくる気がして、青空に美佐を感じる。夥しい陽光に目を射られるたび、なまなましい肉感がよみがえってくる。美佐が、平塚――いや、道草というひとつの青空の中を糸の切れた凧のように漂った僕の、遭遇したその天の涯の青い透明な壁みたいな気もしてくる。……そんな僕には、平塚での、美佐と過す時間以外のすべては、みんな贋《にせ》のようにすら思える。二宮や東京での僕こそが、実は架空でウソの僕なのではないだろうか？　ここは砂漠だ。僕は僕のヌケガラにすぎない。正直、僕はそんな考えにさえとりつかれた。……しかし、僕は平塚に行こうとはしない。なんだ、たかが白痴の女じゃないか。思いながら、確に僕は美佐をおそれ、そのため大五郎たちを相手に、つい嘘という鎧を捨てて生身を剝き出しにしかねない僕をおそれていた。家族内での役目を忠実に果しながら僕はそれにかまけ、危険を身のうちに感じる間は、だから当分平塚に行くまいと決めていたのだ。

その間に学制は新しく切替っていた。学校も三田の山上に移り旧制の予科二年から僕は一挙に新制大学の二年生なのであった。……今になってみれば、あの日々はまるで朝の夢のように、朧げで実体のないしかし濃縮な時間の堆積だったように思える。一つの停止とさえ感じながら、それは実は猛烈な速度での若い僕の飛翔だったのだろうか。とにかく僕の平塚行きはその冬から春までの僅かな期間だったのだし、自然美佐に憑かれていた季節というのも、そう長いことではなかったのだ。

「杉田さん。杉田さんじゃねえんですか？」

新しい学期が始って一週間ほどした日の午後、帰途の列車の中でそう呼びかけてきた金次の声が、そして無意識のうちに僕の待っていた脳天への一撃になった。――僕は後頭部を鈍器で撲られたように思った。そうだ、僕は杉田、兄キなんだ、と。……

突嗟に僕はすれからしのヤクザの、物に動じない表情をつくって、じろりと振りむくと金次のアバタ面を正面から見据えた。金次は筒のように丸めたスポーツ新聞を器用に指でまわしている。

「――何か用か」

「いんや、べつに……」口ごもると、思いついたように言った。

「あんた、美佐ちゃんが毎日イチノセで待ってるってよう、知ってるのけ？」

「知らねえね」

「ドンダイもあんた待ってるだとよう」

では、とうとう大五郎と喧嘩する日が来たのだろうか。瞬間、僕はそれがひどく当然な、僕の待ちのぞんでいた決着でさえあるような気がした。もう、僕は覚悟していた。

「……よし、じゃ今日、奴らにあってやらぁ」

金次は、するとデコボコの満面になんとも醜怪な薄ら笑いをうかべて、僕の耳に口を寄せた。

「ドンダイよう、あいつ、美佐ちゃんに怒られてんだえ。あんたが来ねえのはおめえが喧嘩なんかしんからだとな、言われてよう、あんたが来てくれるまでは口もきいてやんねえだと。へへ、すっかり怒られちまってるらしいやえ。そんで仕方なくあんた待ってるんだ。ああ」

……その金次の言葉が、大五郎との喧嘩を、すっとまた遠くへ押しやったのを一応は感じながら、僕の喧嘩する決意の必要を、僕はもはや疑わなかった。僕は大五郎に美佐をくれと切出すつもりだった。

美佐にあったのはだから彼女のため夜も睡れない純真な僕じゃなかった。その仮面の杉田だった。懐しげな声をあげて近寄ってくる美佐をおしとどめて、僕は言った。「美佐、今日はちょっと用事があるんだ。明日うんと遊ぼう。五時……いや六時にここで待ってるんだ。な、いいな」

「しばらくだなあ、兄キ……」言って寄ってくる大五郎に、僕は杉田の冷然とした態度で彼を海岸にさそった。新調のフラノのズボンの大五郎は、ふと真剣な顔になって、ついてきた金次に美佐の番をたのむと、小走りに店を出て僕を追った。……何気なく僕はその屈強なガニマタを認めて、恐怖に全身を凍りつかせた。だが、既にスタートはきられている。

踏切を渡り、新築中の税務署の前の通りを、僕たちは無言のまま肩をならべて歩いた。沈黙にたえきれずに、僕は百米ほど前の電信柱を、用件を話し出す期限にした。僕は自らへの命令の実行に必死だった。感心にも、それでその前に来たとき、予定どおり僕はごく自然に口を切った。「ドンダイ、……」僕らは歩きつづけている。僕の声は意外に快活で子供っぽかった。——実際、一旦決心し、口を切ると、もはや僕はノサれる怖しさも忘れはてて、重荷を卸したみたいに明るくほっとしていた。「俺、美佐が好きなんだよ」

大五郎は黙っている。振返えらず、正面の空をにらみながら、僕はつづけた。「たぶん、美佐も、俺のこと好きだ」

「……俺も、そう思ってただ」

僕はアガっていた。素直なかるい声音のように思いながら、自分の声が、実はカサカサに上ずっていたのだとは、つゆ知らなかった。押し出すように僕は最後の言葉を口に出した。

「俺、あした美佐と遊ぼうと思う」

大五郎の足音が停った。振り返って、僕は足をひらき、向いあうように彼に対した。薬屋のかげから小路が曲っている。たぶんその奥が戦場になるのだろう。僕は全力をつくして大五郎とたたかうつもりだった。

大五郎は小さな鉄砲玉を嵌めこんだみたいな瞳で、じっと僕を凝視している。澄んだ、犬のように無心な美しい瞳だ。僕は彼が何か言うのを待った。……大五郎はしばらくして自嘲するように唇を歪めて、囁くように弱い声で訊いた。

「……兄キ、あんた真面目なんだな」

さりげない虚勢を張って、僕は突嗟に意味も考えずにこたえた。

「もちろんだよ」

「……俺あ、実を言えば最初《はな》っからそんな気がしてただ。いつか美佐は、きっと、……でも、美佐は生娘だだ。おどろかせないでやってくれやな、兄キ。……」

それが彼の答えだった。僕の耳はほとんど何も聞かず、カラッポの頭には無数の銀鈴が鳴りつづけている。ただ、僕は喧嘩することだけしか考えなかった。

「ドン……、喧嘩はしねえのか?」

「ケンカ? 喧嘩は止めただ、俺あ」

彼はさも意外そうに言った。僕はぽかんとした。……白い幾瞬間かの流れすぎてゆくのを僕は感じていた。単純な、しかし緊張した面持ちのまま、彼は放心したように彼方の海を見ていた。遠い空に、彼は彼自身の美佐の像を、みきわめようと求めているように見える。ある確信をもって、その瞳が停った。それが、必死に何かに耐えている姿に、僕に見えた。

「明日、六時にあう。イチノセで」

感情を殺して、淡々と僕は言った。

「さっき聞いただ」

「そうか。……俺の言いたかったのはそれだけだ。じゃ、ドンダイ、また逢おうぜ」

そのまま、僕は身じろぎもしない大五郎の横をすり抜け、まっすぐ駅へ歩き出した。税務事務所建設地と墨書された白塗りの柱の前まできて、僕はその春休みから吸いかけていた煙草の箱を出した。すると、いまさらの恐怖か興奮か、火をつけようとする僕の指が、急に何故かぶるぶると慄えてきた。


あくる日、僕は遅くまで学校で洋モクを売り捌くと、その日の売上げと元金とを合せた一万円ちかい紙幣束でポケットをかさばらせて、勢いよくイチノセの硝子戸をひらいた。めずらしく、いつも早い美佐の姿が見えなかった。

美佐は来ないのではないか。病気なのではないのか。いや、彼が邪魔をしたのではないか。卑怯にも大五郎は美佐をカンキンしたのではないだろうか。それとも、ひょっとすると彼は、昨夜彼女を襲いはしなかったか。……さまざまな妄想、さまざまな疑惑が、ひとりしょんぼりと椅子にすわる蒼じろい学生服姿の、その滑稽なイメエジの僕に重なって一瞬にうかんでくる。僕は自分の間抜け顔をあざわらう声を現実に間近の空間に聞くみたいに、しいて怒ったような仏頂面をつくった。

イチノセは駅の北口広場に面している。いかにも田舎じみて、便所へ抜ける裏口にいつも赤白紺のガラス暖簾《のれん》が吊してある。それが季節にお構いなく安っぽい涼しげな音をたてる。広場にむかう東側の、風景をいつもいびつに流している大きな安物の窓硝子に、Coffe. Cake. Tee. Itinose. と間違いだらけの泥絵具の緑の字が、ヘタ糞な椰子らしい絵といっしょに裏返しにならんでいる。気早な初夏の到来のように暑い日だった。気づくと、その夕ははじめて美佐を見た時のような、凄まじいほどの夕映えが硝子越しの町々を燃え立たせて、まるで赤い色硝子を透かすように、遠い正面の空に炎のかたちの雲が見えた。

実際には、まだ六時にはなってなかったのだ。おばさんのくれた渋茶をすすりながら、僕は黄昏れてゆく町の、せわしげな蟻の集団に似た雑沓をぼんやりと眺めていた。駅前の広場にはバスの発着所が横にならび、運動会のようにその一つ一つに沢山の人々が縦に行列している。近くの工員たち、男女の事務員たちが、既に今日の仕事を終えたのだろうか、駅へ向う人波、駅やバスから吐き出されてくる人波、そして頑固に動かない人々の列がそこでぶつかり合い、おしあいして、夕映えに赤く染りながら人々は動くこともならず犇めいている。小さなその顔の一つ一つに落日は赤く塗れていた。

六時。ふと物音に何気なく振返えった僕の目に、慌ただしくガラス暖簾の下を離れ、うす暗がりに消えようとする灰白色のズボンが映った。大五郎だ。名を呼びかけて、僕は止めた。きっと嫉妬にたえかねて覗き見にきたのだ……わくわくして、僕は間もなく美佐のくることを確信した。「おばさん、そろそろ珈琲を二つ頼むよ。僕ら、飲んですぐここを出るから」僕はわざと便所の方に向いて言った。

美佐は六時二分に来た。薄く口紅をつけて、無言のまま、僕を舐めまわすように見てたのしげに喉の奥で笑った。いつもの雨外套の帯を、寝間着のようにだらしなく前に垂らしていた。

「暑いだろう。それ脱ぐんだ」

僕は胴をきっちりと締めつけている手擦れしたベルトをほどき後から雨外套を脱がせた。美佐は逆わなかった。はじめて雨外套をとって生れ出た美佐は、すでに全く夏の装いであった。胸のひろく刳《く》られた白のブラウスから、おどろくほど豊かな双つの皮膚の盛り上りが半分ほど顔をのぞけて、滑らかで敏感な肌を無抵抗に曝している。見て、僕は白痴が寒暖にさえあまり関心がないという誰かの言葉を、とっさにつよく思い出した。辛うじて上半身の成熟を支えている花模様のプリント・スカアトの胴は細く、僕が両掌でつくる環の中にそれはすっぽりと入るようだ。伸びやかな白い脚が牝鹿のように踝《くるぶし》で緊《しま》っている。小柄で骨細ななりに、ちゃんと均整がとれみずみずしい肉づきの豊かな成熟した肢体だった。新鮮な情感が僕をたかぶらせた。美佐を前にした動作の一々に、どこか大五郎にみせびらかす気持ちがあったくせに、僕は彼の存在をまるきり忘れていた。いそいで珈琲をのみ終えると、僕は美佐の肩を抱いて店を出発した。美佐はよりかかるように半歩僕の前に立ち背をそらせて、後頭部を僕の腋におしつけてくる。押すように僕は歩かねばならなかった。

L映画劇場の最後列に席をとると、僕は早速手巾で美佐の口紅を拭いとった。僕は美佐と接吻した。ガチガチと音を立てて歯がぶつかり、肩を抱き寄せた腕に、美佐ががたがた慄えはじめるのがわかった。僕にも初めての行為だった。喘ぎながら、しかし美佐は繰返えし僕に唇をもとめてきた。僕らはそうして永いことその暗闇のなかで互いの顔をさぐりながら、唇を吸いあって時をすごしていた。……やがて、疲れ切ったように美佐は僕の胸に顔をあてて、かすかに、かすれた顫え声で言った。「私、ねむい」――当然、僕はそれを美佐の合図だと思った。

映画館を出ると、海鳴りが妙に新らしくしずかにひびいていた。日はすでに暮れて、空気の清澄なせいか、夜空に満天の星が綺麗だった。美佐をかかえこむように、僕は次のコオスを胸につぶやきながら角を駅の方角に曲って、ふと板塀の電柱のかげにひそむ人影にきづいた。透かしみるまでもなく、蹲って両肱で顔をかくしてはいるが、その平たい横幅のひろさ、逞しさは明らかに大五郎だ。一瞬、不思議と重い感動に、たじろぐように僕は足を停めた。昨日の薬屋の前での、あの海を見ていた大五郎の、自らの瞳がみとめた何かにじっと重苦しく耐えている顔が泛《うか》んできた。――大五郎はイチノセからずっとあとをつけてきたのに違いない。先刻、彼のかくれる影を見たとき、瞬間、未練なその嫉妬とそれをかんじ、僕はいじめてやりたい気持ちさえ誘われた筈であった。愚直な田舎者らしい女々しさシッコさに、腹立たしいまでの軽蔑を覚えた筈であった。――しかし、そのとき、僕はより真実な、動きのとれぬ彼という存在そのものの重みを胸に受けた。道祖神のように大五郎は無表情な背中でじっと息をひそめている。うつむけた逞しい首筋に、かすかに黄色い光があたっている。巌のようなその不動の姿勢に、僕は、いわば彼自身どうすることもできない、人が真面目な限りやりきれぬままにもそれに動かされてゆかねばならない、一人の人間の苦業みたいな偏執、そして美佐への、彼の愛への、つまり彼自身への彼の誠実さを、瞬間、ありありとそこに見たように感じたのだ。……ほんの一刹那のことであった。幸い美佐は気づいてはいない。さりげなく僕は片手にもった彼女の雨外套で美佐に見せないようにすると、わざと知らん顔で大五郎の横を通り抜けた。未知の、後をひく深いショックが僕の胸にのこっていた。

道を歩きながら、それから僕は幾度となく美佐に怪しまれぬよう振り向き、黙々と大五郎が見え隠れして僕たちを尾《つ》けてくるのを見た。――僕はやっと自分が大五郎を、美佐へのその愛を理解し、ようやく確認しつつあるような気がしていた。彼は今日も美佐が家を出るときからずっとあとをつけ監視しつづけていたのではないのか。僕は忠実で、善良で、涙ぐましい執拗なその献身ぶりを思っていた。きっと、多少感傷的でもあっただろう。とにかく僕は思ったのだ。彼の、その何という善意のひたむきさだ。純朴な可憐さだ。自分への責任感の強さだ。美しさだ。……僕に、そのことを美佐に告げさせなかったのも、たぶん僕のそんな一人の男への尊敬であり、僕自身の後ろめたさであり、また嫉妬だった。

――それにひきかえ、何という僕の軽薄さ、いい加減さ、一人よがりの甘っちょろさ、気まぐれで子供っぽいその残忍さだ。無心な美佐の肩を機械的に抱いて歩みながら、僕は、はじめて自分にも明らかにされた僕の正体への嫌悪に、侮蔑に、歯ぎしりをしたい思いだった。僕は旅ガラスの、その場限りの情慾に目をくらませられているのだ。何という無責任な、汚ならしく卑俗なその野心だろう。いつか僕は、いつまでも尾行を止めない大五郎に、その立派さに、怒り――いや憎悪すら感じはじめていた。そうだ。僕は彼を、うんと裏切ってやりたい。意地悪になってやりたい。うんと恥ずべきことをしてやりたい。大地のように無言のまま、確乎として、不動の彼を、思うさま泥靴で踏み躙《にじ》ってやりたい。そしてせめて僕というこの存在に、彼と対極的な意味をあたえるのだ。意味――それがたとえ悪漢、いや卑劣漢という意味であってさえも……。

抱いている美佐を、僕はそのときふと人形のようにかんじた。彼女だけは、僕らのそんな人間には、何ひとつ影響されない透明な空気のような固体だった。大五郎の尾行にも、人間的ななんの関心も持たなかろう。人間、――美佐という存在は、すでにそれとは全く無縁なのだ。彼女は、ただ、愛らしい白い暖かな肉をもった、無垢な人形にすぎなかった。

僕は、いっそ逃げ出そうかとさえ、心弱くおもった。要するにそして二人を結びつけることこそが、僕のすべての努力の目的だったのではないだろうか。つまり望遠鏡が二つの視野を一つの焦点に重ね合わすように、本来のそれが僕の役目ではないのか。僕はそんなふうにすら思ってみた。だが、大五郎の尾行という意識は、同時に、僕に約束した行動を強制するひとつの目の意識なのでもある。徐々に冷静さを取戻すと、やがて力なく僕は思った。きっと、どうあがいても、あの日から逃れることはできないだろう。逃れることはできない。僕は、つまるところ昨日口約したとおりの行動でしか目の持主にはこたえることができないのだ。やはり、僕はそれをしよう。それが目の僕にあたえる役目だから。イヤラシク生臭くなろう。それこそが刹那の衝動に忠実な僕のすがただ。……気づくと、美佐が低声で歌を唱っている。軍歌だった。あどけなく唱う美佐は、たぶん歌詞の意味も知らないのだ。立止ると、僕は強引に美佐の唇を吸った。髪の匂いを嗅ぐ。しかし、いくら忘れようとしても大五郎の目はもはや僕を縛っていた。

駅の北口から西に細長く、平塚には柳町《やなぎちょう》と呼ばれる花街がある。そこを抜けて歩きながら、僕は比較的きれいそうな、その町外れの宿をえらんだ。大五郎は僕たちがそこに消えるのを凝然と立って見ていた。――大五郎、はやくその目から僕を開放しろ、そうしたら僕は今にもここから逃げかえるかも知れないんだ。枕もとに青い豆ランプがある船室のような新築のその宿の二階で、生乾きのうすい水いろの壁をみつめながら、僕はそう窓の外の彼に呼びかけたいような気持ちだった。片隅に赤い姫鏡台の置かれた六畳ほどの部屋は、線路の近くなので、列車が通るたびにまるで大地震のように揺れうごいた。

僕は風呂を断り、美佐を宿の寝間着に着替えさせた。美佐はひどく愉しげに青い豆電球を玩具にしたりしたが、またひどく睡たげな顔で、まるで着せ替え人形のように従順に僕に赤い帯をしめさせると、すぐ蒲団にもぐりこんだ。純白のカヴァをつけた枕がもう一つ、その顔のとなりで僕を待った。

豆ランプを灯けると、僕は電燈を消した。たちまち部屋に海底のような青い光がながれた。部屋じゅうをゆるがせて貨車らしい轟音がとおりすぎる。力の抜けたようにへたへたと畳に坐りこむと、僕は裸になった僕の二の腕の青白さに、ぼんやりと意味もなく見惚れていた。

着々とあまりに予定どおり進行してゆく現実のその速度が、妙に僕には落着けず不安だった。むしろその現実の流れを飛び越え、ひとりきりの沼の中に沈みこみたい。……すると、部屋の明りが消えたのを認めたときの大五郎の顔が、心に、痛いように明瞭にうかんできた。沈痛なその目が僕を射抜いていた。僕には義務があった。美佐の白い肉を味わうという役があった。僕の前に投げ出された大地を踏んで歩いてゆくという、唯一つの僕の仕事が残っていた。大五郎という善意の化身への敵愾心が、僕に力をあたえた。二宮での僕をいくたびも慰めた淫美な美佐の姿体、その夢想の記憶が、すべてを忘れさせて、汗ばむほどの激しさで僕にめざめてきた。僕は夢中で夜具のなかにすべりこんだ。しばらくは息も止るような気持ちでからだを固くしていた。呼吸も殺していた。美佐の甘い体臭が匂ってきた。そして……そして僕は規則正しい、美佐の安らかな寝息を耳にしたのだ。

美佐は眠っていた。本当に眠っているのだ。先刻の言葉は本音だった。眠っているのに鼓舞された僕が、小さな白い顔にギゴチなく両掌をあて唇に唇をあててさえも、その眠りはさめなかった。——信じられなかった。僕は茫然と闇のなかに咲いた夕顔のようなその顔をながめていた。すると、平和な、委ねきった安らかなその寝顔に、突然稲妻が光るように、ある恐怖が走った。美佐は急に頰をゆがめ、眉をひきつらせた。「いや、いや、こわい、こわい、……ああ、こわいよォ……」美佐はクサメをする猫のように、唇のあいだから舌尖《したさき》を出し、まわらぬ舌で喘ぎながら言った。ランプのためいっそう青白い顔は仮面のように硬直して、魘《うな》されたように全身がくねり動いている。おどろいて僕は暴れぬよう美佐を抱きかかえた。呼吸を切らせながら美佐は白眼をむき、目に見えぬなにかに必死に挑むように、指は宙をつかんで苦しげに夜具をかきむしった。――だが、それは僅かな時間だった。やがて切れ切れの嘆息のような訳のわからぬ声が、不気味な断末魔の悶えのように唇を洩れるのが止むと、徐々に表情はやわらかくほぐれてきた。僕は眼瞼をおさえ、唇の端にたまった泡を拭いた。涎が枕を濡らしていた。そうして、美佐はそのときはすでに安らかな顔に戻り、僕の肩に鼻尖を押しつけて平常の呼吸にかえっていた。

……僕は、じっと嘘のような優しい美佐の顔をみつめた。無邪気にすこし唇の尖きをとがらせ、最早すべての不安の去った寝顔が目の前五寸の位置にあった。あやすように、腋を支えた手で僕はかるくその円い肩をたたいた。僕は彼女がひとつの架空で汚れのない眠りの中に生きているのを感じていた。美佐を怖がらせたのは何だっただろう。そして僕は思った。森の中にねむるガラスの棺のお姫様のように、彼女は自分だけの王国にいつもひっそりと眠っている。現実の記憶が彼女をこわがらせる。彼女には現実こそが地獄であり悪夢なのだ。……美佐の手が僕をさぐってくる。彼女は眠りつづけながら僕の首を抱く。夢になにを見ているのか、美佐は微笑している。ひとつの冴えた空白のように、僕は僕が次第に無力に静まりかえってゆくのがわかっていた。頰を寄せて、もう一人の僕が、彼女の夢と同じ平和な明るい虚空に似た王国のなかで、美佐と抱きあってすでに同じ安らかな眠りに入っているのを思った。眠りの中でしか、真の美佐と抱きあえる者は居ない。現実のめざめているこの僕とは、美佐には余計な、理解のしようのない動物にすぎないのだ。最早、僕には僕が美佐の眠りの中にいる僕とちがうあらあらしい僕になって、その眠りを破壊し怯えさすほどの気力などはなかった。大五郎の目などはどうでもいい。誰が何と言っても言わなくってもよい、僕は僕のやり方で同じ一つの生を生きるだけだ。僕らはきっと美佐の夢のなかで、森の仔鹿のようにふたりの裸をならべて同じ幸福な夢をみている。それ以上なにを美佐に要求できるというのだ。そして、それこそが僕の青空に感じた魅惑の正体ではなかったのか。その答えではないのか。――二宮での僕、東京での僕。その瞬間、僕にもすべての現実こそ、僕がいつもそれから覚めようともがいている悪夢のように思えた。

――僕はそっと蒲団を脱け出し、手早く着替えをすますと、帳場に下りて靴を出させた。美佐をそっと眠らせておくように云いつけ、金をはらって、夜の中に歩き出した。擦り寄ってくる人影があった。大五郎だった。

「ドンダイ、安心しな、何も悪いことはできなかった」

肩を叩いて言った。僕は文句なく何ものかに敗れていた。ぼんやりした街燈の下で、それと奇妙な大五郎への友情とを僕は認めていた。上り列車が裂くような警笛をたてて僕らの横を駅に向って走り去った。規則的な音響が徐々に緩慢につづいてゆく。

「本当だ。美佐は、よく眠っている。俺は何もできなかった。……信じないのか?」

虚脱したように、大五郎は僕をみつめていた。

「……俺、俺、死んだほうが楽だっただ。半分は死ぬ気だっただ。……」大五郎の小さな瞳から、不意に、泪が頬にナメクジの跡のような線をひいた。僕はびっくりした。彼が泣くなんて、およそ想像がつかなかった。僕はわざとふざけた口調になった。

「よせよせ、ドンダイ、みっともねえ。……俺はけえるよ」

二三度体操のように両手をふり、伸びをすると、僕は駅のほうに歩き出した。道を、青白い月光が照らしていた。

無言のまま、大五郎は僕につづいてきた。振向いて、僕は叱りつけるように言った。

「お前は番してろよ。いつ美佐が起きるかわからねえぞ」

彼は黙って首を左右に振った。僕は彼の自由にまかせた。人影のない夜道に、二つの跫音だけが無表情につづいていた。

上気した僕の頬を、ひんやりした風が快くなぶっていた。だが僕はいま、大五郎に物を言いかけたときの僕の「杉田」に、もう耐えてゆくことはできないと感じていた。そのとき、もはや「杉田」は無意味だった。

杉田は死んでしまった。「平塚」の意味も消えた。もう、僕は平塚には来ないだろう。……いや、絶対に僕は古い僕として、また杉田として、この町を通ることはないのだ。青空を游弋《ゆうよく》した夙の旅行はおわった。道草は終ったのだ。僕はしらじらとひとつの季節の終末を感じ、平静にそれをみとめていた。——青空の劫掠。すると、そんな言葉が、ふいに唇に浮かんできた。健康で空虚に澄んだ、美しく透きとおった青空。もはや青空は青空の位置にかえっている。僕の愛したそれは、一人の架空の僕をつれて、再びとおい彼方へと去った。いま、僕はただの地上の現実を歩んでいる。そして、あの青空こそ、いまはだから古い僕の墓場なのだ。——そのとき、僕は平塚の夜空いっぱいに散る無数の星を瞳の底にかんじながら、ただ、無性に青空の遠さだけをおもっていた。

＊　＊

——その後僕は再びその二人に逢わない。消息もきかない。必要があって月窓社へ洋モクを仕入れに行ったとき、米軍キャンプの全員が朝鮮戦線に出動して、そして文字どおり全滅したという噂をきいた。勿論パン嬢も居ず、タバコもなかった。まる二年の後であった。

〔1955（昭和30）年8月「三田文学」初出〕

頭上の海

ゴオ・ストップが赤に変った。人波に押されよろめきかける澄子の頭上に、そのとき六時を告げる時計店の巨大なオルゴオルが鳴りはじめた。メロデイはいかにも粗雑な粒立った楽音に拡散して、騒音にみちた地上から、旅立つように空へ昇り色の褪めかけた青空に吸われて行く。首を曲げて、粗っぽく拡大されたそのメロデイが、ひとつの甘い虹のような響きとなり、そろって消え去って行く果てをたしかめるように、澄子は初夏の空を見上げていた。

薄く透けた嬰児の爪のような昼の月が、東の空に出ている。澄子は黄昏の間近い青空の深さを感じていた。ふいに頰が蒼白くこわばり、汗粒を浮かべたまま冷え切っているような気がして、首を振った。べつに気分は悪くはない。いましがた見てきた路上の女の投身死体の、道路にへばりついた不自然なその肉塊に重なる、光の炸裂のような一瞬の記憶のその眩しい惑乱から、自分はいまやっと脱け出しかけているのだと思った。ゆるい風が、急に生温く頰や首すじにまとわりつく。空気は軟く、湿っぽく不気味にあたたかくて、雨が近いのかも知れなかった。

自動車がいっせいにスタートする。信号が緑になる。蝟集《いしゅう》した人波は待ちかねたように横断歩道を進んで行く。一人だけ足を速めることも緩めることもできぬ、義務のように一定の速度を守った奇妙な人々の行進。その中で群集が暗黙に定めた歩きぶりにただ素直に従っているだけの自分が、澄子にはふと快かった。小刻みに肩をふり尻をふり進んで行く人々のなかに伍して、私はただ従ってさえいればいいのだ。だらだらと同じ速度で歩きながら、いつもと同じ平凡な銀座の群集の、均質で平等な一員でしかない自分に、何かを忘れることができたような透明な気分になる。自分がある無責任な、安全な流れを漂う一枚の木葉になったような、そんな身体の重みをなくした休息を澄子は感じていた。

華やかに笑いあい、喋りあいながら退社時の雑沓は、思い思いのさも用事ありげな確実な足どりで、人々を駅へと運んでいる。つられて同じ歩調になり、澄子はだが自分には何のあてもないのだと鋭く思いついた。いくら動きまわってみても、それを支える理由なぞどこにもありはしない。自分は誰からもあてにされてはいない。いつも、午後になると散歩に出て、決ってこの時刻頃になると、澄子は訳のわからない焦燥に胸を焼かれるのだ。

澄子は足をとめた。黄昏が急に深くなってくるような気がする。追い抜いて行く人々の背をながめ道傍によけると、柳の若い緑が冷たく頬に当った。足は重たく、あてのない数時間の散歩に疲れていた。だが、まだ家に帰る気にはなれない。映画をみるにはお金がすこし足りなかった。もう一度引返して、裏通りの飾窓をのぞいて歩いてみようか。それとも、さっきの墜落死の惨事のあとを、もう一度ゆっくりと歩いてみてもいいのだ。柔かい細い柳の葉をくるくると指にまいて、澄子はぼんやりと時間の潰し方をさがしていた。退屈も興味も、疲労も、何ひとつ確実なものだとは考えられなかった。ただ、まだ家に帰りなくない気持ちだけが、説明のつかぬ強い匂いのように澄子にはたしかだった。

井田澄子はひと月前、母と兄のいる五反田の家に帰ってきた。帰る日、それまでのアパートを整理し、持っていた写真や手紙類はぜんぶ七輪で焼いたが、一枚だけはそっと持ち帰った。大学の校庭で、同じ演劇部員たち五六人と撮った写真である。桜井忠は澄子とならびその肩に手をかけ、白い歯をみせて笑っている。彼は首が細く長く、すこし緊張した表情で眩しげに目を細めている澄子は、その肩までの背丈しかなかった。後景に空を掃くような葉の落ちた銀杏の梢がある。昨年の冬、公演が終ったときの記念で、そのとき澄子より二つ年下の忠はまだ十九だった。

忠との同棲は半年ほどの間だった。突然彼はアパートから失踪した。一人で中共に密航したのだという。二日後、澄子はそれを忠をたずね部の先輩の家を訪れたときに聞いた。

どんな背後関係が忠にはあったものか、何故彼が中共に行ったか、澄子はまるで知らなかった。忠は少くとも十年は日本に帰らないと、むしろ誇らかに明言したとその先輩は言った。婉曲に秘密をまもるよう念を押すと、あとは生れたばかりの赤ん坊を抱きあげ、壁のように自分にとりつくしまをなくすことに、そのまだ若い仏文学者は懸命の様子だった。澄子は深夜、一時間ほどの道を歩いてアパートに帰ってきた。

忠にだまされたとは思わず、聞かされた事実を疑う気も起きなかった。忠はときに嗜虐的で、自分はエゴイストだと口に出して強調する癖があったし、澄子もまた当然のように自分をエゴイストだと思ってきた。だが、時としてどうにも動きのとれないものとさえ感じ、それに自分が一心に耐えてきた筈の忠との二人の生活、その中でのたしかな彼との結びつきが、いきなりこんなにも簡単に、あまりにも鮮やかに切断されてしまったことに、澄子はぼんやりとしていた。暗い部屋の真中に腰が抜けたように坐りながら、ほかには何も考えられなかった。何をする考えも起きず、起きたにせよどこに手がかりがあるのか、どこから何をどう始めたらいいのか、見当がつかなかった。饐えた飯の匂いのする四畳半にはまだ忠の気配や匂いがあり、小さな三毛の飼猫が澄子のまわりを歩き食事をねだっていた。この仔猫が、やはり正しかったのだろうか。チチは忠には全然なつかなかった。毛髪が臭いと言い、こうしたら洗うだろうと言って或る朝、忠が澄子に頭から味噌汁を浴せたとき、チチはそのわずかな飛沫を浴び、唸って忠の足の甲に爪を立てて、それからは呼ばれても毛を逆立て決して近づかなかった。しかし、熱い味噌汁の滓を額から滴らせ、黙って指で髪にひっかかった汁の実のキャベツを探りながら、澄子はでも、こうしたことに耐え、こうしたことを重ねてこそ、自分と忠とはいよいよ緊密に結びついて、そして搦《から》みあった糸のような形での二人の巣を作りあげて行くことになるのだと考えようとしていた。忠が姿を消したのは、だがそれからひと月と経っていない。私は忠にとり、ただの踏みつけられ歩かれる土の面にすぎなかったのだろうか。では私は何のために、何に耐え、何を作りあげようとしていたのだったろうか。

澄子は自分が忠を愛し、忠がまた澄子を愛したのを疑わなかった。忠はたびたび興味本位という言葉を使った。澄子はそんな言葉を言う忠が好きだった。まるで自分に言いきかせるようにそう言い、眉をしかめ笑いながら、急にまた乱暴に澄子を抱く忠が好きだった。忠は屈辱だとも言った。エゴイストだと信じている自分を自分が裏切るのを、忠は認めたのだ。忠にとり愛は屈辱であり生きることは屈辱であり、澄子は一つの屈辱そのものに違いなかった。そのとき澄子は忠にとり、一つの白く暖い肉をもつ人形であり奴隷であり、澄子は忠を愛し自分が人形の目になる瞬間を愛してきた。はじめて知った自分の従順や無恥や献身を愛してきた。だが、いま、澄子は忠との間の深淵を感じていた。あのやんちゃでだらしのない、金儲けの下手な秀才である年少の夫は、すでに中共か、そこに向う海の上にいるのだった。澄子は忠の見ているだろう暗く奥深い夜の海を想っていた。海が私たちを割いてしまったのだ、海が私たちの距離になっているのだと澄子は思った。暗い、しずかな、巨大な、かぎりない深さと拡がりをもつ海。いままで私たちは、その二人の間の海を、ヨットのように交通し快適に走りまわっていた。それが愛であり夢であり、私たちの幸福の軌跡だった。でも今は、忠は私から目を外らし違う彼方の海をながめている。いや溷濁《こんだく》した貪婪なその恐ろしい海が、忠を呑みこんで彼方へと連れ去り、忠を見ようとしても、だから私の目にはその間に立ちふさがる巨大な海の壁しか見えないのだ。澄子は彼女の中にもあるひそやかな干満をくりかえしている黒い海の肌に、そのとき包みこまれようとしている自分を感じていた。軒のちかくで雀が啼き、窓の裾に白い朝が来ていた。水底のように、光は部屋の中に漂い、ひろがりはじめていた。固くなったパンを細かに裂き、忠にとっておいた昨日の牛乳をかけてチチにやった。赤い首輪が動き小さな三毛猫がガツガツと喰べるのを見ながら、澄子ははじめて空腹を感じ、声を出して泣いた。自分は棄てられた女なのだと思った。

ひと月の間、澄子は猫と暮していた。自殺することは思わなかった。それほどの偏執する対象もなかった。自分も、愛も、忠も、考えれば考えるほど遠くへ逃げ、やがては無意味なものに思えた。考えること自体が無意味だった。忠への献身も、いまは自分だけの問題であった気がする。彼への愛というより、それは自分の一番楽な生き方だったにすぎないのだ。自分は誰かに従うことしか知らない。それも情熱的に従うことが一番居心地としてはいいのだ。自分はいつも自分の外のものを頼り、何かにだまされてという形でしか生きることができない。一人で生きることはだから一人で死んでいることと同じなのだ。澄子は自分が変るのを空想した。頼るものを新しく探さなければならない。一人で生活することほど澄子に辛いことはなかった。忠とのことは考えまいと思っていた。一人で蒲団に入るたびに、澄子はもう頬のあたりにまで近寄ってきているかもしれない、未知の、新しい明日からのべつな自分の生活を思い描いた。隣の部屋の眼鏡をかけた化粧品のセールスマンが、結婚してくれと言った。管理人はバアにでも勤めたらと言った。隣りの小公園であった子供が小母ちゃん幼稚園の保母さんになってよと言った。だが私はまだ何も決めてはいない。決めていないことが澄子にはたのしかった。私は、これからどんな男に抱かれるのだろう。それも何人くらいだろう。髭の剛い顎の四角い色の黒い男、蒼じろい長髪の青年などと、そして架空の情事を行う空想がたのしかった。自分が黒い霧みたいにゆらゆらと浮遊しており、もう少しのところで世界が、一切が、明白になるのだというような気持ちだった。半ば睡ったような、めざめかける寸前のような、そんな空ろな状態で自分はいま、何かの到着を待っているのだという気がする。手をのばし、頭の上の水色の壁をゆっくりとさすってみる。ここを敲《たた》けば、隣のセールスマンは、すぐにでもはね起き廊下に出て、扉をたたきこの蒲団に入ってくる。思いながら湿っぽく貧弱な壁の肌を、そろそろといつまでも掌で撫でているのがたのしかった。変化する自分への誘惑や実現性をそこにたしかめるようでもあり、その感触は殆どセールスマンの裸の膚《はだ》を撫でているようでもある。澄子はいつも暁方になってから眠った。

めざめるのは午後であった。チチにはいつも鮪のフレイクを缶のまま与えてある。夕方ちかく、近所の食堂に出かけて行く。アパートと隣合わせの街頭テレビのある小公園で、遊動円木にのったりぶらんこに乗ったり、帰ってくるとたいてい下着一枚になってねそべり借りてきた雑誌などを読んだ。平均二日に三回の食事で、気の向いたときしか掃除しない。そんな手っ取り早さ、なりふりも構わずしたいことをするどぎつさの中に、かつての自分には想像もつかない一人住いに慣れきってしまった女を見ても、でも澄子にはもはや何の感慨も湧かなかった。兄が迎えにきたとき、澄子は逆わなかった。目に見えぬ放射線状の道路の中心に立ったみたいな気持ちのまま、そのときなら澄子は、家を出るとき持ち出したお金の終り次第、何の逡巡もなく場末の体を売る女にすら易々となっていたのかも知れなかった。導く手さえあれば、どの道にでも簡単に歩きだす気分だった。

処置に困っていたチチを始末する兄の手ぎわの鮮やかさに、澄子は瞠目した。兄はチチをかかえ終始うつむいて歩きながら、無言のまま、駅に近い橋にくるといきなりその汚い川の中へチチをぽいと投りこんだ。チチは鳥の啼声に似た短い声をのこし、つづいて微かな水音が聞こえてきた。

兄は目を落し、何故かいつも妹から一歩遅れるようにして歩いた。アパートを出てから、家に着くまで一言も口をきかなかった。

やっと五反田駅のホームに立つともうあたりは暗く、駅のまわりにひしめく安っぽいネオンが華やかに点滅して、低い夜空は薄桃いろに濁っていた。改札口から真直に進むと、見慣れたいつもの緑色の詰襟服に船員帽のサンドイッチマンが、黒眼鏡の顔をにやにやさせ、トリス・

バアのマッチをまた左手で渡しかけた。このごろは毎日外出をし、大体同じこの時刻に家へ帰って行くので、向うでもお馴染みになったつもりらしい。知らん顔で澄子はすぐ横を通り抜けた。背のたかい馬面のその男は、いつも実にしつっこく渡そうとするので、通りかかるたびに澄子は軽い闘争心を起こし意地を張って、まだ一度も素直にマッチを受取ったことがなかった。ふだんすっかり彼のことを忘れていて、改札口を出る毎にああまたかと思い出すのも不快だった。それに、彼を見ると、途端に外出の気分が消え一日の終ったことを感じ、疲労がたんなる徒労にすぎないのに気づかされる。まるで彼は母や兄のいる家の門番でもあるかみたいに、帰るべきあの家の鬱陶しい気分に直接につながっているのだった。澄子はそれがいまいましかった。右手にプラカアドを握り縦に太い黒線の入った短か目のズボンをくねくねさせ、だが彼は自分が澄子がその一日ごとの無益な旅を終える里程標になっているとも知らず、毎晩同じ緑の服に黒眼鏡で駅の出入口の同じところに立ち、相かわらずしつっこくマッチを渡そうとするのだった。後ろから見ると男は痩せており背中にバアの名前の縫とりをくっつけ、ズボンのポケットから活字の大きな新聞紙がはみ出ていた。正面から見ればリズミカルな脚の屈伸が、ひどくおざなりな、無気力なもののように眺められて、この男を後ろから見たのが初めてだったことを思った。

駅の正面にネオンのアーチのある三流どころの歓楽街を抜けて歩きながら、澄子はぶつかってくる酔客を避けてたびたび足を停めねばならなかった。櫛比《しつぴ》するモルタル塗りの安キャバレエ、落ち散った造花の枝、嬌声、逞しい尻をふりふり男に甘えかけている女。澄子はふと自分の表情は何かに耐えているようだと思った。ピンクの絹サテンの衣裳の下に透けてみえる縒《よ》れた乳おさえの吊紐、何故か血走った目で男を呼んで駈けて行く裾の長いドレスの女、ポン引き、よろめきながら何ごとか喚いている酔漢、扉の前を過ぎる度むっと匂ってくる人いきれ、聞えてくる狂人じみたジャズ・バンドの騒音、混血盤レコード、紫いろの照明に首だけを浮かび出させたアイシャドオの女の顔、塵芥箱《ごみ》をこそこそと嗅ぎまわっている痩せ犬。澄子はそんな風景の一々が何故かたまらなく厭でやりきれなく、生きていることの面倒臭さに圧倒されてくる気がする。顔をあげると、星一つない夜空が、押さえつけるように頭上に迫っている。

夜の空はこんなにも低かったろうか。澄子は咽喉のつまるような気分になる。澄子はこの夜空の感触が嫌いだった。敲けば硬い金属音がたからかに響きそうな、からりと晴れた青空の遠さをそのとき澄子は想っていた。そこには人間の匂いが全くない。だが夜、それは生臭く、不気味に人肌めいていて暖く柔かくて、お前もまたこの黒い森の中に囚われうろうろと餌を求めている一匹の獣にすぎないのだと、無理強いに人々に訓《おし》えているように見える。夜、それは否応なく世界を不潔で生温い人間どもの体臭にみちた汚辱の巣にする。私は夜が嫌いだ、私は人間が嫌いだと澄子は小さく呟いてみていた。忠からの影響なのだろうか。腐った林檎みたいな、甘酸く頽廃した人間どものこの匂いは、でもたしかに理由もなく私を惨めにする。澄子は、そして黄いろい電球がかがやき畳が汗と脂で光っている母や兄のあの家の中の空気もまた、私にはやはり呼吸のつまるほど生きている裸の人間の匂いのたちこめたここのそれと同じであり、このすっぽりと自分をつつむ低い夜空への嫌悪は、じつはそのまま家への嫌悪なのだと思った。その中では自分は盲であり何も見ることができず、ただあらゆる感覚の周囲にひしめく暗い重たいその夜の匂いに、耐えることだけが仕事なのだ。澄子はやっと歓楽街を通りすぎて、暗い高台の方角に曲った。まばらな新築の家の間をぬけ、だだっ広く鋪装されるのを待つ乾いた赤土の道を少しのぼりかける。この辺は澄子が家を出た去年の冬、まだ所々に電柱が道を横切ってつっ立っていたり、とんでもない叢《くさむら》の間から赤錆びた水道の蛇口が水を噴いたりしていた。今は鋭く青くさいペンキの匂いなどが漂うその暗い道を、全身の無力な懶《ものう》さを感じながら澄子は街燈の光の暈《かさ》をひろうように、機械的にゆっくりと歩いていた。

兄はまだ帰らなかった。冷えた汁を暖めもせず食事をすませたとき、隣の部屋でラジオを聞いていた母が盆を持って入ってきて、卓袱台の向うに坐った。澄子は目を外らせた。だが、母はいつものように、散歩の行先を訊くのではなかった。

「きのうの夜ね、お兄さんに聞いたんだけどね、澄子」母はかたい微笑をうかべていた。「お兄さんの会社でね、一人女の子がやめて困ってるんだと言うんだけど」

澄子は睫を伏せ、手に持った茶の上澄みに見入っていた。

「お前、お勤めに出る気はない？」

「そうねえ。考えてなかった」

「そう？」母は意地悪く聞こえるのを懸命に避けようとしていた。「学校にはもう行かない気なんだろ？　もうそろそろ、お勤めに出てもいいんじゃない？」

「ええ、学校はやめたわ。でも、私、勤めてどうするのかしら」

「そりゃお前、……結婚でも、何でも……またそのときになったら……」

澄子は忠との一切は誰にも話したことはなかった。話すと嘘になる気がする。嘘になることより、いい加減な言葉でそれを失ってしまうのが厭であり、怖ろしかった。忠のことを、母や兄や知人がどう思っているのか、どうでもよかったし、興味がもてなかった。そのとき不意に来た怒りは、だから忠に関してのことではなかった。

「やめて、お母さん。もうしばらくこのままにさせておいてくれない？」

「桜井さん、帰ってくると思ってるの？」

「そんなこと思ってやしない。ただ、今は何もする気がしないの」

澄子は掌の中で冷えて行く茶を瞠めていた。小さく電燈が揺れて映っている。忠が、その姿や言葉が、記憶の中でひとつも確かなものとして残っていないことを、澄子はぼんやりと思った。母は黙っていた。しずかに茶を啜る音が聞こえていた。

「お母さん」

「なあに？……いえね、べつにまだ勤めたくないんだったらいいの。何もいそぐことはないし

「……」

「お母さん」

「どこ見てるの？　なあに？　いやあね、いったいどうしたのよ」

隣の部屋でラジオが賑やかに寄席の中継を送っていた。澄子は一瞬自分をなくしていた。なにかもどかしい気持ちで、自分がいったい何に我慢をしているのか、何を言おうとしていたのかが思い出せなかった。

「私はね、なんでも、澄子が自分の気のすむようにさえしてくれていればいいの」としばらくして母が言った。

急に、澄子はわかったと思った。そうだ、私のこのもやもやとした不快は、こんな扱いをうける自分がいかにも惨めな罪人めいているということ、そして母たちが充分承知した顔をしているその罪というのが、いまだに私にはどんなものかわからないということ。すべては先ずそれをわからせようともせず、母たちが見当ちがいな方向から、私の役に立とうとすることのもどかしさだ。

「お母さん」と澄子は言った。「私ね、何かこう、まだ整理がつかないようなの。いまは整理をつけたいだけなの、自分に」

「桜井とのこと、あれはいったいどういうことだったか、それがわかりたいの」

だまっている母に、暗澹とした絶望を感じながら、澄子はくりかえした。母が口をひらいた。

「で、お前、毎日桜井さんを探しに歩いてるの?」
「まさか」澄子は大声で笑いだした。「そんな、逢うなんてこと、夢にも思わなかったわ。馬鹿げてるわ」

母は赧くなり、表情が硬くなった。沈黙がつづいていた。澄子は、頬を打たれるのかと思った。打てばいい。この我儘でなまけものの、ふしだらで生意気な娘を、母は打てばいいのだ。そのときこそ母は皮膚の外側の存在に収縮し、私はその痛みを、はっきりと、一人の男を好きになった自分への正当な酬いだと思うだろう。打たないからこそ互の境界も位置も定かではなく、私は生温い湯につけられたようで何も裁かれずに、真綿が首をしめる緩慢な速度にただ焦《いら》立《だ》つのだ。

私は味方はほしくはない、と澄子は思った。敵か、それとも帝王のさわやかな暴虐が欲しい。この母や兄の精いっぱいの暖さは、私の感傷に喰い入り私たちが、まるで一つの存在になっているみたいな錯覚に陥入れる。私はそんな偽りの環で繋れる不潔で架空なある安楽が嫌いだ。でもこのままでは、だんだんと風邪をひくのを惧れこのぬるま湯の中から、自分の弱さがいつまでも出られなくなってしまう気がする。いかにも軽薄に都会に生きる人間らしい、自分の小利口な無気力さに、そして私は敗れうやむやに一切を失くしてしまうだろう。それがたまらなかった。とにかくいま、従いやすい自分をやめ私は人々の中で石塊のように孤立していたいのだと澄子は思った。

「今日は、どこへ行ってきたの」と母が言った。母は今夜を特別な夜にするのを諦めたように見えた。いまは澄子は、理由はわからなくも、とにかく反撥せねばいられないもの——夜を、じかに肌に感じていた。やがて、澄子はわざと晴れた声で言った。

「銀座。今日ね、私、ちょっと見られないものを見ちゃった。知ってる？　夕方、Mデパートから飛び降りた女のひと」

「ええ知ってる。姙娠五箇月だってね。さっきラジオが言ってた」

「そう。へえ。それがね、私の目の前五米ほどの所に落ちてきたの。五米の差で私、その人と心中するところだった」

笑いかけた曖昧な表情をつくりつけて、母は急に朗らかな澄子を心配そうにみつめていた。話題に脅え、母は娘とその自殺した女との相異点を探すことに、心を奪われていたのかも知れなかった。母にすれば、澄子もまた、新聞記事に扱われるような最後をとげる、昔からよくある例の危険な女なのに違いなかった。だが澄子はそんなことには全く関心がなかった。

そのとき、澄子はしばらくの間、ただ立停った額にあたる傾きかけた太陽の光だけを意識していた。すべては真空のように明るく、あたりはがらんとして静かだった。透明なレンズに化したように、澄子は一つの冴えた空白となり無心にそれを眺めていた。白ブラウスに水玉のスカートをつけた若い女は、うつぶせに五米ほど先の鋪道に、吸いつくみたいにして倒れていた。片方のサンダル・シュウズが脱げて転げている。澄子は叫びを聞かなかった。物音も聞かなかった。一切は何のキッカケもなく、青空が落ちてきたみたいに、本の白い頁をふと開けたみたいに、ふいにそこに現れ、動かしようもなくそこにあるのだった。

押し寄せる野次馬の渦に正面を向き、抗い、意味もなく澄子は振り返った。仰向けに抱きかかえられた既に屍体となったその女の顔には、奇妙な平和がみひらかれた目のまわりに痣のようにこびりついて、鼻が潰れていた。そして突然、口紅をつけた唇から、濃いどろどろの鮮やかな血が、泡をたててあふれてきた。……どよめく人垣の中にもぐりこんで、だが澄子は何故かもう一度、それを見ておきたい衝動にかられていた。いつのまにかハンカチで手のひらや首すじをつよく無意識にこすりながら、小刻みな速足で歩いている澄子は、なにか目に見えぬ、自分をそれへと引き寄せようとするもの、逆に遠くへ押しやろうとするもの、そしてその両方に抵抗するものの存在を内心に感じていた。惨事をうしろにして無関心にのろのろと進んで行く、退社時の雑沓にまぎれて、自分はもはや目立たないこの群集の単位の一つなのだと思いながら、それはだが澄子の前かがみに傾斜した心の奥で、消えようとする風の名残りのように、まだ小さく透明な渦をつくっていた。頰が赤く火照っていた。

言葉をさがしあぐねただけではなく、澄子は話を中断していた。かすかに、血の騒ぐような気もする。母の心配げな表情をぼんやりとみつめながら、澄子はその顔の意味など考えようともしないでいた。柱時計がゆるく十時を打った。澄子は立上った。

台所で食器を洗いながら、思いついて、濡れた手で庖丁を握った。指を切落し切口を眺めてやりたい誘惑に駆られていた。自分はいったい何に渇いているのだろう、屍体をみたとき、自分にはたしかにある充実した快感があったのだという気がする。庖丁の刃は指の腹で撫でるとなめらかで生温かった。何かが完全に終ったというしるし、つまり明白な結果というものに私は飢えているのか。それとも、体の芯にまで徹る冷酷な痛みが欲しいというのか。我武者羅な行動をする自分に、何かを賭けたいのか。苦笑して、忠のことは考えないことに決めているのだと思った。

庖丁をもとに戻し茶碗の水を切ると、がたがた音がして正面の窓の闇に、しろく顔が浮かんでいた。硝子板に押しつけた唇を動かし、兄が開けろと合図していた。

「水をくれ」兄は窓をあけると両手で格子の棒を握り、にやにやして口をゆがめ酒臭い息で言った。「よう、生きてたのか」

「どうしたの、兄さん」

兄はコップを左手でつかみ喉仏をラムネ玉のように上下させて、一息に水を呑んだ。右手の先に赤黒いものが塊り、黒い条が二の腕に流れていた。胸から下は見えなかった。

「可哀そうな奴だよ、お前は」

コップが洗い口のタイルに落ち、音をたてて砕けた。兄は短く口笛を吹き鳴らした。左の眉のあたりがどす黒くふくれていた。

「喧嘩したの？　馬鹿」

「なに？　おい、出戻り、しっかりしろ」

玄関に廻るよう言い、奥に入ろうとしたとき、母が音を聞きつけて出てきた。兄は強引に台所から上ってきて、母娘が支える暇もなく茶の間に倒れるように入りこんだ。長々とねそべり大きく呼吸している兄に、澄子は傷ついてきた未知の精悍な獣を見るような気がした。逞しい腰をしめつけている裏革のバンドをじっとみつめていた。

「可哀そうな奴だよ、お前は」と兄は仰向けになって言った。

「どうしたの？　え？　裕之」

母はおろおろ声を出した。てきぱきと澄子は水を運んできて、傷を調べた。洗うと手の傷も深くはなかった。あきらかに殴り合いをしたのだった。こめかみの傷は裂けてなかった。手の甲は腫れ上り、切れて、おどろくほど鮮やかな血が洗面器の水を紅く染めた。

「いったい、どうしたの、裕之。こんな馬鹿な……」

「いいんだよお母さん」舌はよく廻らなかった。「俺はただ、やりたかっただけだ」兄が倒れたまま動かないのは、傷よりも酔いの深さからららしく思えた。

「いいじゃないの。兄さん勝ってきたのよ」繃帯を巻き絆創膏を切って、澄子はかるい上気を覚えていた。

「そうとも、敗けるもんか。俺はこれでも喧嘩の手ぐらいは知ってる。ねえ澄ちゃん」兄は幼いときの愛称で呼んだ。「お前は、とにかく、よくわからないけど、可哀そうな女さ。な、そうだな? うめえこと、振られちまっちゃってな?」

「いつまでも可哀そうじゃいないよ」澄子は笑いながら答えた。

「お前、澄子のお勤めのことで、何か……」母が急にきびしい声を出した。

「ねえ、裕之、どうなの?」

「お勤め口? へえ、そんなもの。だいいち当分しやしねえんだろ? ああ、俺は頭が痛え」

「だってお前、昨夜……」

「昨夜? うん……おい、そんなに乱暴に扱うなよ。まあいいじゃないすかお母さん。とにかく、俺は勝ってきたんですよ」

「馬鹿だねえ、まったく」

兄はうつぶすと、また澄子に水をくれと言った。左手の肱で顔をかくし、肩が慄えていた。兄は泣いているように見えた。

母が兄を着替えさせた。兄はそれからは何も口をきかなかった。澄子は裏口へ廻り、兄の靴をみつけてきた。

「兄さんてよく喧嘩するの?」

ラジオはもう消してあった。母は襖をしめ、疲れた顔で卓袱台の前に坐った。

「前は喧嘩なんてしなかったんだよ」

「そう。でもきっと案外しなれてるわ」

抽出しに薬や繃帯をしまいながら、澄子は自分はこういう手当てには慣れているのだと言おうとした。

「なにしろ、勤め先の人がみんな気が荒いからねえ」

母は、靴の泥を拭っていた。兄は証券会社に勤めていた。

どんな他愛のない相手との喧嘩であれ、たたかってきた兄に澄子は爽やかな魅力を感じていた。生きることの無意味さの中で、精いっぱい荒れ狂うことは、時に素晴らしく正しく男性的なことのように思えた。澄子は兄が気にかかった。何だか話したく、世話をやきたかった。洗面器をもち隣の部屋に入ると、兄は暗がりの中で夜具をかぶっていた。

「平気なの？　ねえ」

澄子は兄の頭の上にかがみこんだ。

「ねえ？　大丈夫？」

「お前、あのアパートで、介抱することだけはやけに巧くなったようだな」兄の声は蒲団の中にこもっていた。

「ほかのことだって巧くなったわ」

「何のことだい」兄は首を出した。顔が蒼じろく引つれたように歪んでいた。兄は左手に顎をのせ目を据えてじっと澄子をみた。

「よう、出戻り」しばらくして兄は言った。「どうだ、いっそのこと、俺と結婚しちまおうか。え？」

「それもいいわ、簡単で」

寝間着の襟を直してやりながら澄子は笑った。男の匂いがぽっと熱く匂ってきた。

「お前は喧嘩や酔っぱらいは好きなんだから、こんな所を見られても何もマイナスにはならない」

「そうよ、私は惨酷な人が好きなの」

兄はしばらく黙ってから、ごろりと上を向いた。「そうかな」と彼は暗い天井を眺めながら言った。「お前はでも、あまり利口な女じゃない」

「それは血の繋りよ、お互いさまだわ」

兄はまた蒲団をひっかぶった。すこしたって、「あっちへ行け」声はまたこもって聞こえてきた。

「いいの？　大丈夫なの？」澄子はもっと話したかった。帰ってから、こんな調子で兄と話したこともなく、あのアパートの生活について話したこともなかったのを思い出した。こんなに兄の近くに居るのもはじめてであった。蒲団を剝ぎ、うるさいと言われるのに構わず世話をやきたかった。妙に未練な気分があり、黙って兄の声を待っていると血が頰に昇ってきた。

「あっちへ行け、行けったら」兄は蒲団の中で叫んでいた。澄子は洗面器とタオルを枕許にそっと置き茶の間に帰ってきた。

「雨らしいよ」と母が老眼鏡の顔をあげて、新聞紙をたたみながら言った。「え」、と耳を欹《そばだ》てると、微かに断続する小雨の音の向うに、すこし回転の早目なレコードの流行歌が、遠く波をうち賑やかに流れていた。

澄子は、ふと地上で生きるのをやめデパートの屋上から、ひとり青空の中へ泳ぎ出して行った女に共感する自分を感じていた。兄のシガレット・ケエスから一本抜いて口にくわえ、一息だけ吸って、噎せた。不意に、道路に倒れ伏した白ブラウスの女の血《ち》腥《なまぐさ》い記憶が、まるで危険な魅惑的な噴火口みたいに、胸の奥になまなましくぽっかりと口をあけている気がする。

奇妙な興奮がつづいていた。どうやら眠れそうにもない、と澄子は思った。縁もゆかりもない、たかが貧しげな死んだ一人の女が、なぜかいま大輪の牡丹のようなどぎつい色彩感に溢れて、自分を誘うような、手が触れるのを待つみたいな謎めいたものに思えるのが不思議だった。澄子は、忠が残して行った結果というものについて、自分の追いこまれているこの現在というものについて、急に真剣に考えなければならないような気がした。

どれだけかたって、雨音の充満している遠くの空を引裂き電車の警笛が響いたとき、隣室では兄の鼾が規則的に聞こえていた。

母がぱちんと音をたてて、ケエスに老眼鏡をしまった。

「ねむいわ」と澄子は独言のように言った。他人の目から遁《のが》れ、一人になりたかった。

――そうだ。あのとき、私はあの自殺者を鏡にして、そこに生からも、死からも遠のいてしまっている自分を見ていたのだ。私はまだ死んでいない。だが、私はまだ生きていない。

寝返りをうちながら澄子は思っていた。忠を失ってからというもの、私は自分ひとりの海の底に沈んでいる。泳ぐことも、浮き上ることもせず、海底の廃船のように、ただ無為に海が自分を朽ちさせるのを感じている。

澄子はいまだに忠という存在が自分にとりいったいどういうものだったか、明快な言葉で言うことができなかった。いつまで自分はあの過去に片足を突っこみどちらつかずのままで居るのだろう。過去は、たしかに澄子の中でまだ空しくはならなかった。

いっしょに大学に通ったのも暮のわずかな間だった。卒業試験に出ず、澄子はそれからは学校のことは忘れた。女優としての未来は無いと忠が言い、それが至極もっともな気がしていた。一年下級の忠はしかし毎日大学に行くと言って家を出、家に居るときは寝そべり短いラジオの台本を書いた。有名な先輩作家の下請けだと言い器用なくせに出来たものはいつも口ほどには面白くなかった。外泊は一度もなく、ときどき酒を飲んで帰ってきた。木に登り二階の窓に飛び移って部屋に入るのが好きで、二人で飲んだときさんざん小公園で遊んだ末、その桐の木にのぼり合唱したことがあった。頭に白い繃帯を巻き右手を吊り、喧嘩してきたと言って撲り方を暁方までかかり教えてくれた夜もあった。口紅のあとが頰に残っていたこともあった。澄子は相手の女たちが、みな忠より年上の気がして眠っている間に黙ってそれを拭いた。何故か詰問することができなく、そんなとき、彼がよけい貴重で確実で、偶然に漂着してきた一本の流木のように思え忠に触れていることが快かった。忠は長い脚をもち硬い腿の肉が若々しかった。

痩せて胸がうすく、幼児が木をならべ算《かぞ》え方を覚えるときのように、ひとつ、ふたつ、とふざけて忠の肋骨を上から撫でたこともあった。忠はいやがり硬い大きな掌で首を締め、身体の位置を変えた。

澄子はそんな自分の中の記憶に、自分はいつになったら解放されるのかと疑う。自分を寝苦しくするこの感覚、これが人間であるということなのだろうか。だとしたら人間であることはあまりに厄介でうるさくしち面倒臭く、おんぶお化けみたいなやりきれない負担であり、このままその自分が生きることは、いかにも無駄な恥辱的な刑罰、母や兄へのただのおつき合いにすぎないのだという気がする。——でも、すべての人間どもが抵抗しきることができない、このいやらしい曖昧な重い憂鬱、生きるということ、その無意味さ、理由の無さ、すべての人間が肩に負って生れてきたその忌わしい重みに、忠は挑みたかったのかもしれないのだと澄子は思った。全力をあげ挑むことが、いつも忠には生甲斐だったのではないだろうか。それに無抵抗に敗れ、ただ耐えることしかしない人間の無気力さが彼は嫌いだった。それを生活だと安易に思いこみ、狃《な》れあう小利口な卑屈さが嫌いだった。だが、たぶん私は耐える方の種類の女であり、その私がつきまといもたれかかる重みに、忠は初めから闘ってきていたのかも知れなかった。どこまでも彼を頼りにし追って行く私の無抵抗に、あの夜空のように軟かく囚われてしまうのが忠は厭だったのかも知れなかった。いったい私が忠にどんな悪いことをしたろう。だが、忠は逃げた。そう、人間への嫌悪という私への影響を残して、彼は逃げた。姉女房の深情けから。いや理由もなくどこまでも従順なだけの私の愛、たのしげに屈従する私の無拘束の拘束から。何故ならそれは彼に私の人間のすべてを預けきることだし、彼は自分の負担だけで精いっぱいだったのだからだ。そして私はそんな忠が好き。それは彼が我慢することができない男だからだ。今夜、喧嘩をしてきたふだん黙りこくっている兄に見た、新しい、そのくせ懐しいような魅力も、つまりは同じ理由なのだ。

思いながら、澄子は兄の喧嘩のことを考え、その相手を想像して、どきりと烈しく胸を衝かれた。相手は、忠ではないのか。

可哀そうな奴だよ、お前は。繰返した兄の言葉があざやかに浮かんでくる。兄は何を言おうとしていたのだ。一言の別れも告げず出て行き、私を棄て、行方をくらましたと言っても、忠はお前が悪いと言われれば恐らくは意外な気がする男だ。詰問すれば言い返し殴られればすぐ殴り返すはずの男なのだ。彼には彼なりの理由があり、私が従う種類の人間なら、彼はすべての他人と闘うことを選んだはずの男なのだ。自分以外のものとはたたかうことしか知らない。それが僕の生き方らしいやと忠はいつも言った。

澄子は、不安の中で烈しく揺れる自分を感じていた。その想像が急に疑いもないもののように思える。だが、中共に行ったはずの忠が、何故東京に居るのだろう。やはり馬鹿げた空想にすぎないのか。遠く、貨物列車の連結器がひっぱられる連続音が、いかにも夜明けらしい真新しく澄んだ水のような空気に反響して、次第に大きく聞こえてきた。耳を澄ますと、雨の気配はない。雨はいつのまにか上っていた。雨戸の穴から、障子に白く淡い光が当っている。もうすぐ母たちの起きだす時刻がくる、兄に直接聞いてみようかと澄子は思った。でも、兄はきっと今朝はいつもの彼にかえり、不機嫌に黙りこくったまま何を言っても返事もせず、私とは目を合わさないようにして出て行ってしまうだろう。それは間違いのないことに思えた。兄は母にはなにも言わない。澄子はそんな兄の独特な流儀は、女友達のない彼の重苦しく強靭な妹への特別な愛情なのだと思う。兄は私を、自分以外の人が判断したりするのがひどく嫌いなのだ。だが、それなら、会社に彼を訪ねて聞けばいいのだ。きっと兄は嘘は言わない。

でも、いったい何のために？　聞いて、もしそれが忠だったら、私はどうするというのだ。どうもなりはしない。では何故知りたいのか。そんなことは一切わからないのだと澄子は自分に答えた。もしかしたら忠ではないのかもしれず、ただひょっとするとそれは忠なのだ。私はそんな気持ちを始末するのだ。もしも聞かずにすませたなら、私はきっとあのときにさえ聞いておけば、と毎夜のように後悔に胸を嚙まれるのに決っている。聞かなかったのを、きっと自分の臆病のせいだと思うだろう。

障子の白く光の煙る部分に、隣の家らしい景色が大きく倒《さか》さまに映っている。表には、たぶん初夏の朝の光が、夥しく充ちはじめているのだろう。今日は、会社に兄を訪ねるのだ、と不眠の夜を忘れるためのように澄子は晴れやかに思ってみた。照れ臭げに兄は何も言わず、眉の上の絆創膏を気にしながらまず喫茶店へと誘うだろう。用件を聞き、私の取越苦労に何だと言って笑うだろう。でも、久し振りに二人きりで兄と対《むか》いあってみるのもいい。恐らくは街の与太者か同僚か、または名も知らない酔っぱらいが相手の、他愛のない喧嘩にちがいないのだと澄子は思った。

電車通りから石のだらだら坂を下りて行くと、左手に小公園の緑が目に入った。古ぼけた灰色ペンキの木造二階建の館が、まるでそれを校庭にするちっぽけな小学校のようにすぐ向うにつづいている。窓々には干した洗濯物や蒲団が陳列され、ひと月ぶりに見る、それが忠との生活の巣なのだった。

家を出るまでは、真直に兄の会社に行くつもりだった。だが、駅への道を歩きながら、だんだんと奇妙な不安がつのり、足は鈍くなった。もし、万一、喧嘩の相手が忠だったら。中共に行かず、もしも忠が東京に居たのだったら。不思議に、逢いたいとも思わず、懐に飛びこんで行く気持ちもない。しかし、その想像は、一足ごとに確実に力をまし、近づき、澄子を脅やかした。馬鹿げている、そんな筈はないと必死に打消すように思いながら、駅に来たとき、澄子は立止り危うく声をあげて叫びかけた。長身の、頭に真新しい白繃帯を巻いた痩せた若い男が、目映ゆげに空を見上げ、構内から出てきたのだった。白い開襟シャツに黒い学生ズボンをはき、糸瓜のようにしゃくれた顔のその男は、目をみひらき口に手を当てて息をのむ澄子をじろじろと横目で眺めながら、ゆっくりと通りすぎて行った。澄子は、見送っている自分の顔に、ありありとある表情――恐怖が浮かんでいるのを感じていた。兄に聞きに行くのが、なにか取返しのつかぬ結果を生むことのように思え出札口に立つと、無意識にアパートの近くの駅名を口にしていた。

それでよかったのだ。とにかく私は兄を訪ねたものかどうかを、ここで一人でゆっくりと考えてみればいいのだ、――しかし、澄子がはっきりそう思ったのは、小公園の湿った雨後の砂場を踏み、鉄鎖で空中に吊されている遊動円木に、腰をかけてからのことであった。緑の葉がつややかに濡れて光り、遊んでいる数人の子供たちの背中に晴れた日光が当っている。湿った土の匂いが、さわやかに木影の澄子の鼻を撲った。

澄子はアパートを正面にし、太い木の棒を跨ぎ、足で漕いだ。金属の軋む音が規則的に聞こえだして、繰返しすいすいと空中に揺られながら、懐しいような、甘い気分に澄子はひきこまれた。忠が去ったあと、私はよくここでこうして時間を送っていた。あの、眼鏡のセールスマンが求婚したのもこの丸太棒の上でだったし、小母ちゃん保母さんになってよと子供がせがんだのも、ここの砂場だった。単調で物憂げな鉄の輪が軋る音も、耳になつかしく、快かった。澄子はそのころの、硝子器の縁まで湛えられた水のような、透明に揺れていた自分の孤独を思い出した。私は、ここで忠を忘れることに努めていた。そして空に向かい、浮かび上るような、地と空を往復する、この正確で快適な律動の中に、私はやがて彼のことを忘れたのだ。

正面に、ほぼ半年の間暮したアパートの二階の窓が見える。澄子はふと、いつもカーテン代りに窓にかけたシーツの裾から白く滲みはじめてきた、一人で迎えたその部屋での数多くの朝を想っていた。朧ろな仄ぐらい水底のような部屋の中で、あたたかく胸のあたりで蠢めくチチを抱き私はよく、自分が海の中に沈み、横たわっているのだという気がした。私は、目の前の水面をながれる風景のどの一つにも手を伸ばさず、墓の中の死者たちのように生きることから離れ、生まれる寸前の胎児みたいにそうして生きることを目前にしながら、自分は生きることを怠け、何ひとつ決めず選ばぬ状態のままこの暁闇の海の中を、ただふわふわと海月《くらげ》のように無意味に漂っているのだと思った。そのころから私は生からも死からも遠ざかりはじめていた。そして、いまだに私はたぶんその私なのだ。忠は、いわばそんな私にとり、単にその上を通りすぎて行った一人の旅人でしかなかった。はるかな暗い海の上を、羅針盤を彼方へと向けて進んで行く、やがて視界から没し去ろうという一艘の船なのにすぎなかった。私は、彼の単独な航海を支えている海、その海と同じ海を自分もまた眺めているのだと考え、それだけでささやかなある安息を贏《か》ちえていた。忠を想うことは、海に触れることと同じであり、海を膚に感じることは、忠に触れることを意味していた。……いま、だがその忠が、昨夜の兄の喧嘩の相手だと考えることが、どうしてこんなにも苦痛であり、辛く恐ろしいのか。澄子は、ぼんやりと青空の中に目を放ちながら思っていた。白い繃帯の男に怪我をした忠を想ったとき、何故あれほどの恐怖を覚えたのか。あれから、私は人々が着けている白い色に脅えつづけてきた。町や車内の白シャツ白ブラウスがすると急に瞳のなかに氾濫して、私はほとんど顔をあげることができなかった。なるべく人々の顔を見ないように目を伏せ、私はやっとここに来たのだった。汗がうかんでいた。眩しく晴れた空が、夢のように遠くなり、近くなった。空を航行する鳥船に乗ったように、澄子は不安と速度のルフランのなかに浮かび上っていた。澄子は、心の中で、兄の口調を模して言った。中共に居ようが東京に居ようが、どっちだって同じことじゃないか、馬鹿だな、お前は。僕の喧嘩した相手が、どうして忠であってはならないんだ？　要するにお前はあの男に飽かれ、棄てられた出戻り娘なんだ。いまさら忠についてどんな空想をもっていようと、なるほどそれはお前の自由だけど、でもそれは忠の知ったことじゃなかろう、お前はもう、あの男のことでは、どんなことがあってもそれ以上驚くことも傷つけられることもない筈なのじゃないか。……だが、と澄子は思う。かつて暗い波の彼方へと消え去ったはずのその忠が、急にこちらを振り向きそれも手を伸ばせば届く一人の男として、現実の存在として再び現れたと思うことが私にはおそろしいのだ。それは忠の私への、一番決定的な裏切りではないだろうか。二度と見られなかったはずの彼の顔が、すぐ目の前でこちらを向き、しかも近々とせまるその目は、私を見てはいない。目に見えるつい近くで同じ現実を呼吸しながら、もはや私には無関心しかもたぬ忠。それを想像することが死よりも怖ろしい苦痛なのだ。彼の背信であり、この上なく手酷い侮辱なのだ。忠は、では彼一人だけの世界に沈みこみ消え去ったのではなかったのか。忠と私と割いていたのは、すると海ではなく、無数の不潔で醜悪な人間たちなのにすぎないのか。彼は人間たちから遁れたのではなかったのか。

思いながら澄子は、自分がその忠を、後ろ姿だけはせめてしっかりと所有している、告別式の黒枠の中の存在のようにしか、それまで眺めていなかったのに気づいていた。すくなくもその潔癖は死へと向っており、汚辱の人間たちの世界に生残った澄子にとり、忠との壁はほとんど死とのそれであった。彼の嫌悪しただろうものを嫌悪しつつ、死と生との中間に宙ぶらりんのままで居ることが、だから死なぬ澄子にはせめてもの彼に近づき得る限度であり、澄子はそこで忠を感じていた。……だが、実際に忠が死んだとは考えたことがなかった。澄子に、いまは忠がやはりこの地上に居り、相変らず人間たちを相手に、屈辱とつきあって生きていることは疑う余地もなくて、その事実が新しい嘲けるような顔で笑いかけてくる気がした。澄子は思った、駅で、忠に似た男をみて覚えたあの恐怖は、つまりそこに見た生命への恐怖だったのではないだろうか。

遊動円木は停っていた。澄子はのがれるように小公園を出、だらだら坂を登った。黄と緑に塗られた電車が喧しい轟音をあげて通りかかる。ためらわず澄子はそれに乗った。窓際に立ち走り過ぎる初夏の街を睨むようにみつめながら、澄子は、「卑怯者、卑怯者」と小さく罵りつづけていた。自分を捨て去った忠の不実へのはじめての瞭らかな憤りがあり、いつかたしかなその怒りに囚われてしまっている自分の、一種透明な安らぎに似た感覚の中に澄子は自分を失くしていた。風景は色とりどりの光の颪のように、何も見てはいないその瞳のうえを流れた。

ふと、笑い声を聞いたように思った。車内はむっとする人いきれで息苦しく、その混雑のさなかで胸をひろげ、片方の乳房を出して与えている若い母があった。まるまるとした赤児はしかし乳房を撫で、弄るだけで澄んだ黒い瞳を敏捷にきょときょとと動かし、乳を吸う気はない。餅をつかむように真白い柔らかな肌の上で小さく指を握り、ぺたぺたと吸いつくような音をたてて叩く。桃いろに染まり乳房はゆれ、母は叱り、乗客は遠慮がちな声で笑う。まるで自分の乳房が打たれ、顫えているみたいな、ある痛みを、羞恥を、そして嫌悪と渇きとを覚え、澄子は我にかえっていた。私は忠をゆるすだろう。いやがり身をそらすのを執拗に追い乳首をつまむ癖のあった忠の大きな掌の硬さを、澄子は不意に乳房に感じていた。汗ばむような上気があり、かすかに顫えている胸の窪みを、冷たいものが流れ落ちた。彼の我儘はじつは子供のそれにすぎないのだ、その物珍らしさに飽きるとすぐ玩具を取換える子供にすぎないのだ。でも、私は忠を愛している。疼くように、一途な忠の荒々しさを全身で期待している澄子は、そのとき無力な一人の女にすぎなかった。

電車は兄の会社の近くを過ぎ、銀座へと向っていた。もう、何ひとつ兄に聞くことはないのだ、と澄子は思った。実際には何の事件もおきなかった。私は私の習慣を歩いている。母や兄の目にとまるべき変化は何もないのだ。……物憂い無気力が、重苦しく澄子をつつんでいた。それは現在の日常の空気でありそこに帰ってきた合図だった。明日からも、自分は毎日ぶらぶらと外出をする習慣を崩さず、まるで忠のことは忘れたような顔のままで、やはり昨日までと同じような毎日の繰返しに耐えて行くのだろう。生とも死ともつかぬ、この曖昧な波立たぬ淀んだ沼に似た気倦《けだる》い心のまま、自分は何かを待ちつづけて日を送るだろう。澄子は思っていた。ただ、昨日までと違うのは、私が忠が生きている人間だと、それをはっきりと意識していることだ。もしかしたら、巡り逢わぬものでもないのだ。だが、もし出会ったなら、私はどうするだろう。泣くだろうか、笑うだろうか。胸に飛びつき、どんな目に遭わせてもいい、また傍に置いてくれと哀願するだろうか。いや、怒ったふりをし、離れないと約束するまで、いろいろ画策をしてみるだろうか。立止って、忠が目を注ぎ、駈けてくるのを待ち、やさしく見まもりつづけているだろうか。

震動が、快く頭の芯にひびいてくる。澄子は、いまは街に氾濫する白いシャツの群も目に痛くなかった。訴えるような目で、でも強いて忠を探そうとするでもなく、窓から人道を歩く人々の顔に、次々と眸を移している自分が何故かたのしかった。

太陽は真向からぎらぎらと照りつけ、午後の日光には盛夏の酷しさがあった。昨日の投身自殺の現場もすでに通りすぎた。澄子は同じような騒がしい雑沓の渦の中を、いつもの道を歩いていた。人々の顔を見て歩くのにも飽き、ふと兄を訪ねてみようかという気持ちが、悪戯っぽく胸を掠めたりする。

それは交叉点近くのデパートの前であった。澄子はある強烈な光が体内を貫いて走り抜けるのを感じた。忠がいる。いま、その四辻に佇み、信号を待つ人々の中で一段と首だけがぬきでた黒いポロシャツの男、それは忠ではないのか。

手にハトロン紙の袋を下げ、気短かげに片脚を居たたまれないようにぶらぶらさせ、首の細く長いその男は、肩をゆすっている。目を眩しげに細め眉を寄せて、停車している黒塗りの高級車をいらいらとみつめている。

澄子はそのあと男の目が、何の遅滞もなく自分の顔の上を通りすぎたような気がしたきり、それからは何も知らなかった。気づいたとき、澄子は満員の乗客といっしょに案内嬢に脊を押され、デパートのエレベーターの箱に詰めこまれようとしていた。クリイム色の内壁にべったりと頬を押しつけ、澄子は半ば夢心地で昇降機の扉が牢獄のそれのように閉ざされる音を聞いた。軽い震動がつたわり、密閉された箱は音もなく昇りはじめた。

——忠だろうか。本当に忠だったのだろうか。あの気難かしげな顔は、たしかに短気な忠の癖なのだが。突然、澄子は小さな叫びを押し殺した。私は、忠から逃げてしまっている。呼びも飛びつきもせず、こっちから匿れてしまっている。私は、忠を、忠らしい男を目前にしながら、無意識のうちにそれを避けてしまっている。……霹靂のように、澄子は茫然とその事実を眺めていた。追うことも、すぐ昇降機を下り人ごみの中に彼を探すことも、何も考えられなかった。澄子は、ただ自分が忠を遁れたということ、そのことだけを眺めていた。

促され、顔をあげると明るい空がじかに瞳の中に躍りこんだ。屋上に向いて扉はひらいていた。廊下の硝子戸の向うに、子供たちの笑い声が華やかに日に炒られている。出ると、屋上は子供づれの客でほとんど埋まっていた。

私はいま、何も考えていない、と澄子は思った。たしかに忠だったか。いや私には、何も考えられない。考えることなど、じつは何もないのだ。いまは、自分が忠を避けたということ、このことを確認することのほかに、何もすることはないのだ。

眩しく賑やかな色彩とざわめきの交錯する渦の中を、澄子は人波を縫い、一段と高い司令塔のような展望台の方に、ぶらぶらと歩いた。赤い風船が一つ、子供の泣声とともに風に煽りあげられ、ゆっくりと左右に流れながら晴れた空に吸われて行く。どこまで昇って行くつもりだろう、ぐんぐんと流され小さくなって行く光る赤い球を眸で追い、澄子は頭上の、広大な海原のように涯しなく美しい青空に気づいていた。

久方ぶりの、目路の涯にまでひろがる雄大な青い空は、見ていて飽きなかった。空はたかく、深くひろく遠く、あざやかに澄み渡り白い綿屑のような雲が動いている。展望台の上に立つと、風は熱気をはらみ意外なはげしさで人々を洗っていた。澄子は、はじめて、自分は何をしにここに来たのだろうと思った。

私は、死のうとしているのか。その言葉が唐突に鋼のような冷たさで胸に触れた。澄子は昨日の、あの投身した女の孤独を思い、何かをたしかめるように明るい青空の奥に見入った。このような高みに立ち、あの女はいったい何を考えていたのだろう。そして屋上の柵を跨ぎ手すりを越え、石の縁から身を躍らせ、そのまま雑沓する午後の鋪道に深々と墜落して行くとき、彼女は何を望み、何から脱れようとしていたのだったか。何を拒み、何に挑もうとしていたのだったか。目を閉じて、澄子は想像してみる。目が昏み、突然おそってくる急激な眠りに似た虚無感。一瞬の恐怖がすべてを奪い去って、彼女はただその肉の重みだけと化し地球に呼ばれている。それは地上のものであり地上に返さなければならないのだ。粗い空気の層が激しい風のように全身をこすり、地面に彼女は驀進する。何か、目に見えぬものに抵抗するかに、また何か大切なものを摑むかに腕を伸ばし、石でないことを示すためのように四肢をひろげ、彼女は、何も知らぬ群集の中へ、音もなく糸を引くように垂直に落下して行く……。

澄子は、そしてぽっかりと開いた自分の穴の底に、見ていた。その直後の、鼻が潰れ全身の打撲で即死した女の無残な墜死体を。生きた生命の断面図を。最早だれからも関渉されない完成した一箇の孤独を。裸の生命そのものの、強烈な光のような。一つの完璧で確実な結果を。

自分は何故死なないのか。すでにそれは他人事ではないのだった。首すじに当る太陽の熱を感じながら、首をめぐらせ空ろな目で澄子は彼方を見た。遠く、地と接するあたりで、白っぽく青空は都会の煙霧に暈《ぼ》かされてか、色を失くしている。澄子はふと、そこに青空の性質を、その地上との関係を見るような気がした。青空は、生きた人間にはとどかないのだ。それは墓場なのだ。墓地の土に、ひときわ濃く逞しい緑が萌えるように、みずみずしい紺碧のその豊かさは死の肥沃なのだ。おびただしい光の健康な充実、それはじつは虚無のそれだ。この清潔さ、この静けさ、この平和は、死者たちの森のそれらと同じなのだ。

澄子は青空の中に失われて行こうとする自分に気づいていた。それは、すべての人々が均等に頭上に頒ちもつ死の領域であるのかも知れない。彼女はすでに自分に何の関係もない、あたりの風景に次々と目をうつした。ただ忠の代りに私に与えられたもの、それはこの海のような青空のほかにはない。

これが、私のあんなに欲しがっていた結果なのだ、と澄子は思った。私は忠を見、忠からのがれたのだ。いまの私にとりただ一つ確実なこと、それは私が忠から遁れたということ。これこそが私と忠との一切の、その確実な唯一つの結果なのだ。私はひとりきりだ。そして私にはいま、海は頭上にあり、その青空が新しく帝王として君臨しようとしている。私はその透明な無に従うつもりなのだろうか。とにかく、私はいま、青空に見られている。

爽やかな、巨大な鐘の音が流れてきた。デパートに向う、時計店のオルゴオルが、また時を告げているのだった。音楽はいかにも架空な感じに拡大され、大きな池に落ちた波紋のようにひろがり、波を打って、美しい音色はゆっくりとメロディを結びかけながら、斜めに青空の彼方へとのぼって行く。そのオルゴオルの全曲を、こうして明瞭に聞くのがはじめてのような気がして、澄子は水のような心でぼんやりと耳を澄ませた。まるでその終結の合図みたいに、発車する電車や自動車の警笛が、ひときわ高らかに聞こえた。

澄子は、地上に目を落した。その中で、まだたぶん我儘な独泳を続けているのだろう忠は、彼女にとり、無数の群集の中にまぎれ、いまは他との区別がつかぬ無力な他人の一人にすぎなかった。——急に、目のくらむような気がして澄子は手すりの金具を握りしめた。それは二十米の高みから見下ろす、身のすくむ恐怖からではなかった。吸い着けられたように目は人々が地虫のように這いずる不気味な地上を見て、逃れられぬ地上での、悪夢に似たただ耐えるだけの孤独で無益な日常の繰返しを、きっとまた立っている駅のサンドイッチマンを、生きることの面倒臭さを、自分の無気力を、いやな匂いのする生温い夜空を、すべての生にたいする嫌悪を、澄子は一瞬のうちに感じていた。展望台の階段に足をかけて、澄子はそのまま動くことができなかった。

〔1956(昭和31)年8月「三田文学」初出〕

演技の果て

日ざかりは光が眩しかったが、いつのまにかなまあたたかい初夏の宵にかわっていた。かすかな風も出てきて、街路を歩いて行き、見上げるとまだビルの上にうす青い晴れた空がのこっていた。

「すてきだったわ、今日は」私が足をとめると、つれの女は腕をときながらいった。

「とくに、君の食欲がすてきだった」

「あれは、ソースがよくできていたわね、仔牛のカツ」

頬の肉の厚い女はのんびりいい、目を光らせて塗りなおしたばかりの唇で笑う。「それでね、それで私、おかわりをしたのよ」女の口調には東北ふうのアクセントがある。わざと上品ぶって標準語をしゃべろうとするので、語尾があがる。商売がら、私は訛りについてはうるさいのだ。だが、私はなにもいわなかった。もうその女はいらなかった。私は、彼女と二十時間ちかくいっしょにいたのだ。

放送局のビルの前で私は女と別れた。背の高い女は石の舗道を五六歩そのままの方向に歩いて行き、くるりと廻れ右して私の前をそしらぬ顔で駅の方に引き返した。彼女は駅の向う側の喫茶店につとめている。淡い水いろのタイトの尻をふって、首をしゃんとあげて歩いて行く若い女には、ながい時間私とだけいた痕はどこにも見えなかった。私はひどく快い気分で昇降機の前に歩いた。

女たちについては、私はちかごろはその皮膚のことしか考えない。皮膚をこえた部分、私に見えない部分について思いだすと、私はいつも途方にくれ、結局は立ち往生をとげてしまう。私は、ぷつんと糸を断つように別れたいがために、けんめいに女へのその戒律の実行を心がけていたのだ。

七階の、廊下のつきあたりの本読み室は窓がなくて、そこには夜と昼の区別がない。黄いろい防音壁にかこまれた四角い部屋はボール箱の中のようで、壁にはめこまれた時計が午前か午後かわからない六時ちかくを指し、部屋はつけっぱなしの蛍光照明がまぶしかった。

ドアをあけて、私は人びとが急に沈黙したことをかんじた。中央の細長い粗末な板のテーブルに肱をつくと、ちんばのその脚がかたかたと床に慄えた音をたてた。まだその音が消えなかった。ざわめきを中断した人びとを代表してのように、佐伯が一語一語はっきりと区切りながらいった。

「マリがね、マリが、今朝、中野の家で、睡眠薬を二箱飲んだそうです」

それが私が真理子の自殺のしらせをきいた最初だった。俳優たちは異様に凝縮した静けさをまもりながら、思い思いに金属の椅子を壁ぎわにならべている。二三人がぼんやりと私を見つめていた。保井真理子は私の昔なじみだった。彼女は、その夜出演する予定の私の番組のタレントの一人だった。

「さっき、プロデューサーの佐藤さんに、マリの旦那さんから電話があったそうです。ぼくたちも、それではじめて知ったんです」

「死んだの？」と、私はいった。私は、ほとんど腰をぬかしていた。

「いいえ、まだ」老け役の女優がいい、あわててつけ加えた。「だから、たすかるかもしれませんわ」

私は大きく胸をそらせ、椅子の背に片腕をまわしながらゆっくりと足を組んだ。じつは、立ち上ろうとした動作のかわりにそれをしたのだ。煙草に火をともした。駈けつけたところで、と私は思いなおしたのだ。

「発見がずいぶんおくれたっていうじゃないか。きっと手おくれだよ」

同じ劇団の若い男女たちは話しだした。「昼すぎになってから、ばあやさんが、あんまり鼾がすごいんで気がついたっていうんだから」

「胃にすっかり吸収されているよ。そしたら駄目にきまってるさ」

「でも、どうしても死ななければならないどんな理由があるのかしら。マリ、昨夜だってぜんぜんいつもと同じだったわ」

「だれか思いあたることあるかい」

「久保さんは、どうです」

一人が私に声をかけた。私は首をふった。私はなにもしゃべりたくなかった。

人びとが取り沙汰する自殺の理由などは、どうでもよかった。私は真理子が助かるのも、助からぬのも思っていたのではなかった。そのとき、私はほとんど真理子について考えていたのではなかった。

私は、暮れかけた街に早くもネオンや明りが点りはじめ、さわやかな風が街路樹の梢をかるくこだまさせて渡って行った風景、何も知らず私が感覚に触れさせてきた今日の時間を思い出そうとしていた。私はその日、朝をしらなかった。ホテルの窓から見えた踏切りの黄と黒のだんだらに塗り分けられた竹竿、赤い化粧瓦の上を這っていた一匹の黒い大きな蟻、午後の染まるように美しく晴れた青空。だが、といってそれらは特別なものでもなく、それらが意味をもち私に集ってくることもなかった。それらは真理子の存在も不在も証しているのではなかった。それらは、すでに無意味な遠いなにかの形骸であるにすぎず、そして私には、同様に真理子もかすかに外見を遠望させている一つの風物としてしかとらえられなかった。私は、舗道に硬いヒールの底をうちつけるようにして歩いていたさっきの女さえも、もはやとりたてて思いうかべてみることができなかった。膜をへだてたように、他人の生も死もなまなましく感じとれず、私は遺棄されたように独りだった。——これは、この部屋のせいかもしれない、と私はいらいらして思った。たしかにその部屋は、風から、季節の青空から、太陽から、街のざわめきから、日常の世界から隔離されて、宙にうかんだ真空の箱のように、息苦しく空中で閉じられているのだった。

ドアがひらいた。ストップ・ウォッチをバンドから吊した佐藤が、台本をもった小柄な若い女の肩を押すようにして入ってきた。人びとの視線を避けるように目を伏せ、ドアを閉めて、大男の彼は若い女の肩に掌をのっけた。

「この人に、マリの代役をやってもらう。劇団の高野君、高野ユカリ君です」

彼は自分の武骨な手をみるように首をまげた。もちまえの、太い声がいった。「マリは、死んだそうだ。いま、電話がかかってきた」

「信じられないなあ」佐伯が、間を置いてから無邪気な声でいった。スタッフはだまっていた。

「昨夜、ぼく、いっしょに飲んだんだよ、新宿で。平山もいっしょだった。ね、平山?」と佐伯はいった。「さて、そろそろ帰らなくちゃあ。旦那様がかわいそう、なんていってね。ぼくたちはそこでみんなばらばらに別れたんだ。ぼくには計画的とは思えないよ」

「だって、発作的なものにしたって、マリにどんな理由がある? 死ななければならない」さっきの真理子の母親役の女優が、へんに挑みかかる口調でいった。「かわいそうに」彼女のすり泣きは、しのび笑いのように聞こえた。「あの人は、いつも一人ではさびしい人だったわ。だれかがいると、それがだれでもぱっと明るくなり、強くなるの。私は、どうしてあの人を私たちが死なせちゃったかと考えると……」

「とにかく理由なんて考えるのはやめろよ」平山がはじめて口を出した。「遺書もなかったんだろ? マリにしても、わかってもらいたくもないのかもしれないしな」

「ひどいことを」女優は憤った目で平山をみつめた。平山は不機嫌に黒のベレをいじっていた。女優はなにもいわなかった。

「……なんだか、腹が立ってきちゃった」と私はいった。「友だちの自殺は、これで五六度めだけど、おれはいつも腹が立っちゃう」

無言のまま佐藤が笑いかけた。私も微笑して目をおとした。私は思っていた。おたがいに、我慢をして生きていたはずじゃないのか。あばかれたおたがいの無力さ、そして抵抗のしようのない空白感。おれはそれが過ぎて行くのを、じっと待っていなければならない。

「おれと久保が、いちばん古い友だちなんじゃないか、このなかで」

佐藤は幅ひろいナイロン・ジャンパアの肩をゆすった。「マリがまだ英文の女子学生のころだったからなあ、思えば」

そのころ佐藤と私とは仏文で、真理子は経済の同じ学年にいた保井進と結婚した。みな同じ大学の演劇部での仲間だった。人形劇の道具をかついで、伊豆半島から元気に東京都の島めぐりをした夏もあった。「あれだな、これで芝居につながったことをやっているのは、またおれたち二人きりになったな」と佐藤はいった。真理子は卒業後まる一年ほどは芝居からはなれていて、二年前、佐藤にせがんでまた現在の劇団で芝居をはじめたのだ。

「ばかなやっちゃ」佐藤は深刻な顔でいった。

どっちかといえば、マリは好きだったなと私は思った。小柄で、首すじの白く清潔な女だった。鼻ぺちゃで目の間隔がすこし広く、美人ではなかったが純真で健康な感じで、一二度ふられた舞台での役もそんな娘役ばかりだった。芝居はうまくなかった。すぐ夢中になってしまう性質で、だが、ほんとに好きだったらそれも可愛く思えるのだろうが、あの少女っぽいロマンチックな自己陶酔癖には閉口した。酔っぱらうと木でも電柱でも、高いところに臆せずよじのぼって、知っているかぎりの歌を気分をこめて歌いまくるあの癖、澄ましかえって童謡舞踊をおどりだすあの癖。私はいつか意地わるく、マリは芝居より芝居ものの生活の方が好きなようで困る、と冗談めかしていった記憶がある。それとあの一本気な、おしつけがましい親切と議論好き。マリには、どこかひどく分別くさい勝気な女子高校生みたいな面もあって、在学中に保井と結婚したのも不似合いなことではなかった。二人のロマンスはメーデー事件から生れたというのだったが、私はデモには行かなかった。

佐藤のつれてきた局の専属劇団の若い娘は、片隅で台本の上にかがみこんで、熱心に手を動かしつづけている。よくみるとちびた赤鉛筆を掌のなかに握りこんで、彼女は台本のうらに睫のながい人形の漫画をかき、細く白い指に力をこめ、その唇を塗りつぶすのに熱中していた。「あれで行くぜ、作者」佐藤は私に目で合図をした。「案外にイカす子なんだ、歌もちょっとなら歌えるしな」

「歌なら、私だって」母親役の女優は不機嫌をかくさずにいった。「私が、マリの代役をやるのは、できない相談なの？」

私は嫉妬をあからさまにして若い娘を睨みつけるその女優にすこしびっくりした。真理子の役は主役だった。

「そろそろリハーサルと行こうか」佐藤は煙草をすて、なれた態度で女優の不満を黙殺した。「ユカちゃん、いいかい？　スタジオは空いてるかな？」

「私、みてきましょう」

専属劇団の娘は立ち上って、そのはずみでテーブルはがたがた鳴り、台本の上から赤鉛筆がころげおちた。娘は気づかない様子で小走りに廊下に出た。

だれもなにもいわなかった。部屋はしずかだった。固い蒼ざめたセメントの床の隅に、空になった中華ソバの丼が二つ重ねてある。みじかい赤鉛筆はその丼の前でとまった。私はそれを眺めていた。このような意味もない細かな事実は、ちょうど駅の階段にころげているキャラメルの古箱みたいに、いつもそのときどきに気をとめるくせに一向記憶にはのこらないのだ。私は、そのようにして見、そのようにして忘れた数多くのものの存在をおもった。私はいろいろなことを忘れてきた。

いまにこの鉛筆も忘れてしまうだろう。忘れるにちがいないのだ。思いながら私は、忘れてきたものの不気味な堆積の重みをはかるように、しばらくはじっとその赤鉛筆をみつめていた。

保井夫婦については、しあわせなのだというふうにしか、私は思ったことがなかった。私は他人たちに、こちらが弾き出されるような幸福のほかはみたくなかった。不幸をかんじるのが、私はきらいなのだ。私の関心はすべての他人たちに笑顔の壁をもとめ、その先に深入りすることがなかった。そして保井夫婦はそれまでは充分に私のそんな願望にこたえていた。いずれに関しても浮気の噂ひとつきかなかったし、地方銀行の頭取の一人息子として、進たちの暮しはなに不自由がなかった。

その夜、私は佐藤からギャラをもらい、本番を彼にまかせひと足先きに中野の保井家へ向かった。中央線に乗り替えようとするとき、私はちょっと億劫をおぼえた。その小豆いろの車内で真理子と睨みあったある日を思い出していたのだ。私はまぶたをうす赧く染めた真理子の顔をみていた。

私は、そのときは真理子に強引にひっぱって行かれたのだ。一昨年の冬のことで、満員の国電の中で真理子は大声でトン子が、トン子を、と小田富子のあだ名を呼び、恋がどうの、愛がどうの、誠実はどうのと興奮して叫ぶような声をあげた。小田富子はおなじ演劇部の仲間で、卒業後は教科書出版社につとめていた。私は四年ごしの関係だったその小田富子と、前の日にはっきりと別れていた。

その日、私たちは電車の中で、ちょっと考えられないほど羽目をはずしたのだ。スタジオからの帰り、ちょうど夕暮れのラッシュにあたる時刻で、私と真理子のあいだにもぎっしりと人がつまり、私は打ち明けたのを後悔して乗り換える駅のくるのを心待ちにしていたはずだったが、だんだんとムキになった。人びとの迷惑半分、面白半分の視線を浴び、赧くなって、つい私は上ずった同じような大声でどなった。「がさがさいうな、おれは君に相談してんじゃない、報告しただけのこったぞ」

真理子はなおいいつのった。私はやり返した。「うるさい、要するにおれは人間がきらいなんだ」「へえん」と一間ほどはなれて、真理子はいい返した。「人間がきらい？　よくそれでプラット・ホームなんかでキスができるわねえ、ひとの見てる前で。私ちゃーんとトン子に聞いてしってんのよ」「だからさ、だから、おれはよけいきらいなんだ」私は必死になってさけんだ。けんめいに私を見ようとしてもがきながら、真理子は叫び返した。「わかんないわ、なぜあんないい人と別れるのよ、あんたもばかね、よっぽど」私は、完全に逆上した。「どうせおれはリコウじゃない。でも、ばかはばかなりに、真剣に考えた挙句なんです。おれだってこの二三日、ろくに寝てないんだ」

「へえ、それで、これでゆっくりと寝られるわけ？　ひどい人ね」舞台できたえた真理子の金切り声はよくとおった。「トン子にすまないと思わないの？」「もとはといえば悪いのは二人でしょう？　こういうことは、単独犯じゃできない」周囲で笑い声がおこった。私は目が見えなくなるほど興奮して、いいつづけた。「責任だって半分こだ、それでもおれが悪いっていわれるなら、それはおれが、おれから止めたことについてでしょう。しかしね、昨夜、もう逢わないっていったときね、おれははじめて、ただ一回、トンコに善いことを実行してるんだ、と感じましたよ。やめようやめようと思いながらずるずるとつづけてるなんて、もっと悪いこった」私は私で、充分に被害者めいた気分になっていたのだ。富子さえいなかったら、おれはこんないやな役まわりをおしつけられることもなかったんだ。私は、富子の肉体の快さを忘れたのではなかった。

「勝手ね、相手の気持ちなんかどうだって、……」小柄な真理子は人びとの肩の下に埋もれたまま、甲高くいいつづけた。「あのひとの、どこがいけないのさ」

私も負けじと吊皮で身をよじりながらこたえた。「ぜんぶだ。呼吸がつまるんだよ」

「悪党、うそつき、ばか」

真理子の顔は見えなかった。私はたぶんそのあたりらしい見当に大声でどなった。「おれは気がちっちゃいんだ、いいかげんにしてくれ、とにかくおれはおれが大切なんだ」

中野駅で電車から吐き出されると、真理子は真赤な顔で呼吸をきらしながら、やにわに私の肱をつかんだ。彼女は詰問した。「四年間もさ、つきあってきててさ、なにさ、なにをいまさらわかったことがあんのよ。あんた卑怯よ。それに、理由らしい理由なんかないじゃないの。あんたなにさ」

「あいつは、素直すぎるんだよ。それが四年だ、なんでもおれのいうとおりだ」

「それがどこが悪いの?」

「おれには重たいんだ」私は自分の悲鳴のような声がわかった。「結局、おれがあいつの思いのままになっているみたいなんだ、やりきれないんだ、おれは。おれは溺れかけているみたいな気持ちだ。あいつには非難めいたことはいっていない。おれの問題なんだ、問題は」

真理子は、急にさぐるような目つきで私をみた。

「あんた、だれか好きなひとでもできたの? そうなんでしょ」

「ばかやろう」

私はひっぱたいてやりたかった。この健康優良児のようなよく張ったまるい尻を、思うさま蹴とばし、階段からころげおちさせたら、どんなにいい気分だろう。「そんな器用な男に、おれが見えるか」

真理子はにくたらしく下唇を突き出して歩いた。改札口で精算を要求され、私ははじめてそこが中野駅であるのに気づいた。柵を通り抜けて、「……おれは帰る」と私はいった。ほんとうに帰るつもりだった。「ええと、おれ、なにしにここまでついてきたんだっけな」

あたりはすっかり夜になってしまっていた。真理子の権幕に引きずられて、五反田の下宿へ帰るはずの私は、電車を乗り替えるのを忘れていたのだ。ひどくばからしい気分だった。耳たぶをほてらせたまま私が出札口に近づき、切符を買おうとするその腕に真理子はぶらさがった。

「はなさないよ、みっともないと思ったら私と来なさい、保井にも話してやってよ、シンネンがあんのならさ」

「いやだ」

「なにさ威張って、大きな声を出すわよ」

「いやだ」

「まだなにも話してないじゃないのさ、あなたのいい分ってのをききたいのよ、あんたがくそ真面目な人だってことは知ってるのよ」

いまだからこそ「くそ真面目」を屈辱的と考えるが、そのころはそういわれてけっして悪い気分ではなかった。勢いを弱め、だまりこんだ私を引きずるみたいにして、真理子はバスの停留所を歩きこすと、駅前の食料品市場にはいりこんだ。「さ、ご馳走してあげるわ、好きなものをおっしゃい」ふくれっつらの私にもたれかかり、真理子はさも愉しそうにアーケードふうの屋根のついた市場じゅうを歩きまわった。やがて、いつのまにかトンカツをえらんだことにされてしまい、外套が新調だからといい、真理子はつぎつぎと品物を私の胸に積みかさねた。「サラダは、私の方がずっとうまいんだからね、こんなとこじゃ買わない」市場を出て四五軒の八百屋を丹念にさがしまわり、彼女はいちばん安価で美味そうな蜜柑をやたらと買いもとめた。

私は、肩をゆすることもできなかった。ちょっと大きく呼吸をしても、紙袋から蜜柑や馬鈴薯がこぼれるのだ。そのたびに真理子が天下の一大事みたいな声をあげる。ハンド・バッグのほかには、彼女は花屋で値切りたおした一本の白バラしか持たなかった。小柄なわりに均斉のとれた彼女は、新しい濃紺のプリンセス・ラインの外套がよく似合っていた。温室咲きの白バラをしじゅう頬の近くでひらひらさせ、真理子はまるで罪人を拉致するみたいに、私の外套の袖を片手でしっかりと握っていた。

中野駅のホームに降り、私は一年半まえの冬の夜ふけ、終電を待ち、ぽつんとその人気ない駅のベンチに坐っていた自分を思い出した。長い貨物列車がごとごとと目の前をいつまでも動いて行き、私は外套の襟を立て寒さにふるえながら、混乱したみじめな気持ちでいた。保井夫婦の幸福は二人を似た顔つきにし、私は二人から閉め出され逃げるようにして帰ってきた。私はそのベンチで、しかし、ただひとつ、このことだけはたしかなのだ、としきりに思っていた。小田富子と別れたいということ、いくら説明ができなくとも、このことだけは強烈な匂いのようにたしかなのだ。

私は富子が、私の前ではいつもその孤独を忘れているらしいのが気に入らなかった。彼女はつねにやさしく、すべて私のいうがままでなにをしてもゆるしてくれ、反抗や主張やをしたことがなかった。富子にはなんの欠点もないのだ。その考えとうらはらに、でも私はほとんど動きのとれぬ習慣に化した情事のくりかえしに、新鮮さを回復することができなかった。私の愛は行方不明となり、私にとってそれに耐えることは、なんのよろこびもなく富子の従順さに負けつづけることでしかなかった。

私は焦立ち、この関係はどこかがまちがっているにちがいないと考えはじめたのだ。それは人間と人間との関係、個人と個人との関係、対等の、一対一の関係ではなく、むしろなにか一方的な関係、人と密雲、人と部屋の関係に似ていた。私は彼女の瞳のなかにとらえられて沼におちたように沈んで行き、水面が頭上にあり、私自身が見えなくなり、彼女が突き抜けなくてはならぬひとつの袋小路のように思えた。私は息苦しく、私のほしいのはこんな昼寝のような愛ではないのだと思った。私はべつの愛、けものどうしの闘いのように、おたがいが裸の全身をぶつけあう清潔な関係をのぞんでいた。いくども試みた説得に私は失敗した。私は富子と別れようと決心した。私は鮮明な輪郭のある自分をとりもどしたいとねがったのだ。

富子は、はじめ私の申し出を相手にしないでいた。「ひと月待って。私にも考えさせて」私はそれを当然だと思った。ひと月待って私はくりかえした。「あら、本気だったの、忘れてるかと思っていた」「すこしは真面目に、おれを正面から相手にしてくれたらどうだい、おれはもう空振りにはたえられない」と私はいった。「私、なにも考えてこなかったわ、考えたって同じだもの」富子は笑いながら答えた。「いままで、私はなんでもあなたのいうとおりだったわ、でも、これだけは駄目。別れるのはいや」私は、はじめて彼女に触れ、彼女と対立できた気がした。私たちは国電の線路に沿って歩きはじめ、渋谷から品川まで、しゃべりながら歩きとおした。はじめて明らかになった彼女と私の確信は、あまりにもちがっていた。彼女は従順で、貞潔で、善良で、無害で、つまり完全で、まずいことにそれを信じていた。私には、逆に自分のそれを信じないことが正義なのに。……たしかに、富子が最初の女である私は、それまで他の女に指一本からませた事実がない。だが、それは私の善良さを私が信じることにはならないのだ。私たちの話は喰いちがい、衝突することすらできなかった。私は別れたい意志を再認した。「そういういい方で君が納得できるのなら」私は不機嫌になっていった。「ぼくは、君に飽きたんだよ。もう、ひとつも好きじゃあない。すまないけど、ぼくは君から逃げたいんだ。二度と逢いたくない」

「私が、死ぬといっても?」と、すこしの沈黙のあと、富子はいった。私はびっくりした。「死ぬ? よしてくれ、冗談はやめとくれよ」

「だってあなたに逢えないのなら、生きてたって意味がないの」富子は泣きはじめた。私は困りきった。「ひとのせいで生きるとか死ぬとか、やめてくれよ、ぼくにはそんな考えそのものがだめなんだよ。……こまるな」八ツ山の陸橋に立っていると、道に白くなまあたたかく油くさい煙をくぐらせて汽車が通って行き、私はうろたえてざらざらした石の手すりをはなれた。富子はつづいてきた。私は彼女に触れないようにしていた。私は自分をいつでも夢中にさせてしまう、彼女の極度にやわらかい肉の微妙な感触をおそれていた。私はいった。「おれには女ならいい、だれだっていいんだ。だれにだってすぐカーッとなる。すぐおでこに平たいものをおしつけられたみたいに、なんにも考えられなくなる。おれは、そのときほど相手の人格を忘れることはないんだ。しかも、その相手の人格を無視した行為の連続が、愛の歴史になる。すくなくも相手はそういう。おれはわかんないよ。おれには、だからそんな『愛』なんて言葉が重荷になる」私にはそれも屈辱のひとつだった。「おれはべつに君じゃなくたっていいんだ、おれは君を最近は、間に合わせの、代理の愛人としてしか扱ってこなかったんだ。おれはそれがいやだ」トラックの光芒が私たちをくりかえし照らし出した。

「あなたがいないのなら、私は生きていたくないわ」「やめろよ」私は怒った顔でいった。私は内心おそろしさにふるえながら、でも頑張りとおしたのだ。「ぼくはぼくの思うようにしか生きたくない。それをやめるのは自分で自分をころすことだ。ぼくはひとつも君を死なせたくはないさ、でもぼくは結局は君の身代りにも、だれの身代りにもなれやしない。だれもぼくの身代りにはなれないのと同じことさ。これは、当然のことだろ?」

「へえ、あなたってヤクザね、おどろいたわ」私がいきさつをくりかえすと、真理子はウイスキィ壜を持ち上げながらいった。「つまりさ、つまりそれはあなたが、まだだれとも家庭をもつ意志がないってことなんだわ」

「結婚はしないいね、めったに。経済条件もあるけど」真理子の言葉はよくのみこめなかったが、私は答えた。「こういっちゃ失礼だが、なんかワイセツでね、おれは結婚しているやつをみて、本気で羨ましいと思ったこともないんだ」「それは久保、君が臆病だからじゃない？」とおだやかに保井進がいい、真理子は姉さんぶり、「気楽な独りもんで、まだまだうんと浮気でもして遊んでいたいんでしょう」といった。「そういうことになるのか」と私は二人にいい、「これはだめだな、もう。つまり、君はまだほんとにひとを愛したことがないのさ」と進がつけくわえた。

「しようのないひとねえ」と、すると意外に上機嫌な声音で、真理子が溜息まじりにわらった。彼女は早くもそうとうに酔っぱらってい、歌が出はじめたのはその直後だった。進がそれに和して、二人はいい気持ちそうにロシア民謡をかたっぱしから合唱した。

私はあの夜の顚末を思いおこし、怒ったようなムキな表情を自分の頰に感じて、やっと真理子をそのときの顔つきとともにいきいきと思いうかべていた。保井家に向かう旧式の小型バスは震動がはげしかった。白バラを買って行こう、胸にあふれるほど、と私は思いついた。すると、私にははじめてその花が無益なこと、あの真理子がこの世にいないということが、肌をすり寄せていた隣りの客が忽然と姿を消したように、奇妙に納得のしがたい、しかし奇妙に真実味のあるものとして意識された。私はおかしなトリックをみたようにぼんやりした。涙は湧かなかった。他人たちというものは、つねに承認せざるを得ないものだ、と私は心のなかでいった。とくにその死は、どんなに意外であり不可解でも、そのまま永久に承認するほかはないのだ。……

そして、私はすぐにその言葉が、かつての私たちのリーダーの保井進が、学生時代、仲間の一人が自殺したときに呟いた言葉なのを思い出した。私は次の停留所でバスを降りて、真理子が白バラを値切った駅前の花屋へと引き返した。

真理子は棺のなかで、花に埋もれていた。死顔には斑点や苦悶のあとがなかった。棺に入れるとき、私はその両脚を抱えた。死体は硬直していて、仰向いても横をみても、屍臭を嗅がずに呼吸をすることができなかった。

かけつけた実家の母の化粧で、蠟人形のような死者の若い皮膚は、いちめんに白墨のような白さの底に沈んだ。私は、真理子が一人娘だったことを知った。鼻腔まできれいにほの白く掃除されて、それはふだんよりも拡がり、奥のほうまでよく見えるような気がした。唇はどうしても閉まらず、陶器質のなめらかな前歯が天井からの光を映していた。歯は乾いていた。もともと彼女は鼻のしたが短かった。

母は真理子の香水や化粧道具をつめたハンド・バッグを棺に入れた。棺に蓋をするまで佐藤は部屋の外に出ていた。「もうすんだか？　蓋はしたか」せわしなく葬儀屋といっしょに部屋を出入りする私に、低い声で彼はきいた。彼は柱に手をかけ、雨戸の開け放たれたままの廊下から樹々や凝った石の配置された暗い庭の奥を見ていた。「もう顔は見えない、蓋はとめてないが」と私は返事をした。「そうか、すまない。べつにお化けも泥棒もこわかないが、おれは、死人だけは、だめだ、こわい」と佐藤はいった。「気味がわるい、なんだか、マリに悪い気もするけど」

「安心しな」と私は笑いながらこたえた。「棺の中にいるのは、もう、マリじゃないさ。マリの贋ものだよ」

保井進が、目を伏せて横を通りすぎた。聞かれたと思い、私はちょっと当惑した。贋もの、それは白布をとり、死んだ真理子をながめたとき、まず私にきた言葉だった。夫として彼にそれが不愉快でも、でも仕方がない、撤回も弁解も嘘になるのだと思った。進は、私の目を見ないようにしていた。

進は外出着の背広のまま、てきぱきと葬儀屋に指図をして、力を合わせかけ声をかけて棺を白木の棚に上げた。銀行員らしく薄地の紺の上下を着た進の、まあたらしい上等の靴下が、その家の中で彼をひどく他人めかせていた。彼は佐伯や女優たちと、あまった花をていねいに棺の上にならべた。劇団からの花籠も運びこまれてきた。

「佐藤」と進は呼んだ。「通知状をね、印刷屋からとってきてくれないか。本町通りだ。どうせいまから書いても、今日の最後のポストには間に合わないかな」

「なあに、それならちょくせつ郵便局に持って行くさ」佐藤は張りきってこたえた。

二人の住んでいたはなれで私たち三人は宛名を書き、だが小田富子の名は分担の中にはなかった。劇団の人びとを帰し、私と佐藤は通夜につきあうことにきめた。劇団の若い座長は、最後までしつっこく進に自殺の原因をたずねていた。「ぜんぜん、わかんないんだよう、あれこれ考えたってしょうがないだろ、いまさら」と、佐藤は叱るようにいった。

十二時をすぎても、棺の置かれた部屋で真理子の母はうつむき、肩がふるえていた。声をたてて泣いているのではなく、涙ももうハンカチに浸みなかった。「カンゼオンナムブツヨウブツ、ウイ……」私は幼いころ、坊主の叔父に暗誦させられた般若心経を、うろおぼえのまま腹に力をこめて口ずさんだ。三十秒とそれはもたず、私は、かえって自分の空腹に気づいた。

私はわざと手前勝手にふるまうのをよしとする性質だが、へんに他人というものに弱くて、こまめな世話やきや、お節介やに溺れやすい。それまで一時間ちかく線香の番をつとめてその部屋に坐っていて、私はでも、ついに真理子の母に声をかけることができなかった。なにか話しかけて気をやすませてやりたい、慰めてあげたいとは考えてみるのだ。しかしその都度、そっとしておいた方がむしろよいのだという気になってしまう。私は言葉をかけるのを断念した。有害であろうよりは、せめて無益であることを心がけるのが私の態度なのだ。

「お線香の番を、おねがいいたします」といって私は立ち上った。真理子の母はよれよれのハンカチに顔を埋めたままうなずき、祭壇ににじり寄った。終始、彼女はなにもいわず、なにも喰べなかった。

はなれの部屋の中で、保井進は佐藤と向かいあって椅子に坐っていた。机に半分ほど減ったウイスキィ壜があり、二人は腕組みをしていた。私は、二人のあいだになにか重大な話のあったことをかんじた。佐藤は赤ぐろい怒ったような顔をしていた。酔いの顔に出ない進は、なみなみと注がれた机のウイスキィグラスをみつめていた。

「くたぶれちゃった、おれ、脚がしびれちゃった」脚は痺れてはいなかったが、私は二人のあいだの椅子に腰をかけて、脚をもみながら大げさに眉を寄せた。私は、なにも知りたくなかった。それはしち面倒で厄介な種類のことにきまっている。だが同時に、私はその奇妙に重苦しい沈黙も、彼らとわかちもちたくはなかったのだ。

進がウイスキィを注いでくれた。私はいつもの回避策をつかった。「ああ、おれはねむくなっちゃったよ」沈黙はまだつづいていた。私は腕を屈伸させ、ついでに目をこすった。

「……おれは、マリとはちょいちょいしゃべったけど」やがて、佐藤は机をみつめながらいった。「私が不幸なはずはないじゃないの、とマリはよくいってた。つい二三日まえも、そんなことをきいた気がする」

私は推測の正しかったのがわかった。佐藤の声はかわっていた。声音には、抑圧された忿懣がよどんでいた。保井進はうすく笑った。皮肉なとも、途方にくれたそれともみえる微笑だった。

「お前、原因がわかるか?」佐藤は私にいい、私は首をふった。「こいつは、心当りがないっていうんだ、保井は」と佐藤は低くいった。

手をのばすと、進はラジオの上から真理子の写真をとり、だまってそれに見入った。彼の顔には困惑がうかんでいた。私は彼のとまどいを、彼の悲しみをおもった。私はわざと欠伸をかみころした。私もまた、なにかの過ぎるのを待たねばならないのだ。

「保井」と佐藤はすこし大きな声でいった。「なんとかいえ。心当りがないだけじゃ、すまねえだろ？　なにかいってくれよ」

「だって」保井進はわらった。舞台顔の写真をラジオの上にもどした。「困ったやつだな、このさい、ぼくがなにをいえばいいんだ」

「このさい、か」佐藤は呟いた。「ほんとうだな、どうもおれは無作法だな、わるい」佐藤は腰を上げた。「おも屋の方に行こう。ここだと、おれはよけい非常識になってっちまう気がする」

「おなかがへったよ」と私はいった。

母屋は大掃除のときのようにところどころ襖がとりはらわれ、電燈があかるく畳を照らしていた。ほとんどの家の寝しずまったこの時刻に、黒ぐろとひろい庭からの夜風をうけ、人びとと酒を飲み、ものを食っていると、なにか自分たちが家という雰囲気や拘束から解放され、野営をしているのんきな旅人たちのように思えてくる。私たちが、玩具の人形たちのようにバラバラで、のんびりとした根のない存在のようにしか考えられなくなる。

むつかしい顔の和服の進の父や、親戚や、似合わない新品の割烹着をつけたばあやなどが、佐藤と話していた。私は、そこに故人を偲ぶ風景というより、人びとの得手勝手な好奇心のほうを多く見ていた。

私は自殺の原因について、考えようともしない自分に気づいていた。人びとに反感をもつわけではないのだったが、死んだ真理子につき語ることは、私には、贋ものの真理子について語ることのような気がして、興がのらなかった。その夜は、しまいまでその感じがぬけなかった。彼女にはもはや出口がないのだった。……生きている人間に、出口があるかどうかはしらない。でも生きている人間には、すくなくともその幻影が、いや、出口をもとめて動く意志があるのだ。それすらも喪っている真理子を探索して、けんめいに言葉をみつけ自分たちにだけ都合のよい納得をもとめようとするのは、なにかひどくかなしいこと、ひどく非道なこと、ひどく野蛮なこと、無防禦な彼女をなます切りにするのと同じことだ。そうではないといい、自分を主張し、投げつけられる一方的な言葉に抵抗することが、もはや彼女にはできない。私には、人びとの努力が、そういう葬送のやりくちが、ひどく空しく、ひどく不愉快なものにすら思えてきた。死者は、ひとつのそっとしておいてやらねばならぬ闇だ。私には、無言でうずくまったままの真理子の母だけに友情がかんじられた。おれは、ほんとうはあの母のように、じっと真理子の柩の前で畳に額をすりつけていたいのかもしれない、と私は思いついた。

だが、私は通夜の席をはなれたくはなかった。もう一度、真理子の声をききたい、と私は思っていた。いつもの、あの姉さんぶった悪口か、馬鹿ばなしでいい。あの笑い声がききたい。

私が人びとなみに真理子について考えてみたのは、保井家の便所に入ったときのことだ。その臭気が屍臭を思い出させた。でも私が彼女を想ったのはそれからではない。後架の前の壁に、精密なフランスの地図が、鋲でとめてあった。二年前、そこにはブラジルの地図が貼られていた。真理子は甲高い声で笑いながら、それは彼女の発案で、保井と二人で架空の旅をたのしむのだ、家のひともみな面白がっていると説明した。

マリ子　あなたいま、どこを旅行中？　一人でどこに行っているの？

ススム　うん、パリにも飽きたんでね、ちょっと南仏に出かけてピレネの山を見てきた。ツールースから、いまはモンペリエにきたところさ。このへんは、ちょっと湘南地方めいているよ。緑がとても綺麗だ。

マリ子　あら、私も南仏。こないだカンヌからまたマルセイユに来て、すっかり退屈しちゃってるの。

ススム　そう？　じゃあ、アヴィニヨンで逢おうか。ちょうどいい気候になってきたし、ちょっと北に行って二人でスイスを旅行しよう。

マリ子　わあうれしい。この前イタリイに行ったときもスイスはとっておいたんだものね、あなたも私に無断でスイスには行かない約束だったわ。でも、お父さまたちにはないしょよ、ついてくるとまくのにまた手をやくもの。すてき、やっと二人でレマン湖であそべるのね、マッターホーンにものぼろう。ねえ、私、どんな服を着てったらいいと思う？

……ばかばかしい。膝を折り壁をにらみながら、私は苦笑いをして、自分があさはかなラジオドラマ屋にすぎぬのを痛感した。でも、まるでままごと遊びみたいなたのしげな二人の生活からおして、こんな会話は充分にありえたのだ。彼らには、それらの名はけっして銀座や新宿あたりのバアや喫茶店の名前ではなく、地図は印刷されたただの色や線ではなかったのだ。

地図はいいかげん古ぼけ、隅が枯れた梔子《くちなし》の花びらのような色になり捲くれている。私は、ふと指さきで地図を撫でた。はじめて疑惑に似たようなものを胸にうかべていた。真理子には、この地図は死んだ一枚の紙きれにすぎなくなっていたのか？　空想の翼も油がきれ、この夢の旅によろこびを失っていたのか。私は仔細にみた。気づいたとおり、地図には大きく、ななめに深い爪あとが交叉していた。

するどいその線の痕が、爪のながい真理子の指を想い出させた。私は、空想の世界から顚落した真理子を、あらゆる錯覚や幻影やを失い、まるで翼をなくした孤独な鳥のように、じっとこの後架の壁をみつめている真理子をおもってみた。……知ったことじゃない、おれの。私は絶望をかんじながら心のなかでくりかえした。

帰りしな、祭壇の前に真理子の母のすがたが見えなかった。煙は途切れていた。線香を立てにはいり、私はつよまった屍臭のなかに立った。濃い屍臭はねっとりと重くながれ、白布に一匹の蠅がとまっていた。

となりの部屋には保井と佐藤しかいず、保井は家の者には寝てもらった、みんなが朝までよろしくお願いしますといっていたと告げた。

「ありがためいわくでね、どうも。みんな勝手なことをいうから」彼は笑った。

「あのお母さんは？」

「無理に寝るように、って、みんなでつれて行った」

「明日があるんだからな」佐藤はグラスを口にはこんだ。動作が、そうとうに酔ったことを示している。新しいウイスキィ壜も残りはすくなかった。

遠くで柱時計が鳴り、腕時計をみると二時半だった。「おい、久保」と、佐藤はすこしわざとらしく、舌をもつれさせていった。「なんだよ」私は仕方なくこたえた。「保井はね、マリと喧嘩したことがないっていうんだ。あんた、どう思うね」

私は警戒した。佐藤はなにかをいいたがっている、と私は思った。やつは、なにかをつかんでいる。マリの自殺について、おれのしらないことを握っている。

彼の口調で、佐藤がそんなに酔っていないのを私は見抜いていた。だが、私はマリのことについては、なにもいいたくはなかったし、なにも聞きたくはなかった。

「ねえ、久保、どう思うね」くりかえす佐藤に、私は巻きこもうとする彼の気配をみた、私はそれに反撥した。

「いいじゃないかどうでも。本人がそういうのなら、そうにしとけよ」

「ばか、おれは妻帯者です。お前さんみたいな独身ものとはちがう。喧嘩しない夫婦がどこにあるかね」

「ないとはいえない。いや、おれはよくわかんないな」

佐藤は、横目で保井進をみていた。どちらにも組まないぞ、おれは、と私は思った。おれはだれの味方にもならない。だれと同じでもないのがおれだからだ。

佐藤はうつむいていった。「おれはね、だいたい、ここの夫婦がねえ、いや、こいつのやりくちが、気にくわなかった。まるで恋人どうしみたいにしてさ、なんだい、結婚して、もう何年になんだい」

「べつに特別な夫婦じゃない、どこにでもいる仲良しの夫婦だったさ」

でも佐藤は、ふざけたような私の口調の相手にはならなかった。

「世の中に、純粋はない、そいつをこいつは知っていないみたいなんだ」

「そんなことはないよ」進は冷笑するようにこたえた。だが、なぜか佐藤は彼に顔を向けず、私の方に顔を上げた。「こいつは」と私に彼はいった。

「こいつは、こういうんだ。ぼくたちは愛しあっていた、ぼくはマリを愛し、マリもぼくを愛していた、ぼくたちは、いっしょに幸福な生活をきずきあげていたのだ、それなのに、突然マリは死んでしまった、ぼくにはまるっきりわけがわからない、とね」

「そのとおりだ」と保井進はひくくいった。「そのとおりなんだ。それは嘘じゃあない」

「お前は、マリに怒ったことはないっていったね」佐藤は、進に向きなおった。

「ない」と進はこたえた。「ぼくは、居丈高な気持ちになることがきらいなんだ」

「でもお前にだって、感情があるだろう」

「ぼくはなんでも、二人の生活のために有害なことは避けてきたつもりだ」と進は落着きをみせて答えた。「なまの感情をぶつけることはね、ひとつの暴力だよ。ぼくは暴力をふるった記憶はない」

「すべて理性で処理した。すべてわかりあったというわけかい」

「平和のためにね。ぼくは平和主義者だからね、昔から」進は微笑をこわばらせた。「どんな人間にだって、その人だけの密室のような部分、わからない部分がある。ぼくはそこまで干渉することは、かえって行きすぎた悪いことだと考えるよ。いったい、君はなにをいいたいんだ?」

「……やめなよ、もう」と私は口を出した。だが、つぎに口を切ったのは進だった。進は真面目な顔をしていた。

「ぼくたちは、いつも協力しあって、いちばん合理的な解決をしてきた。おたがいに、人間だもの、たまには虫の居どころの悪いときもある。そんなとき、ぼくはあいつの気分がかわるまでじっと待った。芝居でもなんでも、やりたいことをやらせた。しかし、ぼくはあいつを見限ったことは一度もない」

「まさに彼女が不幸だったはずはないね。でも、それで彼女は幸福だったかしら?」佐藤は皮肉な声でいった。

私はだまっていた。私は保井進の頬がすこし紅潮するのをみた。早口で、彼はいった。

「幸福だったら、だれが自殺をする、と君はいいたいんだろう。しかし、ぼくにはどうすることもできなかった」

「すまんとは思わんのか?」

「ぼくにはあれ以上のことはできない。その意味で悪かったとは思えないね」

「おれはねえ、結局、お前がマリを殺したんだっていいたいんだ」

進は笑い出した。「とくだな、死んだものは。こっちは生きのこらされた上に、人殺しの罪まできせられているんだ」進は私を振り向いて笑った。「ねえ久保」

私はなにもいわなかった。どちらにも加担しない考えを、私はまだ捨てていたのではなかったのだ。だのに、私はいつのまにか、佐藤の言葉を聞く側にまわっていた。佐藤はいった。

「保井、お前は、お前の偽善にほんとに気がついてないのか。一言くらいすまないといったらどうだい」

進の目が光った。彼は鋭い声でこたえた。

「ほんとのところぼくは、あいつの自殺は、あいつがあいつなりに、自分のスジを通したんだというようにしか思ってはいないよ」

「そこさ」いいかける佐藤に、進はおしかぶせるようにつづけた。「そうとしか、ぼくには考えられない。理由はわからない。もう、わかろうとも、わかりうるとも考えていない。すべては巧く行くはずになっていたんだ。自殺は、そんなあいつの、あいつひとりの、いわばわがままの結果だろう。黙って受け入れてやる以上の親切が、ぼくにはわからないね」

「おれの非難しているのはねえ」考えこむみたいに、佐藤は番犬のような太い首をかしげた。「なんていうのかなあ、そういうお前さんの自己中心主義、ってのかな、昔からの」と彼はいった。「……保井進は、ひとつも悪いことをしない男だ。責任感もえらく強いし、よく気のつく親切な男だ。それは演出をおれたちの仲間でやっていたころから変っちゃいない」佐藤は、ちらりと私をみてつづけた。「お前はね、保井、お前さん流の、善いことばかししてきた。でも、マリにはそいつはなんの役にも立たなかった。もしかすると、つまりお前はマリのためを思っているつもりで、マリを苦しめることばかりしてきたのかもしれないんだ。お前はそれにひとつも気がついていない。お前を偽善者だといいたいのはそこなんだよ。おれには、マリの気持ちがわかるような気がするんだ。マリは、ほんとにほしいものは、ひとつもお前からもらうことができなかった。なにをいってもなにをしても、みんな見当はずれになっちまった。それも、お前がへんてこに自分の中のつじつまを合わせるのにばかり熱中して、お前の外に出てきてはくれなかったからだ」

「人間はみんな自分の皮膚の外には出られないよ。それがぼくの責任かい？」

「そうだ、その考えがお前の犯したまちがい、お前の罪のもとだ」

進はだまりこんだ。私は畳の目を見ていた。

私は、自分がすでに圏内に巻きこまれているのがわかった。私はなぜか部屋を出て行くのがおそろしい気がしていた。そのとき、自分の卑怯を意識せずに、部屋からのがれ出ることはもはやできなかった。私は、座を動くことができなかった。

「おれは腹が立っているんだ、お前のばかさに」と佐藤はいった。自分でも制しようのない火を感じている語調だった。「お前のやっていたのはねえ、自分の処理ばかりだ。感情を殺そう、つまり自分を消そうという努力だけだ。なるほどお前はいろいろと我慢もしたろう、でもそれはなんのためだ？　自分のためじゃないか。そんな非人間的な我慢や二人のあいだの事務的な調整が、なんで美徳だ。美徳とは効果の問題だ。相手のほしがっている自分のものをやることだ。お前だってマリを愛していたつもりだろう、いいか、でも、お前のは父親の、後見人の、自分の玩具への愛だ。夫のそれじゃない。マリに、お前はほんとの愛、ほんとのやさしさをもたなかった。はじめはそれでよかったかもしれない。しかし、マリはだんだんと耐えきれなくなってきたんだ。でもお前は、あいかわらずそういうマリとの関係を強情に守ることしか、それを大切にすることしか、考えなかった。お前の愛していたのはマリじゃない、マリとのそういう関係、そういう自分の玩具、そういうお前自身の満足、お前自身だけじゃないか」

「……まるで、ぼくがあいつの生活のすべてみたいないい方だな」と、やっと進は低くいった。

「責任をかんじろ、ちっとは」と佐藤はいった。

責任。……私はそのとき、とてつもないことをおもったのだ。私は小田富子が処女ではなかったのを思い出した。それを、その後の経験で私は知っていたのだ。……だが、それは私のいい分にはならなかった。私は畳にねころがった。

「ねえ」私は哀願するような声を出した。「お通夜ってのは、徹夜でしなきゃいけないもんなのかい」

「え？」進は私をみた。「ああ。……寝たかったら寝てもいいよ、ぼくは起きているから」努力してふだんの冷静さをよそおった語調だった。佐藤も仰向けに寝ころがった。

「愛はすべての力なる神なり」とまだ佐藤はいった。「おれも責任をかんじている。友人として、もっと早くいうべきだった。すまない。おれにはさっきやっとそのことがわかったんだ」彼はたかく脚を組んで、私の目のすみで足首がぶらぶらとゆれ動いた。「おれも、ずいぶんむごいことをいった。腹が立ったらひっぱたきな。ゆるせとはいわない」

ふいに私は思いついた。

「ね、保井、便所の地図ね、爪でばつをつけたの、あれはマリかい？」

「ああ」進は笑顔をつくった。「あれはね、結婚して、最初に貼った地図なんだよ。古ぼけているだろ？　ひと月ほど前、またあいつがひっぱり出してきてね」

「爪のあとをつけたのは、だれだよ」私はくりかえした。

「マリだ」進は、遠くをみる目つきをした。

「貼って一週間くらいたったときだ。あいつ、一人で医者に行ったらしいんだよ。それで後屈で子供ができないっていわれてね、くさってその晩、地図にばつをつけたといってた。でも、それでも剝がそうとはしなかったんだよ」

「……コウクツなんて、手術をすりゃいいんだろう?」

「マリは胸がわるかったからな、そう簡単に手術はできない」と、佐藤が喉を仰向けた胴間声《どうまごえ》でこたえた。「マリ、でももうよかったんだろ?」

「……うん」進は、どこかうわの空の口調で返事をした。彼はなにかを考えている様子だった。

庭の闇はふかく、開け放たれた廊下のすぐ近くに手をのばした楓の青いちいさな葉に、にぶく部屋からの光が当っている。座敷にはしばらく前から時間が停っていた。私は座蒲団を三つつなげ、一つを折って枕にして、明るい電燈の光を肱でよけて目をつぶった。私は眠ろうと思っていた。つかれと酔いの深さが意識された。私は寝つくことができなかった。

私もまた、まちがいを犯したのではないだろうか。その考えが、私を荒天の丸木舟のようにゆすぶり、底知れぬ黒い海にのみこもうとしていた。私と進とはひどくよく似ている。まるで私自身のしゃべるのを聞くみたいに、私には彼のルールがよく理解できた。みずから引く自分というものの限界がよく同意できた。人間は、それぞれ皮膚にとざされた袋のひとつひとつでしかない、自分の外に出ることができない、だれをどんなに愛そうと他人にはなることができない、身代りになることができない。……私もまたそれを信じ、その信仰を固守しぬくために、邪魔な、それを無視してくる小田富子という存在を拒絶したのだ。彼女よりも、その信仰を愛したのだ。その信仰のくずれるのをおそれたのだ。

だが、と私は思う。私は、かつて自分を裏切らない戒律を、ひとつでも見つけたためしがあったろうか。いつも裏切るのは、私自身だった。しかし私は頑固にそれを固執しつづけてきた。私は、まちがったのではないのか。女については肌のことしか考えぬというあのルールも、たしかに、いいかげんな自慰にすぎない。せまくるしいある臆病な強情からそれを認めようとしないだけで、私はいつも現実に目を蔽《おお》おうとしてきた。私もまた、保井進と同じように、そのために一人の女に死をあたえたのか。――私は、海の底に沈んでいた。私のなかに刃はあり、私はくろぐろとした深淵から、這いあがることができなかった。私は闇の中に溺れていた。私は、自分のなかの後ろめたさとの心中をせまられているのだった。這いあがろうといくら努力しても、私はどこにもなんの連繋もみつけることができなかった。

目をさますと、電燈が消されていた。縁側の外に、曇り空のような白っぽい朝がきていた。佐藤の、あわただしげに往復する鼾が、すぐそばに聞こえる。冷たくしめやかな空気が、庭からじかに私を洗っている。

硬い、頭にひびくような音が、ときどき庭の方で反響した。私は廊下に出た。保井進が、足もとの石をつかんでは、遠い石塀のそばの松の幹に向かって、けんめいに全力投球のストライクをほうっていた。彼はしばらく前からこうして石を投げているのらしく、顔を赧くしていた。庭に下りて、私は進に寄って行った。彼は呼吸をきらしていた。「やあ」と、彼は上気した声でいった。顔が汗ばみ、目の充血しているのはすぐわかった。

「なんだか、夢中になって相撲でもとりたいような気分だ」

私は答えず、拳大の石をひろった。大きく腕をまわし、胸をはって私は全身の力をこめて投げた。石は近くの桜の枝をかすめ、二三枚の青葉がゆっくりと舞って落ちた。こころよい音がひびいて、私の石は松の幹の真中に当っていた。「ようし」と進はいった。

私たちは五分間ほど交互に石を投げつづけた。白い割烹着のばあやが、棺の置かれている部屋の廊下に立ち、口をあけてそれを眺めていた。佐藤はまだ起き出さなかった。私たちは部屋にかえった。


日が落ちると、雨が降りはじめた。私は雨傘をもたなかった。

陰気な、霧のような小雨だった。色とりどりのネオンの輝く通りをすぎ、同じような飲み屋がならぶ細い小路に曲ると、舗装はつきゆがんだ土の道になった。はずれ近くの一軒に私ははいった。中年の女はたかい声をあげて迎えた。借金はない、と私は反射的に思った。

私は、ガラス戸の外を二人の楽器をかかえた男が歩いて行き、向かい側の紅い灯をつけたバアふうの一軒の扉を押しお辞儀しながら中に消えるのを見ていた。男の一人は真赤なシャツを着ていて、もう一人は吹き出したくなるほど出っ歯の首相そっくりの顔をしていた。二人が消えたとき風景はとまった。私の目は動くものをさがすように小雨の道にすべった。

「なにぼんやりしてるんです」のんびりと無邪気な声がいった。「久保さん、おかあちゃんがなにかしますかってきいてますよ」

一列につめて四五人しか坐れない狭い飲み屋だった。鍵の手になったくらい隅で、二人づれの男が私をながめていた。

「なんだ、君たちもきていたのか」

男は平山と佐伯で、さっきまで保井の家で受付けを手つだっていた仲間だった。「君たちがここを知っているとは、しらなかった」と私はいった。そこはちがう劇団のたまりで、真理子とも居合わせたことはなかった。私はむしろ真理子と縁のない人びとのなかに混りこみたかった。

「平山につれてこられたんですよ」と佐伯は人なつっこく答えた。

「なに考えてたんです？」と平山がいった。

「さて、思い出せない」

私はそう答えてわらった。だが、私は佐藤の言葉を考えていたのだった。私は保井の家を夕食をすませて出て、まっすぐこの新宿の飲み屋にきた。やっと一人になれ、貝殻の中にかくれこむ貝のように、私はようやく自分の殻の触感を落着いてたしかめなおす時を得ていたのだ。佐藤の言葉は矢のように私を射て、肉が爆《は》ぜたようにそれが抜けなかった。一人になるとともに、痛みはあたらしく、なまなましくよみがえった。私はどうにかせねばならなかった。さもなければ私の心の安定は回復できないのだ。

私には、自分になにかがはじまってしまっていることがわかった。膨脹した核のように、小田富子のことが私の頭をみたしていた。私は自分の誤ったおろかしいルールを破壊されるのをおそれて、彼女からのがれた。彼女は「死ぬ」といった。でも私は目をつぶって、強引に逃げつづけた。私は、自分の稚い誠実の妄想をまもるために、一人の女を犠牲にした。一人の生きている人間、一人の父や母の娘を、一人の姉か妹かを、一人の孫を、姪を、一人の同級生を、一人の女事務員を、一人の妻となり母となるべき健康な若い女を、殺したのだ。……その考えが、私にのしかかってきていた。保井進についての佐藤の指摘はひとごとではなく、私にも同じ物語りはあるのだった。

「ぼくね、マリの死んだ前の日、最後にここでマリとすこし飲んだんです」と平山は白木の台に肱をついた姿勢で私を見た。

「へえ、ぼくらと別れたあと?」と佐伯は明るい声でいった。「知らなかったなあ、そいつは」

「なぐさめてたんだ、おれ」平山は上目づかいに中年の女をちらちらと見やりながらいった。

「須野が、あんまりひどくマリをどなっただろう?　だから」

「須野が?」私はそれを知らなかった。

「ああ」佐伯はちょっと困った顔になって私をふりかえった。「ご存知なかったんですか?　ほら、久保さんのやつの本読みがあった日ですよ」

「あの日、マリは元気だったぜ、自殺の前の日だろう?」

「マリは、しゃべらなかったんだな、じゃあ」平山は暗い顔で考えこみ、いった。「なにね、たいしたことじゃないんですよ。あの日、来月の公演のキャストを内部で決めたんですけど、須野がマリをキャストから落したんです」

「へえ、そいつは知っていない」私はふと、保井にくどく理由をたずねていた須野の顔を目にうかべた。

「すると佐藤さんもまだ知らないかもしれない」と平山はいった。「マリが不満でぶつぶついったんですけど。……だまっててくださいね、すると須野がちょっと怒って、……」

たしかに、それは小さな理由かきっかけのひとつではあるにしても大したことではない、本質的に、真理子の生命をゆるがすほどのことではない、と私は思った。マリは昔からそういった厳しさにはがんばりのきく性質の女だった。彼女は、自分だけで生きようとする女ではなかったのだ。自分だけのことだったら、だからけっして決定的な絶望などには陥ちこまない。……そう考えるのは私の癖みたいなものだったかもしれない。だが、原因などはわかりっこないのだ、という気持ちが私にはあった。私は気がちいさく、頭のなかも広くないのだ。

「とにかく、それは大したことじゃないさ」私はビールを干しながらいった。そのころはまだビールの苦さがわかっていた。「いまさらしようがない、須野に、気にしても健康にわるいだけだぞ、っていってやんな」

私は、すぐに真理子のことは忘れた。私は自分についてしか考えていたのではなかった。痛いようなくるしさで、私は富子とのことを想っていた。なにをしても、なにをしゃべっても、なにを見ても、私はすぐその考えにもどった。

酔いははやくまわった。だれも私をゆるさない。そして私は永久にゆるされない。真理子の劇団の二人と酒をのみながらも、私は気をはらすことができなかった。私は、すこし滑稽だったかもしれない。店に入ってきた他の劇団の女の子の、やわらかな尻の肉が、薄いスラックスをとおし私の腰にふれたりはなれたりしていた。私は向きなおって、結婚しようと口走った。色の浅黒い、柔毛の白く光る彼女の肉に私は魅力をおぼえたのだ。顔なじみではあったが、ついぞ馬面のその女などには惹かれたことがなかった。でも、愛には正当な代価を支払うべきだと考え、私はしゃべったのだ。「ぼくは、いま、どんな女性とだってうまく家庭をもって行くことが、できるような気がするんだ」ながい髪をふりみだして失笑して、アヴェックできた彼女は一蹴した。つれの男は私より腕力が上に見えた。私は残念ながら申し出を撤回した。

それがきっかけで私は佐伯たちとその店を出たのだと思う。絹糸のような細い雨の中を、やけな大声で笑いながら、しゃべりながら、歌いながら、通行人の禿げ頭をなでて叱られたり、すっかり喜んで逃げまわったりしながら、私はからみつく自分の罪の記憶を忘れることができなかった。真理子のことなどは完全に念頭になかった。ついてくる平山も佐伯も真理子についてはなにもいわなかった。私は、彼らに勘定をもってやると見得を切っていたのにちがいない。彼らはおどろくべきつきあいのよさで私についてまわり、私たちはひどく酒をのんだ。

長い時間がすぎ、私たちはデパートのうらの酒場のカウンターにならんでいた。目の前にハイボールのグラスが走ってきて、私はふいに気づいた。「さ、飲みましょう、こんどはぼくがもつよ、久保さん」平山の声がきこえた。佐伯のすがたが見えなかった。

「佐伯はどうした、逃げたか」

と私はどなった。どうやら私はそれまでは流行歌を歌っていた。

「……やだなあ、まいてきちゃったんじゃありませんか。ぼくたち二人で」平山は景気よく笑うと、急に声をひそめた。「あんただけにきいてもらいたいんだって、いったでしょう」赤く濁った目で、平山は私をのぞきこんだ。「マリは、あいつは藤沢のホテルで自殺したんです。知ってましたか？」

私は仰天した。

「ほんとか？」

「ほんとです。ばあやだとかいう婆あから聞き出したんです。保井さんがごまかしているみたいに、だから夕方に死んだんじゃない、マリは、藤沢で、昼すぎに死んでたんです」

「──そうか。佐藤は、それを知っていたね？」

酔いがさめて行った。私は、ずり落ちかけた尻を椅子にのせなおした。

「知ってたでしょう。かれもいろいろと手をまわしてましたからね」

平山はグラスを空にすると、手首でふってまた註文した。突然、あることが閃き、私は低くいった。

「なぜ藤沢に行ったんだ、マリが」

「それはわからない」平山はうすく笑った。

「マリはそこを知っていたのか?」

「知っていたんですね」目に近づけてグラスをふり、平山は笑顔のままでいった。

「男がいたんだね、マリに」と私はいった。

「いました」

「だれ?」

「ぼくです」

彼は笑っていたのではなかった。唇をかたく嚙むと、涙が頰をすべった。私は二重にびっくりした。平山がマリの男のこと、そして男がこんな具合に泣くこと。

「……おれ、一瞬、相手は佐藤か須野かなと思っちゃった」と私はいい、黒い厚木の横板に目をおとした。平山に、特別な感情は湧かなかった。

「そのことを保井は、……」

「ええ。知っていました。マリが話したんです」平山は無理に泣きやめようと鼻をつまらせながら答えた。「ぼくとのことは、一回だけです。まるで強姦でしたが、途中からマリは抵抗はしなかった」洟をすすり、彼は早口にしゃべった。「こないだの夜、ぼくはそっとマリと二人でさっきの飲み屋に行き、出てからまたせがんだんです。マリは絶対にいやだといい、ぼくは君のあのうめき声は忘れないぞ、旦那にいいつけるぞっていったんです」

「君は、真面目だったのかな」私は、意外な告白に呆れていた。真理子に進以外の男があったなんて、想像したこともなかった。

「さあ、真面目だったといいたいけど……」平山は悪党ぶっていいよどんだ。「……でも、そしたら、マリはしばらくして、急に道の真中で大声で笑いはじめたんです。あのひとは全部知っているわ、私が話したら、それで、それだけ？　っていったわって、マリは笑うんです」

くるしそうに、平山はグラスをあけ、私の分といっしょに註文した。

「相手の名前はいわなくてもいい、そう旦那はいったそうです。だから、いまとなると、だれもぼくが相手なのはしらない……」

「ぼくは」と彼はいった。「だが、だれかにしゃべらずにはいられない気がしたんだ。しゃべったら楽になる気がして。……マリは、そして旦那が叱ろうともせず、君のしたいことをするのが、ぼくにもいちばんいいんだといったとぼくにいった。私はひどく自由なのよ、って。でもマリは、ひとつも幸福そうじゃなかった。……あのとき、マリは睡眠薬をもっていたんだ。箱は二つとも角が古くすれてたっていうから、ここしばらく、マリは持ちあるいていたのにちがいないんだ」

「君も藤沢に行ったの？」

「いいえ。ぼくは途中でタクシイを下りて帰りました。あんまり大声で、いやだ、いやだって狂人みたいに叫びはじめたんで、仕方なく帰ったんです。マリはたぶん、そのまま藤沢にふっとばしたんです」

「……どうもわからないな」私はマリの自殺に、この男の果たした役割りについてそう呟いてみたのだ。

「君とマリが、その藤沢のホテルに行ったのはいつごろ？」

「テレビの録画を撮ったときです。ロケに行ったんです。先月。ちょうどひと月前」

ひと月前……古い地図をひっぱり出しまた壁に貼ったころだ。私は思いついた。爪のばつは、ほんとに後屈のためだろうか。

「新聞には、なにも書いてなかったな」

「銀行の頭取は、とても顔がきくそうです」平山はふだんの皮肉な顔にもどろうとしていた。

「保井は、ぼくにはなにもいわなかった。……いいたく、なかったんだろうね」

私には、しかし穏便に事を処そうとする進の意図のかげに、いまさらそんな共通の傷を表立たせたところでという顧慮とべつに、進なりのある判断がこめられている気がした。彼は、すべてが巧く行くはずだったと語った。もちろん、はっきり解決のついたものとは思わなかったにせよ、彼にはマリのその事件は、自分にもマリにも、もはや手当てのおわった傷のはずだという考えがあったのではないのか。——とにかく、それは済んだことだ。済ませたはずのことだ。「すべては巧く行くはずになっていたんだ。自殺は、そんなあいつの、あいつひとりの、いわばわがままの結果だろう。……」彼は、ただ、しずかに真理子が傷から回復するのを待っていたのだ。処理はすんだ。他にぼくにどんなことができるだろう。あとは彼には手のとどかない彼女ひとりの内部でなにかが消え、なにかが過ぎて行くのを、彼としてはじっと手を拱《こまぬ》いて待つよりほかはなかったのだ。

佐藤の言葉がよみがえった。「お前にはほんとうのやさしさがなかったんだ」やさしさ……しかし、そこで私の思考は反転した。進はでも、ほかにどんな態度をとることができただろう？私は、はじめて進への同情を意識していた。その場合、彼と私とはちがう人間ではなかった。偽善者。と私は心の奥でいった。ふたたび小田富子の顔がうかんでいた。——富子は泣き、どうしても私の別れたい理由がわからないといい、私が逃げるように背を向けても歩き出さなかった。夜で、私は次第に速足になり、しまいに駈けるように駅のホームを遠くへ走って行き、とうとう富子をそのホームにのこしたまま駅から出た。私は同じ方向に向かう国電に、はなればなれに乗ることとすら耐えきれなかったのだ。私は歩いて家に帰った。……私は思っていた。たしかに私も自分ひとりのつじつまを合わせるのに熱中して、それをおびやかす富子というひとつの現実を拒絶したのだ。それを正視せねばならないのだ。しかし、それで私はなにを守ったのか。卑劣な、愚かしい、自分ひとりでいたいというあつかましい無気力、自分ひとりでいられるという非人間的な妄想、仲間をもつことを悪だとするばかげきった臆病、そして私は保井進よりさらに勇気に欠け、さらに愚劣なのだ。私はリングにさえ上らずに逃げ出していたのだ。

「ぼくがマリを殺した」すると沈痛に奥歯を嚙みしめるようにして、平山が低くいった。「ぼくはこの言葉を、あのおかあちゃんの店からずっと心の中で叫んでいた。あのおかあちゃんだけが、ぼくとマリとのことを、うすうす感づいているみたいなんだ。……ぼくは、マリをころした」

独白は、むしろうれしげな語調にかわっていた。黒いベレをあみだにして、ほとんど恍惚とした目つきで彼は正面のウイスキィ壜の列のうしろを見ていた。小指をぴんと反らせ、グラスを口に運んだ。芝居を、私はかんじた。彼の色男ぶった陶酔が、そのからっぽないい気さが、私の額を急に内側からふくらませた。

舌がひきつれ、胸のふるえだしたのがわかった。「平山君」と私はおさえた声でいった。「君は、どうしてぼくなら黙っていると考えたんだい？」

「どうして？……」鋭くいい、平山はあけた口をゆがめて私をみた。酔った目がさげすむように、私の肩や胸に動いた。「しゃべる気ですか？」

いいふらされるのを、この男はあんがい期待しているのかもしれない。だが、私は彼をみつめたままでいった。

「おれは、しゃべらない約束はできない。こういうことについては、だれともなんの約束もしない主義だからね」

「……どうぞ、ご自由に」平山はうすく笑った。くるりと背中をみせ、やにわにグラスをとり重い木の扉にぶつけた。私はだまっていた。大男のバーテンが、黒い蝶ネクタイを左手でいじりながら台の前に立った。

「……もう終ったんだ。もう乱暴はしない」

深く呼吸を吐いて、平山はカウンターにしがみつくように顔を伏せた。

「なにも終ってはいやしないさ」私はせいいっぱいの軽蔑と悪意とをこめていった。「君がマリを殺した。なにひとつ、このことについては、君のなかで終ることはないんだ」

徹夜で飲むという平山をそのままにして私は表に出た。私は立ちすくんだ。雨ははげしかった。ネオンの消えかけた午前二時をすぎた町には、泥んこの道がうねり、光を消した二三台の小型自動車が雨の中に傾いて停っていた。私は背広の襟を立てると、煙草をくわえたままバアの廂の下に立った。ひんやりとした空気が私を洗っていた。膝がしらは交互に力が抜け、どぶ板の上で脚がふらふらとゆれ動いた。私はもう、平山や保井夫婦について考えていたのではなかった。私は煙草の火が消えたのに気がつかなかった。私はからだを斜めにして、ときどき頰にふりかかる雨粒をかんじながら、街燈のしたの音をたてて雨に打たれている泥濘をみつめていた。私はいらだち、むしょうに憤《いきどお》ろしかった。私はそれを我慢していた。烈しい刃のようなものが、からだの中で交錯し、私を切り裂き、私を責めさいなむのを怺えていた。声に出していった。「おれは悪人だ」おれは不毛の、白痴の、人でなしだ。おれは、いつも誠実であり、正確であろうとしてきた。せめて他人にたいし無害であろうとすることだけが、ただ一つ可能な善であると錯覚してきた。だが、おれは一人の女を捨てた。向うのせいいっぱいの誠実をふみにじった。おれは二度と自分を真面目な男だとは思えないだろう。絶対に二度と自分に好意をもてないだろう。

「トン子」と私は呼んだ。おれはいやだ、おれは自分が悪人だと思うことにたえきれない。……あの、二年前の別れたあと、私は毎日、新聞の社会面をみるたびにびくびくした。女の自殺ばかりが目につき、不安は半年以上もつづいた。まる一年たったあとでも、ときに不吉な予感がして、緊張に顔を真赤にして新聞をくりかえし丹念にながめまわした。しまいには、ごく自然に病気かなにかで死んでくれたら、と彼女の死を待ちこがれるような気さえしてきた。彼女の死、それが、それまでは新しく生きることも死ぬこともゆるされない、ひとつの刑の期限のように思えたのだ。今日の告別式でも、私は富子を見てはいない。富子は死んでいるのではないだろうか。たとえ生きているにしても、だが、それは私から殺人者の名を免れさせはしない。おれは人ごろしだ。おれはそれを背負って生きて行かなければならない。

私はそれから後のことはあまり書きたくない。私は常軌を逸脱していたのだ。小心と酔いが、私を狂いまわらせてしまったのだ。タクシイの客引きが、雨傘をさしかけてきてどこまで行くのかとたずねた。とっさに答えていた。「目黒、上目黒だ」小田富子の家は、その二千何番地かにあるのだった。

そのあたりには、私は行ったことがなかった。記憶の中で富子の家の番地は、二千三百か八百か、それとも二千からとんで何番地だったか曖昧模糊としていた。運転手にどなりつけられ向かっ腹をたてた私は、小田という表札だけをたよりに降りしきる雨のなかを歩きだした。マッチをすり、手でかこって苦心しながら表札を見、番地をよむ。マッチはすぐに尽きた。私はあきらめずに人気ない深夜の屋敷町を彷徨した。人が通りかかればきき、灯りのついた家があればそこできくつもりだった。私は溺死体のように全身から滴をたらしながら探しつづけた。雨の中に、ときどき遠い道路をはしる自動車の音がひびいた。

ポケットには二百円と小銭しかなかった。私は、なんの目的で自分がびしょ濡れのまま歩いているのか知らなかった。なにがなんだかわからない、わからなくたっていいんだ、理由なんか。私はそう思っていた。とにかく富子に逢いたいのだ。

私は富子にみつめられたかった。私は、関係の回復をねがっていたのではなかった。ゆるされることにも、説得にも絶望していた。しいていえば、私は告解し、泣き出し、なにかをたしかめたかったのだ。あやまりたかったのだ。富子の存在を、私の罪をたしかめたかったのだ。富子にさばかれたかったのだ。しかし、その私の目に、白い女の肉の幻影が、誘導するようにちらついていたのも事実だった。富子を私は嗅ぎたかった。私は富子が私の目の前に立ちはだかり、醜いものを見るようにその目が私を刺し、その唇が私をののしるのを、ほとんど肉の欲求のように激烈にのぞんでいた。私はひざまずき、私は打たれる。いや、私はむしろ彼女のその白い手で殺されたかったのだ。——雨は坂になったアスファルトの舗道を打ち、私は人を、光を求めて歩きつづけていた。街燈の下に黒い人かげが曲ってきた。私はいさんで駈けて行った。人かげは胸をひらき、私の腕をつかんだ。

「あんただな、さっきからこのへんをうろついとるってのは」私は声が出せなかった。雨合羽の男はヴィニールの覆いのついた警官の帽子をかぶっていた。「このへんの人たちが」と警官はあたりを見まわしながらいった。「こわがっていま報らせにやってきたんだ」

私は、赤い灯のついた小さな交番でしらべられた。もう一人の若い方の警官は、所在なげに手をうしろに組み、雨の降りしきる夜をみつめていた。私はやっと我にかえり、小田富子という女に逢いたいのだといいはってちょっと嘘をついた。「友人が死んで、それを教えに行くところなんです。番地がわからないんだ」

私はけんめいに誠実な顔をつくった。

「それで、もう三時間も、一軒々々見てまわっていました」

びしょびしょの私をつかまえた中年の警官は、とたんに感動した様子になり、表紙の古ぼけた厚い大型の帳簿を出してきてたずねた。「その女性は、自分の家にいるんかね、つまり、小田という家にいるんかね？」

「そうです。親父さんの家です」口をとがらせて、黒いゴム合羽の中年の警官は指をなめなめ戸籍簿をくりはじめた。「……こう、あこも小田さんだな、代議士さんの妾のとこ」と彼はぶつぶつと口の中でいった。

「オジさん、広島だね？」ついいつもの癖を出して、私はとたんに後悔した。なれなれしい言葉といい快活な語勢といい、その場合、あまり適当なものとはいえなかった。

やはりそれはたたった。たぶんその結果だった。

「おやあ、あんたも広島かね？」とさもうれしげに中年の巡査はいい、いっそう親身になった彼に私はそれから一時間以上もつきあわねばならなかった。小田という家はその二千番地台にとびとびに四軒あり、彼は、私をつれてまわってやるといいはじめたのだ。交番を出、仕方なく彼の雨合羽に半分入れてもらいながら、私は原爆後遺症の録音構成の仕事で行き、酒はうまかったなどと話さねばならなかった。

「そいでも、富子という女性はおらんかったがのう」と彼は首をかしげながらいった。絶対にまちがいはないのだと私はくりかえした。私は、そして不快げな寝呆け顔で応対に出てきたいく人かの男女たちのなかに、じっさいに富子に似た系統の顔もみつけたのだ。人びとはかならず複数で出てきた。だが、小田富子の顔はなかった。

四軒めの小田家の門を出ると、警官は長嘆息をして声をかけた。「やっぱり、もう引っ越しとったんですなあ、そうじゃないんかねえ」

「そうかもしれません」私は弱々しくこたえた。すでに私はほとんど酔いもさめて、結局私を富子に逢わせなかった天の配剤に、感謝めいた安堵すらおぼえていた。

警官はその私の態度を気の毒な落胆ととってくれた。バットを一本くれ、すまなさそうにしていたのは、むしろその「オジさん」だった。

「せっかく、雨の中を沢山《えっと》歩きまわったにのう」彼は合羽をゆすりあげていった。私は答えられなかった。目を伏せたまま私は頭をさげ、挙手の礼をする警官と別れた。ひどくわるいことをした気がして、彼といっしょに歩くのがつらくてならなかった。いく度もけつまずき、はねあがったりよろめいたりしながら、私は石ころの多い道を歩いて行った。ふと、それが、私の現実そのもののような気がしていた。

雨は上り、夜は薄れていた。空がいちめんに白みはじめている。黒い狂気は消え、私はしずかな屋敷町の朝のなかに生れ出ようとしていた。くろぐろと揺れる木々が、濡れた緑の色をとりもどしはじめている。かるい音をたてて木々は雨をおとし、私の靴音は濡れそびれたながい石塀の肌をつたった。私はなにも考えなかった。ふかい疲労の霧があった。私はねむたかった。

「クボさあん、クボさん」と、すると太い男の声が呼んだ。私はふりかえった。中年の警官が合羽を脱ぎ、片手をあげ私を追って走ってくるのだった。彼は大きく肩で呼吸をして、生真面目な顔で喘ぎながらいった。「こ、これ。あんたの名刺入れ。机に、忘れとった。あんたが、あんまり早よう、歩きよるんでのう」

私は感謝し、名刺入れをポケットにおさめた。下着までが濡れたのか、関節にへばりついた布地が重たかった。警官は、ふいに私の顔をのぞきこんだ。

「なんだ？　あんた、泣いとるんか？」

私はあわてて首をふった。私はけっして泣いていたのではなかった。善良な警官が私の顔のどこに涙をみつけたのか。ただ、私には朝の光がまぶしかった。

バスは陸橋の手前を左に折れ、幅のひろい道路に出た。バスの内部には斜めからの弱まった光線が移動し、中央で二つに割れる扉がひらくごとに、埃っぽい風がなまぬるく流れ入った。保井真理子の告別式から、まる二日たった夕方ちかくだった。その日は一日じゅうむしあつく曇った天気だった。

冬ズボンの膝の上に、原稿のはいった紙袋がのせてあった。私はまた放送局に出向かねばならなかった。告別式の日、あるプロデューサーが私にそれを依頼したのだ。私はなんでも屋で、いわば守備の巧い選手だ。ヒットも打たぬかわりに、穴もあけない。

私は、運転手のすぐうしろの席に坐っていた。汚れた黒い板の床をみていた。富子に逢いに行き、雨の中をさまよい歩いた夜を思い出して、私はあれはきちがい沙汰だったなと思った。おかげで下宿のおばさんに服を強制的に洗濯屋に持って行かれ、すこし気早やなポロシャツに重いズボンというすがたなのだ。……小田富子は、引越していたのではなかった。私はその朝、それを知った。富子から手紙が来たのだった。

住所をみて、私はしばらくは自分にうんざりとしていた。どうしてこう私はいつもズレているのだろう。彼女の住所は中目黒だった。

女学生じみた見なれた字が、見なれた白い封筒と無地の白い便箋に走っていた。趣味の点で、彼女は二年前と同じく充分に頑固だった。富子は、やはり真理子の告別式に来ていた。

「なぜ逢って下さらないのかということは、このごろでは考えないことにしました。私はかえって貴方の強情に敬意を表しています。(強情、やせ我慢、としか私には思えません。これは貴方の、一種の意地みたいなものだとしか)」

冒頭をよみ、なぜおれに嫌われたのだというふうにはちょっとでも考えないのか、と私はむしろ驚嘆をかんじていた。どうして女ってやつはこうタフにできているんだろう。富子はあいかわらず自分の完全さを疑っていないらしかった。だが、私の気をとられたのはその言葉ではなかった。

「この一年半、私は全く貴方の消息をしりませんでした。ラジオも、わざと聞こうともしませんでした。私は貴方が好きです。いまでも愛しつづけているとは自信をもっていえます。それはあらためて気がつくまでもないことです。ですが昨日、マリの告別式で貴方をおみかけしたとき、私がどう思ったか、私は、瞬間、ああ久保さん、まだ生きてたんだな、と思ったのです。……」

私はくりかえしそこを読んだ。ああ久保さん、まだ生きてたんだな、と思ったのです。……富子もまた、私の死を待っていたのか。——私は、自分の死がだれかに待たれているなどとは、考えてみたこともなかった。私が死ぬとしても、それはだれにも無関係な私だけのことだと考え、富子の目をそれに結びつけることもなかったのだ。もっぱら私は彼女の死ばかりをくよくよと心配していた。

「私には、貴方は依然として同じ距離にいます。それは、腹立たしいほどです。これがどうにかならぬかぎり、私には新しく生きることも、死ぬこともできないようなのです。チラリと貴方をみて、でも何故でしょう、私は反射的に身をかくしていました。絶対に、私はあのひとに逢ってはならないのだ。逢うことなんて、ありうることではないのだ。……私はそんな気がしたのです。私はへばりつくように門の外の塀にくっついていました。

私は裏口から入り、保井さんのお父様にはお目にかかりました。私はそして、それとなく、貴方がまだ独りで、フラフラとあの下宿で暮していらっしゃるのをきき出しました。――でも、誤解しないで下さい。私はそれでいい気になり、うれしさのあまり手紙を書いているのではありません。私は、なぜ貴方は変っていては下さらないのかと思うのです」

符合を、私はかんじていた。彼女もまた、かつての相手の徹底的な変化を、つまり、かつての相手の消滅を、心からねがっているのではないのか。私たちは、そういうおたがいの死の期待だけを力にして、それぞれの生を支えてきたのではないのか。……私は暗い夜の空にかかる、ひとすじの虹を空想した。その黒い虹の両側に、私と富子はいる。そして虹は、くらいそれぞれの死の予想である。

私は思っていた。私のほしいのはけっして彼女のゆるしではなかった。（一度たりともゆるされるのをあてにしたことはなかったのだ。）彼女に関し私が手に入れたいとのぞむものは、いまは確実に、完全な別離以外にはないのだ。しかし、その完全な別離とは、つまり、相手の完全な消滅なのにすぎない。

私たちは待っている。私たちは我慢している。私たちは、もはやそのようなおたがいの『死』の期待でしか、結びつくことができない。私は、はじめて私たちの関係が安定し、均衡をもったことをかんじた。やっと獲得でき、やっと明白になった、私と彼女とのただひとつ確実な関係、それは、それぞれの死への期待なのだ。そして、同時にそれはそれぞれの、ある自分への消滅の期待なのだ。

富子の手紙はつづいていた。「貴方は、でもほんとにまだ意地をはりつづけるおつもり？女は弱きもの、あんまり意地わるをしてはいけません。お会いしたいと思います。さりげなく、できたら二人の三百六十五日のうち、他の三百六十四日とは無関係な架空の一日のように、お会いしたいの。なんだか、私には貴方が、一人でほっておいたらあぶなっかしいような気がして仕様がありません（私はやっぱり、とてもケチなのです。それもたくさん手をのばして貯めこみたいんじゃなく、一度握りこんだらもう放すのがいや、といったお婆さんみたいなケチなのです。）

もし、いらっしゃらなくても、私は貴方が来ないのを納得するためにも、一時間くらいはぼんやりと立っています。立っているから。……私の身勝手さに、すこし心配だけど、でも来て下さると信じています。わざと返事の余裕がないように、今日、といいます。午後六時に、渋谷の駅前で待っています」

私は六時きっかりに下宿を出ると、いつものとおり本屋でしばらく新刊書の立ち読みをしてから、ラジオ・スタジオのある方角に向かうバスにのった。

ふと、私は思っていた。おれは、かつて一度でも富子に本当の愛をもとめたことがあったろうか？　おれはつねに自分たちの位置の明確さとか、輪郭とか、関係の距離とか均衡とか、そんな自分だけの納得を必死で追いもとめて、ついにそれらへの関心から、自由になることができなかった。……そのとき、突飛な考えが私の胸をはしった。おれは、むしろ真理子を愛していたのではなかったのか？

——どっちでもいい。思い、私は苦笑していた。それも、たぶん真理子が死に、彼女への感情にある輪郭がうまれつつあることで思いついた、たわ言にすぎないのだ。

白っぽく暮れかけた六月のはじめのひろいアスファルトの道路を、バスは走っていた。バスは接岸するように歩道により、またスタートした。背の低いバスの車掌の女の子は、大きな気持ちよさそうな尻をしていた。私は仕事に考えを向けることができなかった。

日は沈もうとしている。私はガラスの窓ごしに曇った空を見上げながら、ああ、梅雨がはじまろうとしているのだなと思った。


〔1958（昭和33）年5月「文學界」初出〕

その一年

遠く近く形をかえてつづいて行く両側の丘や森に、残照はもはや跡もなかった。風も冷えてきていた。低い山の裾をまわり、保土ケ谷をすぎるころから、黄昏れが深くなった。米軍の軍用トラックはいちだんとスピードを増しはじめた。

並行して土手の向うを走っている東海道線の、下り列車の窓に明りが灯っている。小畑信二は薄暗いトラックの幌のなかで、あとへあとへと動く風景を見ていた。黒みをおびた沿道の松の枝が、ゆったりと波うつように揺れながら急速に小さくなる。両側の家並みはまばらになり、藁屋根の家や凝結した血のような古びた葉鶏頭やが、車のうしろに飛びのくように逃げて行って、追いぬかれたバスがぐんぐん遠くなった。

トラックのなかには、いぶされたような脂じんだ臭気がある。ごわごわした防水の固い幌の内側にそれはこびりついて、毛唐の匂いだ、と信二はかるく眉をしかめた。雑沓する桜木町の駅前で人びとの視線をあび、次々とまるで検束されるようにトラックの後部に押しあげられたときの屈辱を彼は思い出した。たかだかと彼をかつぎ上げた米兵は大声で笑いながらひとまわりし、指で彼の尻の深みを突ついた。そして全員がトラックに入ると、鋭く口笛の音がきこえ、とんできた二十本入りの煙草の箱が信二の額にあたった。「サンキュウ、サンキュウ」マネージャーの安達はすぐ拾い上げて、幌のうしろに身をのり出しながら叫んだ。

信二は指を鳴らした。彼はだまっていた。なにかをいったところでたぶん無駄だったし、要するにおれは戸惑っているにすぎないんだと思った。目白押しに幌の中に坐った人びとは愉快そうにおしゃべりをつづけている。信二はすこし滑稽をかんじた。彼らは、うすっぺらい朗らかさの波を立てつづけている池にすぎず、その池は彼の前で弧をとざしている。彼らは、信二の兄がトランペットを吹く楽団の連中、バンド・ボーイとして彼にその日から一回二百五十円を支給する約束をした人びとにすぎなかった。信二は彼らの仲間ではなく、また仲間になることをのぞんでいるのでもなかった。楽器ケースにはさまれたへこんだビールの缶を、信二は幌のうしろに投げた。

兄は横板を半分に折った座席から立ってくると、跳びはねるような震動のなかで、彼の首に自分の絹のマフラアを巻いた。「めずらしがってちゃだめだぞ」と、兄は低くいった。

茅ケ崎の米軍キャムプに出かけるのも、彼はその日が最初だった。横浜を立つとき、街はおびただしい赤い光にまみれていた。夕映えは彼らの行先の西空をひろく染めて、金色にふちどられた雲の峯の下から、残照のまっすぐな光が車の輻《や》のように放射状に幾条も空へのぼっていた。

汚緑色の幌をつけた米軍トラックは、彼らを乗せおわると、はげしいその大夕焼けに向ってスタートした。火事のような桃色の光が溢れた駅前の広場はすぐ建物のかげにかくれ、街は西日にかがやきながら次々と道の両側を遠ざかった。

落日は、信二に、ふしぎな渇望と喪失の味をあたえていた。あかあかと燃える夕焼けは彼を迎える次の季節の門のようで、同時にそれはあるものからの別離を示しているようにおもえた。だが、彼は過去を考えていたのではなかった。未来に向っていそいでいる現在だけがあった。まる四年間の平和がすぎたその年、十七歳の信二に、毎日は彼が追いつくよりも早くすぎて行った。兄のお古の小さな学生服は肱と背が黒く光り、彼はいつも空腹だったが、しかしその惨めさのなかで疲れていたのではなかった。彼はいそいでいた。毎日、越えなければならぬものばかりがあり、越えた向うになにがあるかなどは考えたことがなかった。信二は、ただいそいでいた。

「前を見ていろ、面白いものがあるぞ」

兄がいった。もう、兄の表情がわからなかった。かすかな起伏のあるほの白いアスファルトの道路が、幌のうしろにはてしなく帯をころがすように繰り出されて、夜はその道を呑むようにして迫っていた。

彼は幌の隙間に目をあて、光芒を投げて進むトラックの前をながめた。闇のなかに、目にうつるものがなかった。潮風を吹きつけてくる海が左手にあったが、その渚の線さえが見えなかった。

やがて、エンジンの音がゆるんだ。車輪が砂利をはじき、警笛を立ててトラックは右折しようとして、ヘッド・ライトが間近な松林を照らし出した。蹲った形の、巨大なものがそこにあった。

「戦車だ」と彼はいった。泥いろに塗られた大型の戦車が、松の間から、海の方向にななめに長い砲身をのばしていた。

「見えたか」と兄がいった。「でも、あれははりぼてさ、模型だ」

兄は笑った。正面に赤い電飾のついたキャンプの門があった。それが目的の部隊だった。信二は、それまで茅ケ崎のキャンプが、戦車隊のそれであるのを知らなかった。

「戦車隊は、白いアメちゃんばかりなんだ」兄は楽器のケースを引き寄せながらいった。「あれはきっと、看板がわりなんだな」

信二は、いちど実物をとっくりと手でさわってみたいと思った。なぜか軍艦とか飛行機とかと同じに、戦車には彼の子供っぽい夢をくすぐるものがあった。ずっとあとになって、信二はそれがシャーマン戦車の型を模したものだということを知った。信二はだが、結局は近くで戦車をながめる機会さえもてなかった。ときに遠い松林のかげに一二台の戦車の置かれているのがみえたが、戦車はいつも停っており、二度と同じ位置にいたことがなかった。

演奏を開始する「音出し」は七時の予定だった。週に一度、そのキャンプの米軍兵たちのために、深夜までの数ステージをつとめるのがそこでのバンドの仕事だった。カマボコ兵舎のならぶ平坦なひろい砂地に煌々と数百燭光の照明がかがやき、頭に派手なターバンなどを巻いた日本人の女たちが、兵士たちと大げさな身振りで笑って触れあったりしていた。女たちはけわしい目をしていて、楽団員たちにながい視線は向けなかった。

片隅にピラミッド型にドラム缶が積まれている。その前をうねる道の突きあたりに、夜を背景にしてかなり大きな黄いろい円形のホールがあり、ホールは、タンカース・インと呼ばれていた。

「おい、食いものをもらってこい、腹がへった」

控え室にやっと荷物を運び入れると、ベースの小林がいった。バンド・マンたちは、トラックを降り、懐中電燈で一人一人顔を照らし出され形式的に人数をかぞえられてから、ふいに寡黙になり不機嫌な表情をうかべている。それが米兵や女たちの視線に耐えるためか、仕事にかかる気負いなのかは知らなかった。鍵のこわれた扉の前の通路をアルバイトらしい日本人の学生服のボーイたちが、金属の盆をもって速足に通りすぎる。食事は、やはり日本人の、これは揃いの純白のエプロンをつけた娘たちに申し出ればよかった。「八人かね」背の低い脚の太い娘は疲れたようなのろのろした口調でいい、とりについてくるようにといった。薯《いも》を茹でるむっとした匂いの充ちたキッチンに入ると、彼は網戸の外を見ていた。女たちが、彼を恥じさせたのではなかった。彼は彼の空腹を恥じていたのだった。同じような感じの娘たちはなにもいわず、一様に表情がなかった。一人の注いでくれた珈琲が痛みのように腹に沁みた。信二の腹が鳴った。娘は笑い出した。眉のうすい、ひどく瘦せた娘だった。

「あんた、ジャズは嫌い？」控え室で、いつのまにか横に来ていた安達が、玉子をのせたハンバーグのサンドイッチに齧りつきながら声をかけた。「もし嫌いじゃなかったら、頼みがある」

「ダーチー、よせよ」鏡に見入りながら兄がいった。

「いいじゃねえかよ」安達は狡そうな目で笑った。彼は皆に、米兵たちからと同様にダーチーと呼ばれている。「俺が坐っているつもりで準備してきたんだが、俺はいろいろと用もあるしな、坐ってるだけくらい、坊やで代用できるだろう」

「なんのことです？」と信二は訊いた。

「ドラマーが急にやめたんだよ。いろんな事情がありましてね」

「あんたがあまり文句をつけたからさ」と楽団の一人がいった。安達はそれに答えず、長い顎を左手でさすりながら、眼鏡越しに笑うような目で信二を見た。「でもな、どうもドラムが置いてないことには恰好がつかない。ここはキャバレエやクラブとはちがう、見た目の恰好だけついてりゃそれで文句ねえんだ。どうだ坊や、あんた、なにもしなくていい、ひとつさもドラマーみたいな顔して、ここでだけ太鼓のうしろに坐っててくれないかね」

すっかり髪に櫛を入れた兄がそこに来ていた。「よせ」声は怒っていた。「俺はこいつをステージに出したくない」

「坐ってるだけ?」信二は兄を無視していった。兄の強い語調が反撥を誘っていた。彼は、兄に属しているのではなかった。

「そうさ、だいじょぶそれでごまかせるさ」

「止めとけ、面白いと思っているのか」と兄がいった。

「かまわない、なんだってやる」

信二は兄を見ずにいった。安達は手をたたいた。

「よし、これで決まった。ペイを五十円ふやしてやる」安達は大げさにうなずき、唇を笑う形にした。そのまま細い目で信二をみつめていた。兄はだまっていた。

「いそげや」と安達がいった。

安達の服は大きかった。ステージの幕のこちら側に、メンバアはすでに位置について、兄がトランペットの口をしめしている。

マスターの、ピアノの荻村が、もう一度信二に注意をした。「ね、ベースに合わせてりゃいい、ね?」

荻村はピアノに戻った。臙脂《えんじ》の厚い幕の向うのざわめきが遠くなって、照明が幕にまるく当った。一心に彼は荻村をみつめていた。荻村はピアノに向ったまま、右の靴尖で床をたたく。コツ、コツ、コツコツ、コツコツ。兄がトランペットをもつ肩に力をこめ、テーマの第一小節を吹きはじめた。幕があがる。拍手が湧く。客席は彼をのみこもうとしてざわめく、大きくひらかれた赤黒い鯨の口でしかなかった。彼は夢中でワイヤアのブラシを使っていた。

ふいに、全身がリズムに乗りきっているのがわかった。やっと首をあげて、フロアいっぱいに踊る人びとに顔を向けた。信二は、大きな呼吸をしていた。

女たちのワンピースが、むき出しにされた醜い色とりどりの腸のようにうごめいて光っている。埃くさい熱気が吹きあげられ、帽子のない兵士たちは、大きな掌で女のそのあらゆる外側を愛撫して踊っていた。女たちの中には、サンダルや草履ばきの素脚もいくつか混っている。女たちはひどく元気だった。

膝小僧のあらわな、腓《ふくらはぎ》のたくましく膨れた顔をしかめたような女がくるくるとまわされながらステージの前でいった。

「このバンド、なかなかいいじゃんかよう」

「ああ、おらも好きだえ」一人が背を向けながら答えた。「はじめにやる曲が、好きだだ」もうひとつの赤い大きい唇がわめいた。

「歌がねえけどよう、まあ、悪かねえよう」

「ヘイ！」曲が終ると、女たちはわれがちにステージに駈け寄って幾度も同じものをリクエストする。ジルバがよかった。

この光景は、予期していなかったのではない、と信二は思った。バンドを招ぶのは、兵士たちに十二時間の休みが出る日であり、その期限が翌朝の六時であることもわかっていた。「することは決まっている、キャバレエがわりにホールで踊って酒をのんで、お目あてのことをゆっくりたのしむのさ、ラストまで残っているのなんて、たいてい一組か二組しきゃいない」と兄はいった。

歓楽が、ひとつの巨大な音響となって空間を充たしていた。熱っぽい騒音と体臭、それに温気。人びとは充分にたのしんでいるように思えた。陰鬱や不幸はどこにもなく、活力にみちた肉塊が音楽に洗われつづけている。リズムは彼のなかにあった。だが、信二は快楽を全身に行きわたらせることができなかった。つとめて冷ややかに、彼は、リズムからこぼれ落ちまいとだけ意識していた。

大きらいだ、鈍く光るドラムのペダルをみつめながら、信二は瞼のうえに滴る汗を手で拭った。彼は喘ぎ、凌辱をうけたように自分が泥まみれの憤怒をなにかに叩きつけたがっているのがわかった。醜い、と彼は思った。目の前を踊って行く兵士の一人は、びっしょりと赤い毛の生えた掌で女の乳房をつかんでいた。女は細く白眼をむき、涎のたれそうな唇でいつまでも笑っていた。信二は、自分の嫌悪と怒りの視野の中心にあるのが、けっして米兵の姿ではないのに気づいていた。かるい混乱のなかで、彼は予期とちがう自分にめざめていた。彼が嫌悪し、羞じ、痛切な憎しみをさえおぼえているのは、日本人の女たちなのでしかなかった。その逞しさがたまらなかった。なまなましい醜さがやりきれなかった。それらは女であり、それらが性器だった。彼は敗北をかんじていた。死んじまえ、こんなやつらなんか。息苦しく、屈辱は信二の喉につまっていた。

「そりゃ、いやなものさ」控え室にもどると、安達は信二の肩をたたいた。「そりゃおれたちだって日本人だ、日本人の女がいいように玩具にされているのをみて、腹の立たねえやつはいない」

信二はうすく笑った。頬が薄皮をはったようにこわばり、安達の誤解をとくのも物憂かった。

「でもな、すぐに慣れるさ、すぐ、なんてこたあなくなる、とやかく考えるのがばかばかしくなる」

「われわれみたいにね」と荻村が声をかけた。「そうさ、」とすぐに安達が和した。「そうさ、無関心こそがわれわれの衛生法でね、モラルですよ」バンド・マンたちの気がるな漫才じみたやりとりといえばそれまでだが、なぜかその言葉は信二の胸に深く刻みこまれた。だが、信二は、あとになって自分がその言葉を呪文のようにくりかえすことになろうとは、考えていたのではなかった。彼は充分に、自分が他人たちにたいし無関心であるとそのときは信じていた。

「美人は、一人もいなかったね」信二はわざと落着いた声でいった。

安達は笑い出した。「へえ、いい度胸だ。こいつ、もう品定めをしてやがった」

もと病院を改造したのだという天井のたかいホールは、三度目のステージのころから急激に客がへりはじめて、とたんに殺風景なものになった。青や赤の照明もながれず、それは屋内競技場に似ていて天井に鉄骨が組まれ、ステージのまるく張り出したフロアを見下ろして、三方にせりあがる階段教室のような席があった。一定の明るさの光の落ちているフロアとその席との境には、ぐるりとたくさんのテーブルが群がり、兵士たちはもっぱらその蔭の部分で酒を飲んだ。そこに黒いスーツの女がいた。

その女はほとんどテーブルから立たなかった。かすかな微笑を頰にうかべたまま、女はフロアを動く人びとに気倦げな視線を送っていた。黒いスーツの胸に真珠らしい首飾りを巻き、色白で首のながいその女はひときわ目立って美しい顔立ちをしていた。信二は、ふとその暗い片隅に吸われて行く自分を感じていた。さわがしい嬌声や叫びごえや、演奏やステップの音の雑然とした渦のなかに、そこだけぽっかりと音のない世界が穴をあけたように、女の周囲には特別なしずかな澄んだ空気があり、それが女を包んでいた。べつに、その美しさが信二を惹いたのではなかった、女は疲れた、無気力な表情をうかべていた。ぎらぎらした、なまなましい原色のあざとい他の女たちの印象とかけはなれて、黒いスーツの女には、ある稀薄な、退屈をわがものとした人のひそやかな落着きも感じられた。白い拳を口にあてて、女はちいさく欠伸をする。手をのばして、正面に坐っている兵士の胸からなにかをつまみあげて、それを肩を引くようにして床に落した。そのままながいこと床をみつめていた。頰の微笑を消さなかった。

そのテーブルでは、ほとんど会話をしている気配は見えなかった。上流の人ではないにしても、黒いスーツの女は、中流の家庭の歴史と習慣を身につけている人のように思えた。若い未亡人を思わせるその黒ずくめの装いのなかで、青白いなめらかな肌が冴えざえとしていた。

最後のステージの客は三組しかなかった。二組は演奏中にフロアから去って行った。黒いスーツを着た女の組だけがのこっていた。

相手は、金髪で縁なしの眼鏡をかけた、おとなしい少年のような感じの長身の伍長だった。信二は、女が、終始その相手以外の男と踊らなかったことに気づいていた。二人はだまったま、滑るように床を動いている。上品で、正式なステップがつづいていた。

ウェイトレスやボーイたちが、無表情にあたりを片づけはじめている。バンドは、ラストの「グッドナイト・スイートハート」を奏でていた。女は、小さな赤い唇をしていた。首のうしろで束ねた髪は長く、黒い滝のようにまっすぐに垂れた髪が、背中でゆっくりと左右に動いていた。

曲は終ろうとしていた。だが手をとりあい、おたがいの瞳をみて、二人の脚はとまる気配がなかった。荻村が目で合図をした。バンドはモティーフをもう一度くりかえした。信二は呼吸をつめて女をみつめていた。

二人は、フロアの中央に来ていた。アルト・サックスがコーダを吹きおさめて、二人は踊り止めた。バンド・マンたちは立ち上った。

そのとき、出口に向かおうとする伍長の肱をとると、女はステージを振りかえって小さく胸の前で拍手をした。うながすようにそっと伍長に肩でふれた。伍長も手をたたきはじめた。人気のないホールのなかに、まばらな二人の拍手だけがひびいていた。幕がおりはじめた。バンドの人びとはいっせいに深く首を下げた。

「寒いな、まったく」帰途のトラックの中で、荻村の声が吹きとばされ闇に消えていった。風は冷たく、はげしかった。風をさけるためには低くなっていなければならない。信二はスティックを入れた旧日本軍の銃弾入れの箱に腰を下ろし、行き場所のない両手を肩に組んで首をちぢめていた。

「もうすぐ冬だぞ、ダーチー、腕をふるってこんどからはバスでもオーダーしてくんなきゃ、たまんねえや」小林がいった。安達は眠っている様子だった。

突然、背後にけたたましい音がひびいて、道路になにかが顛落した。トラックは急ブレーキをかけて停り、人びとは突きとばされたように床にのめり落ちた。「……やあ、うしろの板が外れやがったんだな」と安達はいい、闇の中でもぞもぞと床を這った。

降りてきた兵士は板をとりつけると、「ハハン、遅すぎたと思うかね、お前ら」といった。日本人たちは無気力に笑った。

「人間をほり出さないように頼むよ」安達はわざとらしい明るい声でいった。

「文句があるのか。なら歩いて行け」兵士は鋭く不機嫌な声でいった。

幌のなかはしずかだった。咳をするものもなく、だれかが追従のような短い笑い声をあげた。

兵士は胸をそらせていた。

ライターを灯して、兵士は腕時計をながめた。「ふん、一時だ」前にまわって行く軍靴の音がとまると、ふいに聞きなれた物音がきこえてきた。兵士は、車輪に向って尿をほとばしらせているのだった。

「ばかにしている」信二は呟いた。「侮辱だ」

「なあに、ありゃ侮辱じゃない」安達はさえぎるようにいった。その声の位置で、さっきの笑い声が彼であるのがわかった。「習慣のちがいさ」と、のんびりと彼はいった。「やつらはいつだって車にするんだ。車にかけることがひとつもそれを汚すことや不謹慎にはならない。叢や木にむかってするおれたちとちがって、やつらには、ただ、ものを見せないようにやることが大切なんだ。そうなんだよ、だから、絶対におれたちみたいに道の端っこなんかじゃやらない」

「ふうん」と信二はいった。

「かんたんにムキになるなよ、坊や」安達は肩を寄せてきていた。「あいつらも運が悪くってな、気が立っているんだ。おれたちを送って、でもやはり六時までに帰営しなけりゃならない。当番の兵隊はだから皆ボヤいてばかりいるんだ」

「そんなことにも、いまに慣れるさ」どこか皮肉な声の調子で、兄がいった。トラックは出発した。すぐに速度をあげ、闇の中にエンジンは単調な唸りをたてはじめた。

「坊や、この次もあすこに坐っててくれるか?」安達はいった。「ペイを一挙、四百円にしてやる」

「ありがとう」と、彼はいった。

「ついでに、ドラムを覚える気はないかね」信二はだまっていた。

「なかなか筋がいいよ、あんた」

安達は鼻を鳴らせて笑った。信二はだまったまま目をつぶった。あたらしい習慣が自分にはじまろうとしている。彼はそれに耐えるように、いまごろ日本人の女たちが見せているだろう姿態を想像した。やつらはへっぴり腰で、大げさに腰をふりふり突貫する。女たちは呻き、汗をながして調子をとる。だが、それがどうしたのだ。要するにやつらは貯めた金を一週間ごとに絶え間なく溢れさす一箇の蛇口なのにすぎない。そんなことはどうでもよい、どうでもよい。思いながら信二は、固く奥歯をかみしめるようにして目をつぶっていた。


楽団は横浜のキャバレエが主な仕事だったが、そこでは信二はただ荷物を運んだり、譜を配ったりだけしていればよかった。茅ケ崎には毎週水曜日ごとに通った。仕事をはじめる前のタンカース・インの舞台で、安達にそそのかされ、信二は一二度ドラムを打ったことがあった。鈍い反響をつたえるスティックの味はこころよかった。

「ダム・ビート!」彼がドラムをならべ終えて、ふとスティックを握ると安達がそう声をかけた。

「いっちょうぶったたけや、坊や。かまやしねえ」

坊やはいつのまにか信二の呼び名になってしまっていた。信二はたたいた。両肱を胴に寄せて爪先きで拍子をとり、明るい電燈を映すサイド・ドラムを思いきり連打して最後にひとつシンバルをたたいた。その音がまだ耳のそばでふるえていた。

「よし、」安達は赤い床をふんで歩いてきた。「ドラムの第一発、それをダム・ビートっていうんだ、どうだ、いい感じだろう」

「気分はいい」と信二は答えた。

「力がある、なかなか」安達はスティックをさわりながらいった。「教えてやろうか、おれが」

「安達さんが？」と彼はいった。昔きいた米兵に右の手の腱を切られ、スティックを持てなくなったドラマーの話が、ふと彼の頭をかすめていた。その男の名前はきかなかった。それが安達なのかもしれないと彼は思った。

安達はだが、いつもと同じ狡そうな笑顔をうかべていた。「坊や、これからはおれのこと、ダーチーって呼びなよ、友だちのダーチー」と彼はいった。

「でも、僕はプロになるつもりはない」

「いいじゃねえか、ただ好きでおれが教える。坊やがおぼえる、それだけの話だ」

それだけの話だ、と信二も思った。安達の過去を聞くのは余計なことにちがいなかった。他人の物語や身の上ばなしはおれに無関係だ。彼にまかせられているのは、彼ひとりなのにすぎなかった。幕を越したざわめきが高くなった。開幕は間近だった。

「めずらしいな、あの黒の女が今日はもう来てるぞ」とステージに登ってきた荻村がいった。

「ああ、おれもみたぞ、いつものアメちゃんとまたいっしょだ」安達がいった。

「あいつは、いつも同じ相手なんだな」

「黒いスーツの女？　いつもラストまでいる」と信二は荻村に声をかけた。

「そう、あの美人さ」荻村は答え、ピアノの蓋をひらいた。だれも、それ以上「黒の女」についていうものはなかった。そして、それが信二にとり、人びとが彼の目の前で彼女について交わした言葉の最初であり、最後だった。

信二は、弾かれたように肩を硬くしていた。あの女、と唐突に彼は思っていた。そのころ、彼は女がスロオ以外は絶対に踊らず、それも金髪の伍長としかけっして踊ろうとしないのに気づいていた。女は、いつもそして喪服のような黒い服を着ている。あの野卑でそうぞうしい原色の喧騒の渦のなかで、そして、われわれの屈服のシンボルにちがいないその女たちのなかで、ふとその存在が信じられないような気のする女。ひとりの幻想の人物にちかい女……。おれが、安達の申し出をいいことにステージに出るのに乗り気なのも、そこにいれば彼女を充分に見ることができるからではないのか。

「黒の女」はバアとは逆の遠い隅のテーブルに坐っていた。黒いドレスを着て、いつもと同じように、彼女は楽団がスロオを演奏するときだけ伍長に腕をとられフロアに進み出てきた。トロットやルンバのとき彼女は先立って席へかえった。ジルバやヴギがはじまると、首をかしげ、肩をひいて笑った。伍長も従順にそのあとについて席にもどった。どのステージも同じだった。ただ、その夜は髪をアップにしていた。夜会巻きというのか、束ねた毛をたかくあげて、背を向けると呼吸をのむような見事な襟脚が二つならんでいた。

ブラシの手は、ほとんど機械的に動いていた。信二は傾く心を意識していた。見定めようとするような視線を注いでいた。都会の女にちがいない、と彼は思った。年齢は二十五六だろうか。もう少し老けているのかも知れない。伍長と彼女とは、そういえばどこか姉と弟という印象も濃かった。女にはまるで年長の人妻が若い恋人にみせるような、やさしく大人びた挙措《きょそ》があった。切れ長で眦《まなじり》のあがった特徴のある眼で、テーブルに坐っているとき、心もち頤《あご》をひいて、その目がどこか遠くの高いところを眺めている。女は声をあげて笑うこともない感じだった。

黒い服の女が、フロアを横切ってまっすぐにステージに近づいてきたのは、もう、相当に客の減ったころだったから十時はすぎていたろう。おどろいて信二は女をみた。女はしかし、彼のいる右袖とは逆のピアノに近く立った。

「ディープ・パープルをやって下さい」

歯切れよく澄んだ声でいった。発音もきれいだった。荻村がうなずいて楽団員たちに合図をする。「ディープ・パープル」はスロオだった。

「なによあんた、なにをリクエストしたんだよう」黄色い服の女がいった。

「ディープ・パープル」癖なのかすこし首を曲げて、女は伍長に腕をとられながら黄色い服の女をみた。

「どんなのよう。それ、おら知ってんけえ？」

「スロオよ。ふかむらさき」やさしく女はいい、顔をもどしかけた。そのとき信二と目が出逢った。信二は目をそらさなかった。

　黒い服の女は、しばらくはびっくりしたような瞳で彼をみていた。音楽がはじまるまでの数瞬間、女はふしぎそうに、怒ったような強い眼眸の彼をながめていた。

　胸がしびれていた。だが、信二は目を放すまいと決意していた。音楽がはじまり、伍長と踊り出そうとするそのとき、たしかに女は信二に頬笑んだように思えた。縁なし眼鏡の優等生のような伍長は、長身の胸を礼儀正しく離して踊り出した。

　信二は浮き立つような心で思っていた。たぶん、彼女はオンリーだろう。だが、もしかしたら、これは金や物に兌換《だかん》するための関係ではないのかもしれない。ぼくの夢のとおり、いいところの娘の、疎開族の彼女とこの青年の伍長は、真の恋愛、結婚に行きつくべき正式な約束のある関係であるのかもしれない。彼は、むしろ祝福すべきもののように二人をみた。伍長は、北欧系かもしれない。やはりちゃんとした教育をうけた上流の子弟に眺められた。

　ちょうど楽譜をくり、荻村のタクトを待つあいだで、彼の注視に気づいたバンド・マンはないはずだと彼は考えた。もう一度同じ策をつかった。ラストの起立した全員が礼をするとき、やはり拍手を送る彼女に顔を向けて、信二は首を下げなかった。

幸福は、ひとつの冴えた痛みに似ていた。彼女が自分を記憶してくれただろうことで、彼の胸は躍っていた。興奮は帰途のトラックのなかでもつづいていた。

十一月の終りの、ひどく寒い夜だった。安達の手腕なのか、それとも当然の処置であるのか、その帰りは霧粒《きりつぶ》に濡れた大型バスが衛門に停っていた。アヴェック・シートだった。信二は一番前の席に坐った。

外套の襟を立てて、席にかがみこむように坐る兄たちをうしろにして、信二はしかし寒さを忘れていた。その夜も黒い服の女は最後のステージまで残っていたのだった。後ろ半分に楽器や譜の包みを置き、ほとんど満員のバスの中には、一人、町まで行くらしい若い兵士がいた。バスは小刻みに慄えながらまっすぐに海に向い、あぶれたのか、すでに仕事をすませたのか、道の端を点々と女たちが歩いて行く。女たちはたいてい一人ではなく、ひとつの外套にくるまった二人の女もいた。

女たちは、日本人の無力をよく知っているのだ。追いすがるようにバスの両側にまつわりつき、彼女らは米兵に向ってだけ町までのせてくれるようにくりかえし頼みかける。でもバスはスピードをゆるめようとはしない。立ってきた兵士が、ガムを嚙んでいる運転手の肩をたたいた。

「おれの女だ、たのむ」

「うそいえ、お前のは町のベッドで待っているじゃないか」

「でもあれもおれの女の一人だ」

「一人か？　女たちはピー・ウォーさわぐからまずい、一人ならいい」

赭ら顔の一等兵の運転手は、二等兵らしい相手にえらそうに答えてやっとバスを停めた。彼は外へおどり出した。

「一人だ、おれを温めてくれるやつ一人だけだ」

海の匂いをまぜたうすい霧がひややかにながれ入った。甘えたり口笛を吹いたりしてざわめく日本人の娘たちを横にならばせ、運転手はガムを吐き棄てると、にやにやして一人一人頤をもちあげて吟味をした。女は五六人いた。「黒の女」の姿はなかった。霧が、ヘッド・ライトの明るみのなかを動いていた。

運転手はいちばん背の高い女をえらんだ。「お前の席はここだ」女は兵士の膝に浅くすわり、腕で首をまいた。

「ハハ！」振り向いて運転手は信二に笑いかけた。「命に気をつけなよ」バスが走りはじめる。二等兵はうしろの席で黙っていた。

毛布のような外套を着た女は酔って目を細くしていた。臼みたいな尻をしていた。外套の下からかかえた米兵の金色の毛の生えた赤い大きな掌が、その胸をおさえている。首をふらふらさせ、

「落っこっちゃう、抱くんならちゃんと抱いてな」と日本語で女はいう。道は、まっすぐに海

岸に並行していた。

「くすぐったい、なにしんのよ」女は怒ったようにいった。運転手は喰いつくようにその唇に接吻した。力をこめた右腕がハンドルを握っていた。

くっついた頬が信二の目の前にあった。運転手は強引に吸うのをやめなかった。女の顔はゆがみ、無理にもぎはなすと唾液が白く筋をひいた。「この、エテ公よう」日本語でいい、女はだが笑顔をつくっていた。「グッド」兵士は手をはなした。バスの床に、女はぶざまに仰向けにひっくりかえった。兵士は大声で笑い出した。

咄嗟に信二は目をそらせた。後部のバンド・マンたちをながめた。バンド・マンたちは睡っていた。死んだように、皆はかたく目をつぶって、睡っていた。二等兵は、無心に窓の外を見ていた。運転をつづけながら兵士はサイレンのように哄笑した。信二は顔をそむけた。なにもせず、なにもいわず、知らん顔をしていればいいのだ、おれもまた目をとざしていてかまわないのだ。彼はつよくシートの肱をつかみ、喘ぐようにうすく唇をひらいたまま、なにかが喉を下りるのを待ちつづけた。

「こうかね」命令され、女は従順にこんどはうしろから兵士の首にぶらさがると、ぴったりと頬をつけた。「そうだ、そうしていろ。おれは、お前といっしょに天国に行くことはできない。そうだろ?」前方を睨みながら兵士はなおも笑い、女は平然と尻をふってハミングで流行歌をうたい出した。

女が、まったく彼をはじめ車内の日本人たちを黙殺して、眼眸での救いすらもとめようとしないことが信二をさらに深く刺した。無関心はおたがいどうしだった。たしかにバンド・マンたちや、占領軍従業員たちや、売笑婦たちやは、おたがいのあいだに完全な無関心の壁をつくっている。まるで、それが当然のことのように、それぞれの部落だけで生きようとしている。……信二はくるしかった。彼もそれに慣れねばならなかった。

空気の引きしまるような夜だった。町まではまだ距離があった。額をガラス板につけて、信二は窓の外に目を落していた。ヘッド・ライトに照らされ、道を片側によける一人の女が目に入った。信二は呼吸をのんだ。「黒の女」だった。眩しそうに手をかざして、見上げる女の目がひかった。女の外套はグレイだった。今にもバスが停り、彼女がのりこんできてそばに立つ。ぼくの横に坐る。一瞬のうちに信二はそう空想した。だが、バスは速度をかえなかった。酔った女の卑猥なハミングと兵士の馬鹿笑いをのせ、バスは過ぎて行った。首をねじ向けて彼は窓のうしろをみた。女の佇立した姿はすぐ闇のなかにかくれた。「……ああ」と彼はいった。ひくい声は音にならなかった。

信二は、かつてそれほどのはげしい空白を意識したことがなかった。空白は彼の横の席にあった。一人分あいた茶革のシートは、揺れているバスの明りをひっそりとうかべている。彼はそこに、はたされなかった自分の痛切な希望を見る気がした。そこに来てもらいたかった。その空間を彼女のしなやかな感触で塡めたかった。彼は、虚脱したようにシートの背にもたれた。

銀鈴の鳴りつづけるような空白が彼を充たしていた。彼女がたった一人だったこと、そして殺風景な深夜の道をたどって行くということ、それがうれしいような、かなしいような気がしていた。信二は突然に気づいた。彼のかくされた肌が、ひりひりとするような寒風にあたっていた。十七歳の彼は子供だった。彼はひとつも少年を脱していたのではなかった。彼はその海岸の暗い道を、姉のような黒い服の女と二人きりで、手をつないでどこまでも歩いて行きたかった。冬の闇のなかへ消えて行きたかった。

その夜は町でカマクラに行くのだという中尉がのりこみ、近道をしようとしてバスは小さな道に紛れこんだ。やけくそな運転手が飛ばしたので木の枝が窓を破り、アルト・サックスの青木が頭を切った。バスは三時すぎまで横浜に着くことができなかった。

信二は、生活とはひとつのくりかえしではないのかと思った。多かれすくなかれ、人びとはくりかえしによって生きるものだ。ドラムをたたくバンド・ボーイとしての生活が、彼にうまれていた。彼は、次第に慣れて行く自分を感じとれた。

あくどい原色にいろどられた狂騒的なざわめき、汗と血、パンパンや兵士たちのがさつでなまなましいざわめきなど、彼は憎んだり苦しんだりする、無力でしかも貧しい現実に背を向けようとしていた。それらは彼という単独な密室をつつむ外殻への刺戟、外殻をきたえる季節の風雨にすぎないのだ。彼には外殻をかたくすることだけが仕事だった。彼は反感をもつ自分のその感覚を消すことで、反感をなくそうと努力していた。そんななかば意識的な無感覚が、外界に、そして外界への無力に慣れさせる結果をまねいていた。ただ、慣れるために自分がひとりだけの部屋をつくったのか、その逆かは、彼にもよく理解できなかった。そんなことはどうでもよかった。彼は貝殻にとじこもる貝のように、なにかを回避することを覚えはじめていた。

ボーイや売笑婦たちから煙草を売りつけられたことが、信二に、そのブローカーを思いつかせていた。それなら兵隊たちと直接に取引きをしたほうが利潤が出る。彼は安達と組み、それを売る方にまわった。一カートンにして三百円の利益、一晩に三カートンを持ち出すのはわけなかった。

「お前、煙草でそうとう儲けているらしいな」ある日、兄がいった。彼はだまっていた。煙草はボストン・バッグに移したまま、教科書などといっしょに床の間の隅に置いてあった。

「なにに使うつもりだ」と、兄はいった。

「さあね」

「女か」

「そんな気の利いたものはないよ」

「……闇ブローカーになんかなりゃがって」

信二はだまっていた。兄と争うつもりはなかった。なにかをいい出せば、きまって兄は敗戦以来、魂の抜けた人のように、一向に働こうとしない父を毒づく。そして病気で寝こんでいる母も母だとぶつぶついう。兄との口争いが結局は厄介などうどうめぐりでしかなく、つまりは兄の両親への悪態と愚痴になるのはわかっていた。信二はわざと欠伸をした。「出てってくれよ、勉強があるんだから」

「ふん。……ダーチーにいくら渡している」

「百五十円だね」

「折半かい」

「そういうことになっている」

「お前のことだ。きっとそれ以上のマージンでさばいているんだろう。キャバレエで売っているのか？」

「いろいろだよ、キャバレエはたたかれて損をするよ。前アルバイトしてた会社や店がある。学校でだって案外たかく売れる」

「ちゃっかりしてやがらあ」兄はほがらかにいった。「お前を見直したよ、お前はけっして損になるような取引きはしない男らしいな」

信二は答えずに辞書をつかんだ。兄の物いいは、ときどき上官みたいになる。それがきらいだった。

階下で、急に朝の空気を引き裂くような甲高さで、間貸し人の赤ん坊が精いっぱいの声をはりあげて泣きはじめた。「ひでえ声だ。ありゃ、猿の声だな」手すりにもたれたまま、兄は顔をしかめた。「気が狂いそうだよ」答えながら信二は、兄が自分になにをいいたいのかが知りたかった。

兄は、語調を明るくした。「学生バンドも、もう流行おくれの商売だよ。でもおれはな、ペットを吹いてりゃあいい気分だ、世界の、どんな時代のどんな国の楽譜にも書かれたことのない高い音。な?」

「またアームストロングか」彼は嗤った。兄はときどきひどく酔ってその言葉をどなった。「お前のドラムは、どうだい?」わざとらしい同じ明るさで兄はきいた。「毎週、習っているんだろう?」

「あんなの」と彼はいった。「ひとつも本気じゃない、ダーチーの御機嫌とりさ。いまやつにそっぽを向かれると困るからね」

兄の心配はこのことなのだなと彼は思った。案のじょう、兄は安心したように口笛を吹いて階下へ降りて行った。教科書をとろうとして、気づいて信二はボストン・バッグの口をあけた。ペルメルが二カートンよけいに入っていた。

「……ちきしょう」と彼はいった。そんな親切をしたのにちがいない兄への、奇妙な怒りが彼をおそっていた。「よし、これだけの金は返してやる」彼は呟いた。「明日、返してやる」自分は自分だけでひきうけたい。自分という負担へのだれの手助けもほしくなかった。ぼくのほしいのはむしろ孤独を確実にする対象、つまりたんなる取引き相手か敵でしかないのだと彼は思った。

山の上の大学では、同級の料理屋の伜が、いい商売相手だった。それと、ある保守政党の幹部の息子。彼はいつも外套の内ポケットに三万円ほどの百円札を突っこんでいた。

信二は彼らに、一カートンあたり五百円の利益で煙草を売りつけるのに成功した。ひどく自分が抜け目ない男におもえる。自分の冷酷が充分に信じられるようなその感じがこころよかった。信二は熱心に冷血を希望していた。

「そうだ、僕らは組織をもっと拡大しなくちゃならないんだ」

「うん、もうすぐやつらは学内細胞の存在を正式に禁止するよ、それはわかっている」

空のボストン・バッグをもち屋上にあがると、口に泡をためた学生が熱っぽい議論をかわしている。信二は彼らとの無縁をかんじた。そんなことはどうでもよい、一人一人がそれぞれ自分だけを幸福にしようとする、その努力以上のどんな責任の能力をあたえられているというのか。……だが、信二にはその反撥を、偶然そこにいた中学からの同級生に口に出すだけの子供っぽさはまだ残っていた。

「へんな男だなあ」と、その蒼じろい学生は答えた。「不幸な子供だ。君はバカだよ」

「仕方がない、僕は僕でしかないんだから」

大学の校舎の屋上から、赤い煉瓦の塀をへだてたとなりの外国大使館の庭が見下ろされた。

ほとんど葉の落ちた樹々の、まだらな骨のようになった枯れた色のあいだに、鉛いろに光る池があった。そこから鳥が立った。

屋上の縁の石に胸をつけて、信二はふと口に出した。「ここから下に落ちたら、死ぬかね」

「柔道をやってりゃ、助かるかな」

「石切場らしいな、下は」

「なら完全だ、死ぬよ」

答えて、友人は彼をのぞきこんだ。

「おい小畑、女にでもふられたのか？」

びっくりして、彼は笑い出した。「ばかばかしい、おれはだれも愛さないよ」

日射しは明るかった。暖冬異変といわれたその冬は、春のようなあたたかな日々がつづいていた。その年の授業が終るのも間近かった。眼鏡をかがやかせて、日向ぼっこをしながらノートをうつすのに余念のない姿もある。完備した自分のノートを考え、授業料もあとわずかだ、と信二はさわやかな気持ちで思った。なごやかな冬の陽をあび、屋上のコンクリートの表面に引きずるような音をたてて、五六人がならんでダンスのステップを習っている。教えている一人が手を拍ちながら近づく。肱を水平にし、へっぴり腰でふらふらと歩いてくる一人が彼に声をかけた。

「おい、お前も習わないか？　踊れねえんだろう？」

「いくらだ?」

「一回、一人二十円」教えている学生が振りかえった。「どう?」

「スロオを教えてくれ」と、彼はいった。「スロオだけでいいんだ、そのほかはべつにおぼえたくない」

ステップは簡単だった。だが、友達がいくらすすめても彼は他のステップは習わなかった。練習はその昼休みだけで充分だと思えた。

「もう巧いよ、あとはリードすること、実際にやって、音楽にのること」

「サンキュウ、あとは結構」

兄の楽団でのアルバイトは、だれにもいってなかった。信二はほがらかに二十円を払った。ステップをおぼえた代価が、たったそれだけですんだのにも彼は満足していた。


松林にかこまれた茅ケ崎の米軍戦車隊は、周囲に有棘鉄線の高い柵を張りめぐらしてあった。それがときに野戦の設営地か、収容所にいるような印象をあたえる。けっして都会のそれのようなしゃれた金網が張られているわけではない。

タンカース・インの裏口を出ると、その有棘鉄線をからませた柵をこえて、いちめんの幼い松の葉が幾重にも黒い雲をかさねたように輝き、高い、なにに使うのかがわからない一本の鉄柱の左肩に、北極星が冴えて停っていた。なだらかにふくらむ丘の向うにある町はずれの住宅地は、二三の遠い灯りとしか見ることができなかった。

酸いケチャップ・ソースや香ばしいパンの匂いやらのなまあたたかく漂うキッチンの網戸の前を通り、乾いた砂の道を、山のようなドラム缶の前を抜けて歩いて行く。便所は、ホールから遠くはなれた松林の近くだった。

キャムプに着くとすぐ、冷えるためか楽団員たちは便所へ行く。信二は彼らの帰るのと入れちがいにいつもホールを出た。それまでに譜面台や楽譜などを整えておく仕事もあったし、彼はそうして冷えびえとした夜を一人でぶらぶらと歩いて行くのが好きだった。ときどき、ウェイトレスたちが、網戸をあけ焼きたてのパンやロースト・ビーフなどをくれる。クリスマスの晩は小さな七面鳥の腿の肉をくれた。

「坊やさん」と、娘たちは彼を呼んだ。「ありがとう」と彼はいちいち礼をいった。信二は、その娘たちの好意を、一番年少の自分への年齢的な親愛にすぎないと思っていた。

キャムプの風景はいつも同じだった。あかあかと幾基かの照明が前後左右から彼を照らし出して、夜というより、それはいつも同じく低くせまく暗い空をもった真昼なのだ。つねに一定の明るさがやわらかく敷地を覆っていて、彼にとって、キャムプの風景は、いつも単一な夜のそれでしかなかった。

その光のけむる空間に白くこまかな線を燦めかせて雨の降る日があり、天頂の星屑の高さをおしえて晴れたそれがあった。

海からの風のつよい日など、さわさわと昼の明るさのなかでそれだけは冷えた夜の風が、洗いつづけるように彼の頬をゆすぶる。ゲートに群がる人びとを見やりながら、だが彼はゆっくりと歩く足をとめない。女たちは、それぞれの友人に招ばれてという形式でしか、衛門を通ることがゆるされない。大声で兵士の名を呼んだり、手を振って合図をして、門のそとでひしめく女たちのあいだに、信二は、いつも黒い服の女をさがそうとしていた。門に駈け寄って行く兵士たちのなかに金髪の伍長をみつけようとしていた。開始前にみることのできなかった日は、ステージの合間ごとに便所に行くふりをしてみつけ出しに行った。信二は見るだけのことでよかった。女は米兵によりへだてられてしまっている。それを確実にすることだけが、せめてもの彼の仕事だった。女を見る。沁みわたるように冴えた空白にとらえられて、彼はたたずむ。彼を吸収し、彼を無に帰してしまうそのイメェジが、彼にはひとつの生活の必要のようにさえ感じられた。自分を透明にしてしまう力に、彼はつねに渇いていた。


荻村はいった。「坊や、試験勉強でたいへんだろ?」あわただしく松の内のすぎた水曜日で、信二はいつもの通り楽譜をかつぎに横浜の彼の家に来ていた。

「たいしたことはないです、授業はめったに休んでないから」答えながら信二は一反風呂敷を背負いあげた。新曲のジャズの楽譜は、入手するのがまだ困難な時代だった。兵士たちから買うヒット・キットも新曲の全部がそろうというわけではなく、しぜん写譜が多くなって、楽譜の包みは重くかさばる一方だった。それを持ちはこぶのは信二の当然の仕事のひとつだった。

「だいじょぶ?」いっしょに表に出て、荻村はたずねた。「からだ、平気なのかい?」

「え?」

「兄貴が心配してたよ、元気ないからって」

「からだなんて、ひとつも悪かあない」

兄のお節介に、信二はすっかり腹を立てて答えた。「ぜんぜん丈夫ですよ、僕」

荻村は安心したように笑った。「なんだ、平気なのか。兄貴がやめさせたいなんていうから。

……坊やは、じゃ、つづける気あんの?」

「ありますよ」と信二はさも意外そうにいった。嘘ではなかった。もう少し稼がねば授業料が払えないのを、彼は計算していた。なんといっても、このアルバイトがいちばん割りがいいのだ。

「そうか」荻村は考えこむ様子だった。「じゃあ、坊やはほんとにドラマーになる気なのかい?」

「さあ、そいつは」彼は口ごもった。「たたくのは気持いいけど」

「ふうん。ダーチーの話とちがうな」電車通りに出ながら、白マフラアの荻村は首をまげた。

「ダーチーの話はね、またちがうんだ。カレは坊やをわれわれのドラマーに仕立てたいといってるんだ、それでほかのやつを入れない」

「僕はバンド・ボーイですよ」と信二はいった。「ダーチーには、考えさせて下さいってぼかしてあるんですが」

「そうなの。でもそいじゃ弱ったな、ドラマーはどうしてもいるんだ」独り言のようにいい、荻村は車をとめた。夕暮れの街を、タクシーは桜木町駅へと走り出した。

「でも、ダーチーには、まだはっきりとはいわないでおくよ、その方が都合いいんだろう？あいつもへんにカッとくるところがある」

荻村はいった。「どこでもバンドはここんところは目がまわるようにいそがしいし、どうせ、そんなにすぐ僕にもドラマーがめっかるわけじゃないんだ。いずれにせよ、もうすこしは続けていてくれるとありがたいね」彼はくりかえした。「ね、もうちょっとね」

「ええ、そうさせて下さい」

胸にかかえあげた風呂敷包みのかげから、信二は強い眼眸で窓をすぎる賑わった街を見ていた。どうやら解雇の予告なのだと思えた。もうちょっとね。荻村の言葉を口の中でくりかえした。

突然、熱いものが胸にながれた。「もうちょっと」だ。チャンスはわずかしかない。そのあいだにおれは彼女の肌を抱こう。彼女の肌を嗅ごう。絶対に一度彼女と寝てやるのだ。

街を派手なコートを着た女をつれ米国の兵士が歩いて行く。新春のマ元帥の声明は、終戦以来五度目の新年を迎えた統治の安定を謳っていて、占領軍の兵士たちの町を行く姿は、すでに鎖つきの犬よりも目にしたしいものになってしまっていた。長い脚にまつわりつく靴磨きの子供をおいはらって、笑いながら、米兵は女の肩に腕をまわし、いっしょに飾窓に見入って大きな身振りをする。汚れた松飾りのついた町名の書かれた柱が幾本も窓をすぎる。車道にとび出てきた赤い外套の女が、歩道をふりかえっていやいやをするように笑って首を振った。タクシーが女の背のすぐそばを通り抜ける。歩道に、口を大きくあけ目をかがやかせたひどく淫らな米兵の顔があった。

信二は、いまはわかっていた。金髪のあの伍長を、彼はあきらかに憎悪していた。思い出すまいとしていた光景が目にうかんだ。あれからもう一度、帰りのバスのなかから、海岸の道を歩いて行く「黒の女」をみたことがあった。グレイの外套を着た彼女は、帽子をかぶった金髪の伍長にしっかりと肩を抱かれて笑っていた。……黒い服の女を、やはり、自分は娼婦としてしか考えてないのか。信二は米兵に捧げられたその白い肌をなまなましく意識していた。彼のかなしみは自分の無力さであり、くるしみは嫉妬にちがいなかった。

「いったい、今日がなんの祝い日だっていうんだ」と小林がいった。彼はすこし怒っていた。「突然、泊りだなんて、……そんなの、ちょっとひどいよ」

「仕方ねえよ、相手は御機嫌さんで頼んでるんだ、やってやろうよ、こんだからのキャンセルがこわいよ」長い顋を突き出して安達が答えた。「なあ、マスター」

「仕方ないね」

荻村はおとなしい男だった。「皆、いいね？」

「試験がある」と信二はいった。「明日の三時間目、英語の試験があるんですが」

「三時間目？　なら午後だろ？　だいじょうぶだ、朝の汽車で帰れる」

安達はそそくさと外套をまた羽織った。「そうだ、宿を交渉してこなくっちゃあ」

「この前のとこかい？」と小林がいった。青木がそれにつづけた。「あそこ？　クリスマスの。ひでえ宿じゃないの」

「だって、あそこしかねえんだものよ、宿なんての。兵隊も送ってくれやしねえし、もしあの宿でおことわりなんかくらったら、あんた、野宿でっせ」

二月に入ってのはじめての水曜日だった。あとで知ったことだが、それは一部の幹部士官に、本国帰還の命令が出た日だった。兵士たちはたぶん、自分たちの送還も間近いと考えてよろこんでいたのだろう。それが、ちょうどその水曜日にあたっていた。

でも士官《オフィサー》は信二たちの客ではなかった。楽団は兵士《サージャント》のために招かれていたのだった。本国にかえるのは士官の一部だったらしいが、兵士たちのはしゃぎぶりは異常で、早くステージをあけろという口笛や怒声が、控え室にいてもうるさいほどの始末だった。「えらいこったぞ、今夜は」兄はにやにやした。「だいたい、客が湧いていれば湧いてるほど、ジャズなんてえのはやりいいんだ」

その兄のトランペットが、威勢よく「ドゥイング・ワット・カムス・ナチュラリイ」を吹きはじめる。その曲がテーマだった。幕が上りきる前から、兵士たちは声を合わせてどなっていた。

「……ナッチャーリィ！　ナッチャーリィ！」

信二も興奮してきていた。二本のスティックを使いながら、だが習慣のように、彼の目は沸きかえるように踊るさも愉しげな兵士と女たちの向うに、「黒の女」の姿をさがしていた。彼は、まだ、どうにも彼女に近づく機会をみつけられなかった。ただ、彼は茅ケ崎にくるたび、いつも貯めこんだ一万円近い札束を内ポケットに入れてくることだけは忘れなかった。もし、いざという場合がきたとき、と彼は思っていた。金のないことが、現実に人になにを喪わさせるかを彼は知っているつもりだった。

排気のわるいホールにはほの白く煙草の煙がみち、真冬だというのに汗ばむような熱気が、米人特有の匂いや酒くさい呼吸とまざりあって、だんだんと濃度をましてきていた。「黒の女」は二度目のステージの途中に来た。彼女はステージに向って右手の――つまり、右袖でドラムを打つ信二にほとんど五六米の距離しかない、とっつきのテーブルに席をとった。信二は胸をときめかせた。たぶん特別に早い客足がホールをはやく満員にしたためだろうが、彼女がそんな近くに席をとってくれたことはなかった。めずらしく彼女は踊る人びとに明るい笑顔を向け、両手で拍子をとるように皆といっしょに拍手をする。横にいつもの伍長が坐っていた。

信二は顔を伏せた。いつものの、彼女を見るたびに彼を拘束する絶望が、またも彼をとらえていた。彼女の肌を想うのには、彼女は見えていてはならなかった。乳房や尻や肌、性器としての女よりも、見えながら隔てられているものとしてその「黒の女」に、より貴重なもの、より熱意を向けうるもの、より恋をささげている自分がわかってくる気がする。臆病であり、幼さであり、逃避であり、不健康な夢への固執かもしれない。しかし信二は彼女をみて、化石したように自分が一箇の冴えた空白に占められて行く愉悦、充実した空白そのものに化して行く快感を捨てることはできなかった。彼は負けたかった。自分にではなく、彼は彼女に負けたかった。現実への無力な自分に、自分がすっかりふさわしくなりきること、自分が気化すること、彼女に完全に占有されてしまうことが唯一つののぞみであり、彼のねがいは彼が彼女を所有してしまうことではなかった。

それが、いつもくりかえされる彼女を目の前にしての理解だった。信二は唇を嚙んだ。結局、おれは彼女に指一本ふれることはできないだろう。指一本でもふれることは、彼女を彼女でなくしてしまうことだ。みろ、おれはいまそれをおそれている。スティックを持ちかえると、まるで怒りをたたきつけるみたいに、身をかがめ、彼は全身の力でドラムを撲りつけた。爪先はドラムのペダルをふみ、夢中でワン・コーラスをたたいていた。「ホウ、」ふりかえって、小林が唇をまるめた。信二は肩をすくめ、舌を出した。

「巧くなったなあ、坊や」

幕が下りたとき、小林はいった。「ダーチーの昔を思い出したよ、やつもちょうどあんなふうに、よく殺気立ったみたいにやったもんだ」

「小林」と荻村が低くいった。彼とは思えないような鋭く沈む声音だった。

「失敬」と小林もすぐにいった。

信二は楽団員たちのルールを感じた。彼らはけっして安達の過去をいわず、安達もなにも語らなかった。レッスンのたび、けっしてスティックを握らない安達を、信二は兄の話の腱を切ったドラマーだとわかっていた。信二もそれにふれずにいた。だが、信二のそれは自分以外のものへの意識的な拒絶と習慣を守ってのことにすぎない。楽団員たちにとっては、そのようにたがいの過去や私生活にふれぬことは、ひとつの団結のための力であり、方法だった。いまは信二にもそれが快くないこともなかった。

控え室で、安達は不機嫌な顔で椅子に坐っていた。「乱暴に打つばかりが能じゃねえぞ」と、彼はひくくいった。「坊や、ちかごろお前、力を入れてたたくと、きまってヒステリイ女みたいな打ちかたをしてるぞ」「今夜は、荒れそうだね」と、荻村がのんびりしたふだんの声でいった。客のことをいっているのだと信二は思った。

荒れる気配は、たしかに濃く、いつもはけっして入ってこない士官が一人、ホールにやってきたのは次のステージの途中だった。入口に近い兵士たちがどよめき、二つに割れるのを信二は見た。透明な酒壜を片手にもち、真赤な顔をした一人の米兵が、白い歯をむき出して笑いながら入ってきた。縮れ毛のひどい鷲鼻の士官だった。

あとで考えれば、彼は本国に帰る士官たちの一人だったのだろう。「ステイツ、ステイツ」という語のまざる兵士たちの私語を耳にしながら、だが信二はまだそんな事情は知らなかった。メキシカンのように首の太い、栗いろの髪の縮れたずんぐりとした男だった。信二は、はじめからその精力的な印象が、気にくわなかった。兵士たちの掛け声や口笛にこたえて士官は片手をふり、踊る人びとをかき分けてステージの前に歩いてきた。よくみると男は少尉だった。

ちょうど、ホールにはラグの速いリズムがあふれていた。兄が顔を充血させ、けんめいにBフラットのハイ・ノートを吹きつづけている。兄の額は汗で光っていた。

片手にジンらしい壜をだらりと下げ、少尉は彼をさけて踊って行く兵士や女たちをじろじろ見た。その目が、右隅のテーブルにとまった。

信二は気をとられた。手の動きを忘れていた。少尉は、まっすぐに黒いドレスの女のいるテーブルに歩いて行った。テーブルにたたきつけるようにジンを置いた。

首をかしげ、上目づかいに笑い、頭を左右にふる「黒の女」の動作で、少尉が踊りを申し込み、ことわられているらしいのがわかった。伍長が横からなにかをいい、少尉が大きく肩をすくめた。

少尉はだが、あきらめたのではなかった。彼は駄々っ子のように首をふりふり、黒いドレスの女に近寄ると、いきなりその手をつかんで自分の方に引いた。椅子が音をたててころげた。スティックは完全にとまっていた。椅子をひいて、伍長も立上り、腕を組んだ。顔は蒼白で、怒っていた。しかし長身の伍長は縁なし眼鏡をとらなかった。腕力で上官と争うつもりはなかったのだ。

他の女たちをめぐってなら、よくあることだったし、だれもなにもいわず笑って見ているのが普通だった。だが、その「黒の女」が伍長ひとりとだけしか踊らないと知っている筈の兵士たちが、黙って成行きをみているのが信二には腹立たしかった。ほとんどの兵士はそしらぬ顔で踊ったり、飲んだりをつづけている。

女は困ったようなくるしげな微笑をうかべている。少尉は、その女を強引にフロアにつれ出して、胸を抱いた。膝をまげ、リズムをとるように肩をゆする。踊りはじめる。……しかし、女の脚は二歩目で停っていた。よろけながら、女は首をふった。「だめ、私は速い曲はだめなんです」信二はほとんど、その女の声を聞いたような気がした。

女は、さも済まなさそうに眉を寄せて笑った。白い小さな頤をひいて、だが、女はてこでも動かぬという感じで少尉をみつめていた。少尉は首をふり、また踊り出そうとした。女は腰をよろめかせた。同じ笑顔のまままたなにかいって首をふった。

二人はすぐ目の前にきていた。信二は前後を忘れていた。腰をうかし、こんど少尉が踊り出そうとしたら、ドラムを蹴とばしてとびかかるつもりだった。だが、少尉は腕をはなしていた。「ソリイ」彼は一言だけいい、女をはなれた。すぐ、肥った赤い服の女と踊る少尉の姿が見られた。

テーブルに戻った女は、右手で左の肱のあたりをおさえていた。怒った顔ではなかった。伍長が身体をかたむけてなにかいうと、女はやさしく首をふった。いつもの気倦そうな微笑を頬にひろげていた。

伍長は女を抱えるようにし、人波の奥を出口へと向っていた。テーブルには、ジンの透明な壜とならんで、一本のビールと、女のハンカチが置かれている。信二は、急に汐がひくように空ろになる自分の心を感じていた。ブラシを握り直していた。サイド・ドラムを打つ手には力が入らなかった。女は、少尉をさけ、伍長と散歩しに出たのだ、きっとまた帰ってくる。そう思いこもうとしていた。

女は、しかしそのステージのあいだに姿を見せなかった。帰ってくるのか、もう今夜はあらわれないのか。信二はそればかりを思った。今日、あの女は長く髪を垂らしていた。真珠の首飾りをしていなかった。

フロアを少尉に引っぱられて彼の前に近づいてきたとき、彼は女の顔をしげしげとながめることができた。女の眼にはかすかな隈があって、瞳を動かすと瞼はこまかな皺をうかべているようにおもえた。陶器のような、すべすべした白くながい喉があった。……控え室で、信二はじっとうつむいて坐っていることが苦痛だった。ステージに上り、彼はそっと厚い幕のかげからホールをのぞいてみた。兵士たちは減りはじめて、いくつかの空いたテーブルをボーイが拭っていた。ハンカチはまださっきのテーブルの上にあった。控え室の角をまがり、彼は裏口から表に出た。夜は氷をあてられたように冷たかった。思い直して信二は控え室に外套をとりに入った。便所に行くのだといえばいいのだ。安達が声をかけた。「おい、もう十分くらいしかないぞ、休みは」信二は予定どおり答えた。

キッチンの前をすぎるとき、その網戸の裏口がひらいた。「坊やさん」声が呼んだ。「これ」白エプロンの瘠せた娘が、アルミニュームのコップをわたした。熱いチョコレートがはいっていた。

「熱くて」彼は笑った。甘く熱いどろりとした液はからだをあたためてうまかったが、彼の心はいそいでいた。

「どこに行くの？　お便所？」娘は訊いた。眉のうすい造作の小さな顔の娘だった。

「散歩さ」と彼は答えた。

「そう、じゃあ、私がお便所に行くの、送ってきてくれない？」と娘はいった。

「だって、……」信二はいいよどんだ。「黒の女」のことが気になってそれをみつけられたらと思っているとはいえなかった。娘は、しかし簡単に誤解していた。「だいじょぶよ、もし時間が気になんなら、それ飲みながらいっしょに歩いていけばいいよ」

娘はすぐ粗末なラシャのトッパアを着て出てきた。信二は仕方なく肩をならべてドラム缶の前を歩いて行った。

「その外套、ずいぶんちっちゃいねえ」娘は喉の奥で笑った。彼の胸ほどの背丈だった。

「だけどまだ新品同様なんだぜ。親父から買ったんだよ」

「へえ、お父さんから、買ったの？」

「うん、値切り倒して、月賦で」

「へえ、月賦で？……」

みるからに胸のひらべたい小さな鼻の少女で、だが、よく見ると愛らしい顔立ちをしていた。前髪だけを出した白い布を耳のうしろで結んでいる。その白い頭をそらせ娘は笑い出した。「ほんとう。傑作だね」

「親父だって、金に困ってるもの」

「うん……」娘は、ふいに笑いやめた。ひくい老けた声でいった。「そいで、あんたんとこも、なかなかたいへんなんだろうね」信二はコップに口をつけた。

コップは便所に着く前に空になった。娘が用を足すのを待ち、信二は衛門をながめていた。夜は親しかった。女とつれだった兵士が幾組も門を出て行く。伍長と「黒の女」はみえなかった。やっぱり、帰ってしまったのだろうか。彼はコップを指でくるくるとまわしながら、便所の裏を歩いた。独立した建物になっているその裏の粗い砂利が暗がりで、ときに接吻をしている男女を見ることがあったからだ。だが、そこにも人のいる気配はなかった。

奇妙な物音がきこえたのはその直後だった。鋭い唸りのような音はすぐに途切れ、信二はなにかわからなかった。つづいて、こんどはあきらかな悲鳴が空気を裂いてきこえた。信二は便所に走りこんだ。

「やだよう」と、泣き出すような太い声が叫んで、信二はわざと大きな跫音をたててその扉をひらいた。「やだ、やだ」声が口を覆われたように押し潰され、壁になにかがぶつかる音がひびいた。目の前にまるまったひろい軍服の背中があり、その両側に厚ぼったい娘の褪紅のスカートの端がみえた。

「なにをするんだ」彼はせいいっぱいの大声でどなった。男は縮れた栗いろの髪をしていた。醜くあぶら汗をうかべた顔が振りかえった。あの少尉だった。「やめろ、なにをするんだ」信二は声をうわずらせて叫んだ。彼が腰にかじりつくと、やっと少尉は手を放した。

真蒼になった娘は、細すぎる棒のような脚をしていた。からだに似合わぬ太い声で、「やだよう」ともう一度どなった。

「坊やさん」娘はひきつれたような声で泣きはじめた。かぶっていた白い布は床に落ちて泥に汚れ、かきむしったような髪をしていた。泣きじゃくりながら娘は押しつめられた隅で腰をぬかしていた。

白い布切れがふわりと信二の靴に落ちた。引き千切られた娘のズロースだとはすぐわかった。

「……ガッデム」呼吸をきらしながら、ひどい鷲鼻の少尉はズボンの上をつかんでいた。睨み据えるような熱っぽい視線が信二をみつめている。信二はだまったまま、胸のふれあうような近くで睨み返していた。

分厚いゴムのような唇をゆがめ、少尉がにやりとした。「じょうだんだよ」と、彼はいった。「出て行け」英語でいい、信二は出口を指した。厚い肩をゆすり上げて、少尉は出て行った。少尉は、まだ喘いでいた。

娘はすすり泣くのをやめなかった。ずりあがったトッパアを直してやり、力を貸して立たせた。「だいじょぶ？　どこもなんともない？」娘はむせびながらこっくりする。「……帰ろう」と、彼はいった。

娘は小刻みにふるえていた。支えるようにして便所の表に出た。「ボーイ」暗闇のなかで、声がひびいた。信二は娘の慄えがはげしく、大きなものになるのをかんじた。「行こう」と彼はいった。「ボーイ」声はまた呼んだ。「話がある。今のことは、おれが悪かった」声はしつこかった。「来い、ちょっとこい」

「一人で帰れる？」と信二はきいた。「いや、いや」娘は震える目で見上げた。「じゃここで待ってな」

信二は便所の裏にまわって行った。漁火のような煙草の火が光をまし、少尉の顔がうかび上った。煙草の火が闇にながれた。その瞬間、猛烈なパンチが信二の頤にとんだ。信二は仰向けに砂の上に倒れた。

左の頤から唇にかけて、熱いものを貼りつけられたような鈍重な、そして痛烈な痛みだった。

目の前に星が飛んで、信二はしばらくは起き上ることができなかった。おさえた掌にぬるぬるしたものがさわった。唇が破れていた。

血は、口のなかにもあった。立ち上ると、彼は唾を吐いた。からだは不安定に揺れうごいた。

彼は立っているのがやっとだった。

「ヘイ」声がいった。少尉は信二の腕をつかんでいた。「あの娘は、お前のスイートハートなのか」

「ノオ」はげしく彼はいった。

「違う？　ふん、じゃお前はなんだって娘についてきたんだ。なんでおれをとめた。余計なことだとは思わないのか？」

「彼女は、僕の恋人じゃない」肩をゆすられると、骨にひりひりとした痛みが走った。呻いて、信二は頤をおさえた。

少尉は声を大きくした。「おい、ウェイトレス、来い」

「なぜ呼ぶんだ」信二はあえいだ。「彼女は来る必要がない」

「かまわん」と少尉はいった。大声でまたどなった。明るみに出てきた娘は、寒そうに両腕でトッパアの胸をかかえていた。走り寄って信二にかじりついた。「血！」娘は理由を訊かなかった。おびえたように信二を強く抱いて、二人は脚でたがいに支えあうようにしていた。

「この少年は、お前のスイートハートだろう？」少尉はゆっくりと娘にくりかえした。「え？

スイートハート？　コ、イビト？」「……イエス」ふるえながら娘はいった。

「みろ、この卑怯者め」少尉はにくにくしく指をのばし、信二の額を突ついた。「娘のいったのをきいたか」

「ちがう、僕らは恋人どうしじゃない」屈辱をこらえながら、信二は低くいった。ずきずきと疼きが頭にひびいていた。「そうじゃない、ただの……」

「これはなんだ」少尉はアルミニュームのコップを出し、それで信二の頭をたたいた。「こっそりなんかもらっていたんだろう、え？」

少尉はくすくすと笑った。「あそこに、落ちていたんだ」頤をしゃくった。信二はだまっていた。

「行け」少尉はいった。「おれは黙っていてやる。だからお前もだまっていろ。いいな」

「行こう」信二は娘にいった。歩き出そうとした。

「ちょっと待て」とまた声が呼んだ。声は陽気だった。

「なんだ、これ以上、なにがあるんだ」

「お前たちに恋人の習慣をおしえてやろう」たかい笑い声をひびかせると、少尉は上機嫌な顔で近づき両腕で二人の首をかかえこんだ。娘がまた叫んだ。

「よせ、なにする」信二は必死に抵抗しようとした。いつか控え室で兵隊に酒を無理に飲まされたことがあったが、この侮辱はわけがちがっていた。なにごとかわからず、娘はひらたい胸をそらせ切れぎれの声をたててもがいた。信二は首すじをつかまれ、おさえつけられ、ふりもぎることができなかった。少尉の力は凄まじかった。信二の唇にまだ涙のかわかない娘の頬がふれた。それが唇に寄って行った。「よせ」片手でけんめいにトッパアをおしはなして彼は少尉の腕に爪を立てた。もういちど叫ぼうとするとき、唇は重ねられた。にじりつけるようにして首が傾けられ、娘のつめたい唇が彼のそれの内にあった。やがて、歯と歯とが硬い音を立てた。少尉はやっと放した。よろめいて、信二はまた倒れた。

「畜生」信二は起きあがった。手が、拳大の石をつかんでいた。死んでもいい、咄嗟にそう彼は思った。彼はわけのわからない叫びをあげ、手をふりあげて少尉に突進した。

「なにをする気だ?」

ずんぐりした少尉は、身がるに横に逃げた。よろけかけて信二は、頭の中央に赤いものがはげしく炸裂するのをかんじた。暗い空が回転して、それが崩れ落ちた。

教室の大きなガラス窓に明るいなめらかな陽があたっている。学年試験がきていた。信二はそれを受けた。わずかな不足には煙草の回転資金をあて、信二は身分証明書を手に入れることができていたのだった。もう、煙草のブローカーをすることもできない。彼は馘になった。横浜や茅ケ崎はあの日が最後だった。

ブザーが鳴る。机にかじりついていた二三人が顔をあげて、監督の教師をうかがう。信二はゆっくりと背をのばして、答案をもって教壇にあるいた。その学年の最後の試験だった。鞄と外套をかかえて、まだ正午ちかい山の上を、彼はぶらぶらと歩いて行った。

さすがに心は明るく、空しかった。うねった石の坂道を下りきると彼は電車通りを駅と逆の方角に歩いてみた。古ぼけた小さな鳥居がある。そこを曲り、彼は音のない屋敷町に折れて行った。いちめんに砂利の敷かれたひろい車寄せに、一台の小型の外国車がとまっている。彼は大学のとなりの、外国大使館の門の前に出ていた。

べつにあてのない散歩だった。いつか屋上からみた鉛を沈めたような池の、鈍くひかる水面の静けさが彼をさそっていた。

戦災のためか表玄関は小さな赤い煉瓦の廃墟だった。ジープを洗っていた日本人の男に声をかけると、「ちょっと待って下さい」と彼は入っていった。

「いいでしょう、どうぞ」と出てきた彼はいい、信二の学帽をみて笑いかけた。「おたくのボート部はなかなか強いですね。一艘ここで寄付したんで、こないだお礼に来ましたがね」彼は善良で、話し好きな様子だった。

「そうですか」信二はお辞儀をした。一人で庭にまわって行った。枯れた芝の上に這松がならんでいて、その向うに池があった。陽ざしが眩かった。彼は自分が疲れているのを感じた。なだらかに池に下りる芝の上で、ながいこと信二はぼんやりとしていた。いつのまにか、彼は眠った。眩しいあたたかな光の注ぐのを感じながら、彼は短い夢をみていた。

彼は横浜の山ノ手《クリフ》らしいところにいた。その小綺麗な洋館と洋館とのあいだみたいな緑いろの芝生に、彼は横に寝ていた。彼の首は女の膝の上にあって、女は「黒の女」だった。「たいへん。ひどい怪我よ」黒い服の女はそういい、ハンカチで彼の鼻をおさえる。それがみるみる真赤な血で染まって行く。「心配することはないのよ」女は笑う。「だいじょぶ?」と信二はいう。「馬鹿ねえ」女は信二をあやすようにゆする。信二は青空をみていた。「どうしてあんなことをしたの? 弱いくせに」「——口惜しかった。僕は口惜し……」叫びかけて、信二は現実にかえった。ほとんど泣き出しそうになっている自分に気づいていた。池に銀いろの二本の水尾をひいて、鴨が置物のような姿勢のままで動いていた。

もう、終ったのだ、と彼は思った。たぶん、ふたたびあの女に逢うこともできないだろう。おれが「黒の女」にみていたのは、姉のようなやさしさ、自分をそっくり抱きとってくれるやさしさ、自分を透明なからっぽにしてしまうしずかな光だった。おれは、おれ自身の喪失を、その力を、彼女にもとめていた。

信二は、安達の誤解を思い出した。あの夜、意識をなくしていた信二を抱えおこし、さっそく宿へつれて行って介抱してくれたのが安達だった。安達は、だが、黒い服の女に惹かれている信二を知っていたのだった。「おれがステージのあいだ、いったいなにをしてると思ってるんだ?」と彼はふだんの笑顔でしゃべった。相手の男が小肥りの縮れ毛の少尉だとも、安達は娘に聞いたらしく、彼は信二がホールで「黒の女」と強引にダンスをしようとしたその粗暴を怒って、少尉を殴りに表に出たのだと理解していた。

「ちがう」と信二はいった。「そんなんじゃない」

「じゃなぜお前はおれに便所に行く、なんていった？　便所に行かなかったことは娘に聞いているさ。娘、あの、きれいになる前のシンデレラみたいな娘さ」安達は皮肉に鼻でわらった。「あんなやつのために喧嘩したことになっちまって、ばかなやつだ」

「だれのためでもない、喧嘩は、自分のためにしたんだ」濡れたハンカチで鼻を冷やしながら、信二はいった。

「ふん、理窟屋め、よくあの伍長に殴りかけなかったな」

それを頭に描いたことがないとはいえなかった。信二はだまりこんだ。「おれはお前の内ポケットをみたよ」安達はいった。「え？　坊や。なんでお前あんなに持ってあるいてんだい？」

信二は顔色がかわっていた。「ふん、あのパンパンでも買うつもりだったのかい？　あの『黒の女』をさ」

答えられなかった。安達の声が低くなった。「……なんでえ、図星なのか」間を置いて、もう一度安達はいった。「そんなに好きなのか？　あの女が」

三日目には鼻は癒っていた。夕方になって、信二は荻村の家に行った。そこに安達がいた。応接間で、安達は外套を着ていた。

「坊や、もういいんだ」大きな風呂敷包みをかつぎあげようとする信二に、安達が声をかけた。「キャバレエには、おれが持って行くから」

「どうして？」信二は二人を交互にみた。

「やめてもらうことになったよ」と、荻村がいった。「さっき、きまったんだ」

「……まだ都合がある」と、信二はいった。

荻村は困った顔をつくった。「兄貴が、どうしてもやめさせてくれ、っていってるんだ」

「でも、僕はまだ少し……」

「都合がわるいっていうが、その都合を小畑は金だと思ってるぜ、ちがうのかい？」安達はその客間のピアノの前に行って坐った。「おれも、坊やにやめてもらいたいな」

「どうして？」信二はくりかえした。

「どうしてって、事情がどうであれ、兵隊と悶着をおこされたらたまらねえ。運がわるいんだと思ってくれ」

「さいわい、」安達は革スリッパの脚をぶらぶらさせながらつづけた。「こないだのやつはまあ、相手が名乗りをあげてくれなかったからいいけど、こっちとしちゃもう坊やはつれて行けない」

「殴られただけです、一方的にこっちが」と信二はいった。

「かかって行ったのは忘れたのか？」

「……もうあんな馬鹿なことはしません。ぜったいにしません」唇を嚙み、信二は低くくりかえした。

「もう、なにもしない」

安達はとりあわなかった。荻村は外出の黒い背広に着替えていた。彼はなにもいわなかった。ソファから立ち上ると、部屋を出て行った。

「……ドラムの稽古も止めよう。な?」とやさしく安達はいった。「坊やが、ドラムをたいして好きじゃないのもわかったのさ」

信二は、固い表情でピアノの上の花瓶にいっぱいの、黄と白の大輪の菊をみていた。「……これ」かえってきた荻村が白いセロテープを貼った封筒をわたした。「退職金、小畑信二様」と、表に安達の下手くそなペンの字が書かれていた。

「入れちがいになるかと思って、母に預けといたんだけどね」と、荻村はいった。

こまかな皺を寄せて池を風がわたった。よく見ると、睡蓮の葉かげの古い水に、一匹の緋鯉が沈んでいた。緋鯉は停っていた。

あの娘は、おれの怒った無理じいのキスのことを、安達にいわなかったのかな。信二はそんなことを思ってみた。おれもいいたくはなかったから黙っていた。でも、もう遅すぎるし、そんなことはどうでもいい。あれはただの唇のおしつけあいにすぎなかった。娘の感情についても、仕方ないなとだけぼんやりと彼は思った。

ヴェランダで、幼い少女と少年が人形であそんでいた。甲高い声をあげて、その五歳くらいの少年がよく刈り込んだ芝の庭に下りる。姉らしい八歳くらいの少女が、腕をあげてそれを招く。おどろくほど白い色の腕だった。外人の子供たちはそろって金いろの髪をしている。はしゃいで少年が地面を左右に走りまわる。

少年は紺の縞のシャツに半ズボンで、少女は白い服に真赤な肩掛けをしていた。背広の外人の紳士が部屋を出てきた。信二に笑顔でうなずいてみせると、紳士は庭に下りて、笹のかげでころびそうになった少年をうしろから助けおこし、腕に抱いた。少女がなにかをいい、裸の梢をふるわせている銀杏の方を指さす。少女はその方に走り出した。影が落ちる。少年を抱いた紳士はかがんでその影を拾い、右の腕に持った。影とみえたものは赤い肩掛けだった。紳士は少女を追って池の向う側へと走った。

信二は立ち上った。日射しが柔かくおとろえてきていた。門に足を向けて、彼は自分がいま、まったくすることをもっていないのに気づいた。新しいアルバイトを探さなくちゃあ、と彼は思った。つややかな赤い実を飾っている灌木の前を抜けて、彼は歩いて行った。

兄たちの楽団は茅ケ崎に行くのをやめ、相かわらず横浜のキャバレエを根城にして、立川、朝霞や、麻布の騎兵旅団などをまわっていた。兄はめったに家にかえってくることもなかった。すでに夏に入ったある夜、明け方に帰ってきた兄が安達の死を知らせた。座間のオフィサー・

クラブで、彼は兵士の一人に殴り倒されスチームの太い鉄管で頭を打ち、一瞬意識をなくしたのだという。「だいじょぶだ」と本人がいうのでそのままトラックで東京に向ったのだが、そのうち意識が消え、病院へ運びこんだときはすでに完全に死亡していた。「トラックから振りおとされたことにしたさ、その方がどうせならまだ諦めもつくだろうからな、あいつの姉さんにしたって」と、兄はいった。

信二が数ヵ月ぶりでバンド・マンたちに逢ったのは、安達の通夜の夜だった。深夜すぎに楽団員たちが二台のタクシーで川崎の安達の家に着いた。彼らは、それまでは仕事だった。

「よう坊や、久しぶりだなあ」小林が、まだ独身の安達の姉の出す座蒲団に腰を下ろしながらいった。「あの茅ケ崎いらいだろう?」

「おれたちもこのごろ茅ケ崎には行かないけど」小林は親しげに信二のそばにやってきてしゃべった。彼の呼吸にはかすかに酒の匂いがした。「なんでも、このごろじゃ夕方まで、辻堂寄りの海岸で上陸用舟艇の訓練をしてるってよ」

「敵前上陸の?」と信二は訊いた。朝鮮での戦争がはじまり、やがてひと月がたとうとしていた。

「タンクをのっけて?」と彼はいった。

「さあ、そこまで聞いてないさ。でも、なんでもまるで映画みたいだっていうぞ。こう、正面が四角くって、平たい板のさ、海のいろをした舟艇でさ、A3とかなんとか、そこだけは白くはっきりと字が書かれている、あれが猛烈なスピードで接岸したり待避したり、江ノ島のみえる海でぐるぐるまっ白な波を蹴たてて演習をやってるんだってよ。いいねえ。あの板は、接岸すると同時に前に倒れるようにできているんだ」

「小林さん、戦争に行ってたのかい」と信二はいった。

「よしてくれよ、荻村やあんたの兄貴と同い年だぜ、こうみえても」小林はくさったように口をまげた。「じょうだんじゃない、おれたちのなかで戦争を知ってるのは、ダーチーだけだよ」

「ダーチーが?」

「そうさ、やつはあれでポツダム中尉なんだぜ」

信二は知らなかった。小林はあわてた顔になり、話をもとに戻した。「空には飛行機が舞ってる。沖には駆逐艦がずらり。ちょっといいなあ、おりゃ戦争ってやつは好きだな。ひりひりするくらい、あのころがなつかしいね。なんてったって、毎日がひどく充実していた」

ふと信二は、小林と同じように、戦争をどこかでもとめている自分を感じていた。真紅の血が自分の胸にあざやかに散る想像には、ふしぎに鮮烈な感動があるのだった。六月二十五日以来、信二はおそれながら待ちつづけていた。

一つの季節がすでにはっきりと背を向けたのを彼はかんじていた。バズーカ砲、F86F、ミグ15型。アメリカの弱さは意外だった。なにか容易ならぬ変化がおころうとしている。彼は、途方もなく厚い雲が、道の曲り角から突然姿をあらわしたようにその動乱を意識していた。かならず戦争はおこるだろう、そう彼は判断していた。感情には、たしかに期待もまざっていた。

彼は戦争の夢ばかりをみた。異常事、——その、自分が完全に単独な存在でしかない事実のまま動きうる状況は、恐怖のそれであるとともにどこか彼の夢の世界にも似ていた。それは青空が地上に降りてきたみたいに、清潔で、眩しく、正確に人びとがそれぞれ単独であること以外にありえない、純粋な世界、原型の世界なのだ。

「でもなあ」と、青木がいった。「茅ケ崎のキャムプも、いまは黒ちゃんや韓国兵が多いってな、夜な夜な望郷の黒人霊歌や、うら悲しい朝鮮民謡の哀調がきこえてくるっていう話だ、戦争はどうでもかまわねえが、おれはあの陽気なキャムプがなつかしいな、なんてったって朗らかで、わりかた質が良かった」

「じゃ、あそこの米軍は？」訊いたのは荻村だった。

小林が答えた。「出征しちまったってよ、ぜんぶ。いまじゃ白ちゃんは教官だけだ。友達の話じゃ」

だまって香を絶やさないようにしていた兄とつれだち、信二は一番電車で大森の家に帰った。電車にはまだ明りが灯っていた。

「女たちは、どうしているだろうね」

「さあ、……ついて行くやつも多いらしいね、小倉や福岡では、間借り代がピンとはねあがったってさ」兄は水いろに明けて行く空をみていた。虧《か》けた月が空の中ほどにあって、色の浅くなった東の空の涯で、美しい淡い紅と青が、煙突の立ちならぶ地平から離れようとしていた。

「おれ、バンドをやめようかとも思うよ」と兄はいった。「どうも、おれはあの商売に向いてないような気がする」

「……そうかもわからないね」信二は、だが兄や安達やのことを思っていたのではなかった。「黒の女」は、けっして彼の内部からはなれていたのではなかった。

そのころ彼のみつけていたアルバイトは、家庭教師と週一度のメッセンジャー・ボーイだった。会社の試作品や重要な書類などを、大阪や京都やの支社とか本社などに、直接汽車にゆられて運んで行く。仕事は、銀座裏の縦にばかり細長いビルの四階にのぼって行き、そこで顔の蒼黄いろい中年の男から受けとればよかった。「黒の女」はきっと九州にいる。信二はそれを信じていた。彼は仕事の行先きを訊くたびにだから落胆した。レシートの目的地は名古屋か、せいぜい関西かに限られていたのだった。彼の満十八の誕生日が過ぎて行った。兄はバンドをやめなかった。名古屋行きの仕事がきた。信二は名古屋で返信を横浜の本店に送るのを依頼された。代金は千円で、これはビルの男にだまっていればよかった。

彼はその商社の宿直室にひと晩泊った。あくる日、横浜には午後についた。桜木町駅の改札口を出ようとして、信二は、そして思いがけず、半年ぶりで「黒の女」をみたのだった。

国勢調査やさまざまな催し物、いくつかのなんとか週間やらが重なって、賑わしくすぎたその月の終りだった。久しぶりに横浜の空気を嗅ぎ、秋の澄んだ空を列車の窓から眺めながら、彼は「黒の女」に向って出発したのにすぎなかったあの日を、それから駈けるように去った、しかし長い一年を、自分のなかに感じとることができた。一年、と彼は思った。ちょうど一年。彼はその一年の重みを肩に受けて、自分がかぎりなく地の下に沈みかけているような気がした。「黒の女」は、果実の中のむしばまれた核のように、自分のなかで固くくろく、果肉に喰い入ったまま凝固しかけている。肩をふって、窓から眼をもどすと、彼は単調な送信筒のような仕事のなかの自分にかえっていた。電車はホームに走りこんだ。信二は人波にもまれながら改札口を通った。

天井のたかいドームは薄暗かった。正面に駅への入口のいくつかの穹窿《きゅうりゅう》形に切り取られて、あふれ出すように明るい青空が光っている。客はまぶしいその光を背負って入ってきた。そのなかに花の群落のようにかたまり、けばけばしい色彩の女たちがまざっていた。なにかを大声でいいあったり、笑ったりして歩いてくる。ひと目でそれとわかる職業の元気な女たちは、それぞれ手に大きなトランクやスーツ・ケースをつかんでいた。なにげなく見た信二の目がとまった。右の端をあるく女だった。

信二は目をこらした。彼は胸がからになった。それがあの「黒の女」だった。

女は、派手なチェックのスーツ・ケースを持ち、明るい緑いろの服の肩に、細かな毛穴のある黄のショールダー・バッグをひっかけて大股に歩いていた。ガムを嚙んでいる。

屈託のない表情で女は周囲に目を向けなかった。信二は立ちつくした。女はいちだんと背が高く、美しくて、潑剌としていた。信じられなかった。

だが、やはりまちがいではなかった。見おぼえのある真珠の首飾りが、ながい首のしたに巻かれている。眦のあがった眼と、白い小さな頤があった。

「坊や、あんた、……坊やじゃない？」

背の低い毒々しい唇が声をかけた。茅ケ崎で、一二度煙草を売りつけようとした女だった。ほかの女たちの顔も思い出した。もう、間違いはなかった。

「いやあ、たしかに坊やだよう、すっかり大人っぽくなっちまって……あんた、いまどこの仕事してんの? このへんのキャバレエに出てんのかい?」

「……バンドはやめたよ」と、信二はやっといった。女は一人だけ立ちどまって、ガムを嚙みながらなれなれしく笑いかけた。

「いまなにしてんのさあ、坊や」

「君たちこそ、なにをしている」

立ちばなしの恰好をつくりながら、ようやく落着きをとりもどすのがわかった。信二も笑いかけた。「どこへ行くの？　御旅行かい？」

「なによう、のん気なこといって、御旅行かい、だなんてよう」肩をむき出しにした黄いろいワンピースの女は、ほがらかで、そしてひどく醜かった。「コーリヤでよう、はじまってっだろ？

あたいたちねえ、茅ケ崎がだめになってよ、ここで稼いでたんだけんどよう、さっぱりなんだえ、そいで皆で九州に行くことにしたんだ、あっちは兵隊でいっぱいだってからよう、金も、うんとおとすってからよう」女はトランクを置き、ネッカチーフの風呂敷をゆすり上げた。相模なまりをまる出しにしていた。

「出稼ぎかあ、まあ、うんと儲けな」

かつて自分が女たちに、こんなに親しげに話したことはなかったと信二は思いついた。だが、どうやら、女もそれは忘れていた。

「御連中と、いっしょ？」と、かまわず歩き去る他の女たちに目を投げて信二はいった。「黒の女」は喉をそらせ、蓮っ葉に笑って、一人と高声で話している。「あの端っこの、背の高いの」と信二は赧くなる顔をそむけながらいった。「あいつも？」

「ああ、ユリけえ」女はいった。「仲間よ」

「いつも黒い服を着てたね」女が思い出したようにうなずくのを横目でみて、彼はいった。「いつもいっしょにいたろ？　伍長が」

女は、首をかしげ、「ああ、ヘンダーソンのことけえ、のっぽの、眼鏡かけた、ブロンド」そしてすぐにつづけた。「死んじまったよう、コーリヤで。まっさきによ」

女は、朗らかな表情をかえなかった。改札口をすぎたところにたまる仲間をみて、顚をしゃくった。「あのユリのやつよう、ありゃふんとは仲間じゃないだだ、器量がいくって、ここでもうんと稼いでただ。ヘンダーソンもしゃぶりつくしたしよう」女は、ふと田舎者らしく真剣な顔で声をひそめた。

「ありゃよう、大きい声でいえねっけど、ああみえてひでえ慾ばりでよう、儲けがいいっせばどこへだって飛んで行くよ。ほんとだ」

「からだをたいせつにね」と信二はいった。

手をふり、女は風船のように張った尻を振って改札口に駈けて行った。賑やかな仲間たちと合流したその女に、そして女たちに、群衆は好奇か軽蔑かの視線しか投げなかった。信二は女の親しげな多弁の意味を思った。女は、おれに一種の身内をみていたのだろう。女はへだてない信二の笑顔に、まるで数少ない仲間にめぐりあったような貴重な気やすさを愉しんでいたのかも知れなかった。

信二はだが、すでにその群衆とかわらない目の自分をかんじていた。彼はもはやその女たちになんの連繋ももたなかった。

だが、とそうぞうしい市電に揺られかけて、彼は気づいた。「黒の女」は元気だった。若く、張り切ったなめらかな肌も綺麗だった。眼蓋にも皺ひとつなく、彼女は充分に健康でぴちぴちとしていた。顔も想像していたより、はるかに美しかったといってもいい。だが、それこそがおれの幻滅の真の理由ではないのか。ユリがせいぜい二十一か二の若さで、そして、潑剌としていたその事実が。

ユリが、もし想像どおりの姿であったならば、あの黄いろの服の女のおしゃべりは、おれに悲しみと徒労の味わいだけをのこして「黒の女」をころしたろう。だがユリは、おれの「黒の女」ではなかった。いわば別人でしかなかった。「黒の女」は無きずなのだ。

「そんなに好きなのか？　あの女が」ふと、彼は茅ケ崎での、安達の狡そうな微笑を思いうかべた。ただひとり信二の「黒の女」への偏執を知っていた人間、それも死んでしまっている。いま、彼はひとりだった。あの「黒の女」にたいし、彼にはもはや仲間も敵もなかった。信二は兄やかつてのバンドの連中やがいる、横浜駅前のキャバレエに、あとで寄ってみようと思いついた。安達をもっと思い出したかった。……怒ったように、強い眼眸で彼は汚れた市電の床を見ていた。

海に近い商社に行き用をすませ、彼は市電で横浜駅に向った。階段を降りて行くと、白服のボーイがクリーナーで黒い絨毯をこすっていた。信二は奥のステージに登って行った。

「めずらしいね」編曲を考えていたのらしい荻村が振りかえった。「どういう風の吹きまわしだ」

「みんな、まだなんですか？」と彼はいった。

「うん、兄貴もまだなようだな、でも二三人は来てるだろう」

「ふうん、もうドラムが置いてあるね」

彼は寄って行った。「なんだい、ネジがゆるんでらあ、これじゃ音が甘いよ」

「新米でね」と荻村はいった。「メンバーはほとんど新米でね、苦労するよ」

もとのメンバーで残っているのは、兄とクラリネットの中溝だけになってしまったことは兄もいった。「たいへんですね」と彼はいった。

「ダーチーがいてくれりゃ、締まっていたのになあ」荻村は兄と同じことをいった。

「そうですかね」

信二は、彼らにとってのダーチーには興味が湧かなかった。彼はいった。「たたいてみようかなあ、久しぶりに。いいですか?」

不透明な飴いろの革の感触が、彼を刺戟していた。

「いいだろう、かまやしない」

「ダム・ビート!」と彼は叫んだ。思いきりスティックをたたきつけた。調子が出ない。上着をとってくりかえした。「ダム・ビート!」

ダム・ビート。半身を倒してたたきながら、信二はそう叫んだ安達を想っていた。ドラムの第一発。彼はドラムに自分を托していた。おれはおれのダム・ビートをいまだにたたきおわってはいない。

信二はスティックをサイド・ドラムに投りなげた。スティックはただのいらだたしげな騒音をしか生まなかった。彼は苦く笑った。「だめです」と彼はいった。「前よりも下手になった。そう思うでしょう」

荻村は笑った。なにも答えなかった。信二は立ち上った。ドラムもまたおれを拒んでいる。

おれを遺棄する、と彼は思った。彼はそのまま表に出た。

短い地下にいたあいだに、光が急速に弱まってきているのがわかった。光はたしかに透明で重量感のない秋のそれだったが、でもすでに眩しさも軽快さもなくしている。いつのまにか街は夕暮れようとしていた。

信二は駅のホームに上って行った。遠距離のホームに、緑いろの作戦衣をつけ、銃や袋を肩にかけた、一見して朝鮮行きとわかる米軍の兵士たちが溢れていた。兵士たちは煙草を吸い、だらしなくホームにしゃがみこんだりして、となりのホームにいる若い娘たちに口笛を吹いたりする。娘は娼婦たちではなかった。

いかに戦況が好転しているとはいえ、それは戦場にのぞむ人びとの群れとは見えなかった。よく磨かれた銃は、鈍い光沢を放っていた。やつらは人ごろしに出かけて行く。信二はそう思ってみた。兎や鴨をうつみたいに、平たい顔の朝鮮の兵士たちをあの銃が殺して行く。そしてやつらの幾人かは、北鮮軍とのその闘いで永久に消えてなくなる。ひとに指揮をとられて、狩猟のように人ごろしをするのも悪くないな。彼は笑い、靴でホームを蹴った。他人にたいする態度というものは、どうせ従うか、争うかしかないのだ。……遠くの線路を、急行のようなスピードで貨物列車が走り抜けるのが眺められた。長い貨物列車だった。迷彩のほどこされたシーツにおおわれていくつもつづくうずくまった象のような形は、砲身の長い戦車だった。五台目ごとに一人の鉄兜をつけた兵士が立ち、手をふって通り抜けて行く頰の赤い兵士もいた。銀いろの翼を蟬のように折りたたんだ飛行機がつづいて行く。信二はその銀翼がきらきらと日本の上空に照り映える日も間近いのだと思った。戦争はおこるにきまっている。

どうでもいい、と彼は心の中でいった。どっちでも、かまやしない。朝鮮ではアメリカ軍は勢いを盛りかえしてきていた。マッカーサーは一挙に敵軍を殲滅すると豪語し、しかし信二には、戦争が日本に波及しない日を予想しての心の準備をすることはできなかった。信二は、あてどなくホームを往復して、出陣して行く米軍の兵士たちの列を見ていた。笑い声がおこり、口々にガムを嚙んだ彼らは、たがいに話しあってまた笑った。笑いの原因は、こちら側のホームを這いずるように歩いて行く、一人の乞食のような汚れた風態の老婆にあるらしい様子だった。「ヘイ!」線路ごしに、兵士たちのひとりがチョコレートをほうった。それが老婆の前に落ちた。老婆は濁った目で兵士たちのホームをみて、それを拾い、肩にかけた袋にひょいと入れる。また歩き出そうとする。「ヘイ!」「ヘイ!」兵士たちはわれもわれもとキャンデイや煙草までを老婆にほうり投げた。ワインド・アップをしてぶつける目的のように速く投げる者もあった。丸刈りの日にやけた跣《はだし》の少年たちが、蟻のようにたかり拾いはじめた。

信二はただ、濃いそばかすのういた桃いろの肌の連中、大きな掌、長い脚と透きとおったガラス玉のような眼とをもった連中、それら異質の動物たちの人生、そして方法が、けっして彼の皮膚の内側には入ってこないことだけを感じていた。彼はもはや、彼らにそれ以上の関心をもたなかった。

彼は兵士たちに背を向け、重く光のよどみはじめた西の空をみつめた。彼はそこに落日をみようとしていた。彼の切望そのものに見入るように、赤く映えて空を降るそのかがやきをみたいと思っていた。

〔1958（昭和33）年8月「文學界」初出〕

海の告発

1

忘れることは、人間が生きるためには必要なことなのかもしれない、と私はときどき思ったりする。だが、忘れたからといって、それからすっかり解放されてしまうわけではない。あるものは記憶の襞のうちにかくれたまま、こっそりとなにかを指し、なにかを告発しつづけている。たいていの人びとにはいくつかのそのような未整理の記憶がある。そして、ときにはごくつまらないきっかけから、それに直面しなくてはならなくなる。

いま、私が書こうとしているのも、けっして大きな事件ではない。ある初夏の東京各紙の朝刊の社会面に、それは二段ほどの見出しで報じられて、せいぜいその日くらいは一部の話題を賑わせたかもしれなかったが、そのまま人びとの視界からは消えてしまった。つまり、毎日くりかえされ、見直されることもない他の無数の小さな出来事とおなじ道をたどったのである。関係者の名前は、二度と新聞紙上に出なかったし、たぶん、これからも書かれることはあるまい。私の事件への関心は、はじめは単に社会部の一遊軍記者としての、あたえられた仕事へのそれにすぎなかった。が、洗って行くにしたがい、いつのまにか興味が次第に深みへとはまりこんで、私は仕事の暇をみつけてはそれをしらべ、歩きまわった。もちろん、途中からは記事にする目的もなくしていて、理由は個人的なものでしかなかった。私のような職業の者としては、一種異常な、ばかげたこだわりかたを私はしたのだ。

記憶のいい読者は、あるいはまだ憶えていられるかもしれない。昭和……年六月十六日、一人の人妻が大島からの巡航汽船の甲板で、生後七ヵ月の嬰児を海に放り、もう一人の女の子を抱えあげて、同様に海に放り捨てようとして制止され、捕えられた。嬰児の死体は結局みつけられなかった。

「母子心中未遂か。――嬰児を海に捨てる」翌日の新聞には、そういう見出しで大要次のように書かれている。「十六日午後七時四十分ごろ、東海汽船橘丸が大島から東京に向う途中、後部甲板から、杉並区円山町××公務員松尾浩一さん（三二）妻さと子（二四）は、二女登志子ちゃん（七ヵ月）を突然海へ放りなげた。付近にいた乗客、船員が協力して、つづいて長女能里子ちゃん（三歳）を抱えあげ海へ投げこもうとしているさと子をとりおさえた。同女は母子三人だけで大島に一泊旅行をしてきた帰りで、原因は不明。母子心中の未遂かと見られている。」

記事はその他に目撃者の談話がある。だが、それはとりたてて書くに価いしない。その江戸川の化粧品店主（四五）は、ただ、あっと思って駈けつけてとりおさえた。女は力がつよく、一人ではとうてい抱きとめられないかと思った、とだけしか語ってはいない。

ずっとあとになって、私は放水路の近くにあるその小さな化粧品店をたずねた。ひどく暑い午後で、私は白のアロハを着て近くの鋳物工場で続きものの取材をしてきた帰りだった。手帖を出し細くうねる舗装された道を番地を見ながら歩いて行き、見あげると電柱にコマタ化粧品店と赤いペンキの字が書かれていた。

二間ほどの狭い店の中から、五六歳の男の子が、モチをつけた竹竿をそっと抜き出すようにして出てきて、そのまま空のひろい放水路のほうに駈けて行った。店をのぞきこむと、薄暗いガラス・ケースの向うに、見えがくれしながらよく禿げた頭が動いていた。

私は声をかけた。男は名刺をガラス・ケースの上においてくれといった。小柄で実直そうな男で、彼は満足げな表情でモチのついた掌をバケツで洗っていた。それが四十五歳の化粧品店主だった。

質問にとりかかると、だが、とたんに彼は鼻腔をふくらませて、気負いこんだような、赤い、苦々しげな顔になった。質問の口調が悪かったか、と私は思ったのだったが、それはどうやら見当がちがっていた。

「ありゃあね、ありゃ、ぜんぜん母子心中なんかじゃありませんよ。どうしてあんな記事をのっけたんです？　私は、あのときはそうはっきりと新聞の人にいったはずだ」

さも不満そうに、やせた店主は私にくってかかった。手の水を切ると腰の手拭いでていねいに指の股までを拭いながら、ケースのうしろの木の椅子に半ズボンの尻を下ろした。

「あの女は、自分は死ぬつもりなんかてんでありませんでしたよ」と、彼は私を見上げながらしゃべった。「あわてて、私が抱きとめて、なにをするんだってどなると、あの女は、ひどく冷たい、ぞっとするような、蛇みたいな目で私をみつめたんだ。私はでも夢中で、子供を捨てるなんて、死ぬつもりか、ばかな、不心得はやめなさいって、そういったんだが、するとね、女は、あんた、どういったと思いますね。私、死ぬつもりなんかじゃありません。——ふつうの声であんた、さも意外そうにそういったんです。これはほんとなんだ。心中なんかじゃありゃしない。本人には死ぬ気なんかこれっぱかりもなかったんだ。鬼みたいな女ですよ、腹を痛めた子を、それも二人も、海へほかそうと思うなんて」

早口で話すうちに、男はだんだんとそのときの感情がよみがえってくるのか、忿懣やるかたないといった顔になって、額の上のほうまで赤くなった。私は黙ったままうなずくほかはなかった。だが、そのとき、私はそんなにも男を不機嫌にさせているその事実に、さしておどろいたわけではなかった。

私は、すでにその事件につき相当にしらべていて、あの夜松尾さと子に死ぬ意志のなかったのを予想していた。

「……まったく、あんな女がこの世の中にいるものかね。ありゃあ、狂人だね」男は泡のたまった薄い唇を手の甲で拭い、煙草に火を灯した。男は話し好きの様子だったが、興奮しやすい性質らしくて、指がこまかくふるえていた。私は訊ねた。

「狂人みたいでしたか？　あの女は。あなたが抱きとめたとき」

「みたいでしたかって、あんた」男は抗弁のような口調でしゃべりかけて、口ごもった。「ま、そういやあ、へんに冷静でね、皆も呆れていたがね。でも、あんなとき普通のままでいるってこと自体が、どだいおかしなことじゃないですかね」

「それはそうですよね」私は右の親指の腹で手帖の頁をこすった。手帖には、松尾さと子、知能指数一二七、耗弱、偏向、障害ハ認メラレズ、潜在性精神分裂症ノ症状ナシ。精神常態者ト認メラレル。と誌してある。前日の公判で控えてきた医師の証言であった。

「とにかくねえ」禿げ頭の男は、骨に貼りついた薄い頬の肉をひきつらせるようにして笑った。「とにかく、考えてごらんなさい。正気の人間のできることですかね、あれが」

店に走りこんできた十歳くらいの髪の毛の茶っぽい女の子が、ケースに手をかけて不審そうに私の顔を見上げた。「とうちゃん、クニ子がねえ」と女の子はその化粧品店主にいい、干し固めたような小さな円顔の男は、不快げにバットの灰を眼の前の灰皿にたたき落し、「うるせえ、あっち行ってな」と低くいった。笑い出したくなるほど父親とそっくりの顔をした女の子は、びっくりしてすぐに逃げて行った。舌打ちをし、男はガラス板にのこった小さな指の痕を、息を吐きかけてていねいに手拭いで拭きはじめた。

「だいたい、子供をつれて、あの女はなにをしに大島になんか行っていたんですか。御主人だっていたんでしょう。その、主人を、置いてけぼりにして家をあけて。家出していたんですか、あの女は」と、化粧品店の主人は、怒ったような切り口上で私にたずねた。

たしかに、松尾さと子には夫がいた。そしてさと子の行為も不可解だが、さらにそれを上廻って奇怪なのがその前後の夫の行動であった。

もしかすると、この事件の中心は、その夫の行動であるのかもしれない。それがすべての原因をなしているのかも知れない。すくなくとも、それが彼女を罪に追いやったもっとも明瞭な一つの因子をつくったという事実は、疑うことができない。……ただ、私は、あくまでもさと子に目を向けていきたいと思う。なぜなら、「事件」という名で呼ばれる行為を犯したのは、公務員松尾浩一ではなく、妻さと子であり、私の関心も、つまりは他ならぬその事件に関するものでしかないのだから。

デスクで電話が鳴り、ちょうど宿直の番にあたっていた遊軍の私が円山町のさと子の家へ、事件の報らせかたがた夫の言葉をとりに出向く羽目になった。円山町は私の家の近くであり、勝手はわかっていた。水上署から電話してきた浜田は、私に得意の大声で笑った。「おめえはチョンガだからな、ふらふらっと里心がつくってこともねえだろ」

もう、九時にちかい時刻で、私は社の自動車を使った。それが、私がこの事件にふれた最初だった。

円山町は中流の住宅地で、国電の駅から徒歩で十分ぐらいのところにある。ひっそりとした同じような構えの家が、縦横に人の背丈ほどの生垣に区切られて暗く密集しているあたりで、××番地はすぐわかった。だが、松尾浩一の表札の出た低い門は閂《かんぬき》がかかっていて、潜り戸も開かなかった。私は生垣を飛び越え、大声で呼んだが、玄関にも勝手口にも厳重に鍵がかかり、家はしんとして人のいる気配がなかった。私は舌打ちした。電話はないはずだったし、連絡があって松尾浩一があわてて水上署に駈けつけたにせよ、早すぎると思った。私は近くの交番に車をまわし、そこで意外なことを耳にしたのである。夫・松尾浩一はちょうど一週間前に失踪して、妻さと子の名で正式の捜索願いが出されていた。

家出していたのは夫のほうであった。私はその報告だけをもって社にかえった。が、そのことは翌日の新聞にはのらなかった。——おそらく、それは締切り間際の組みの都合とかなにかの理由で、そんな他愛ない偶然によって落とされたのだろう。夫の家出中におこった事件などというのは数多いし、それだけに重要さが認められなかったのかもしれない。いずれにせよ、大した事件ではなかったのだ。

翌日は厚ぼったい白く光る雲が空を蔽い、蒸暑いいやな天気だった。私はその日のことをよく憶えている。宿直あけの十一時ちかく、私は社を出て近くの小さな喫茶店の階段を上った。いつも、なんとなく空虚な、それでいて明るい、ただ口の中だけが煙草の吸いすぎのようにざらざらと荒れたとらえどころのない気持ちのまま、私はよくそこに濃い珈琲を飲みに行くのである。そこに、浜田が来た。

「昨夜は、どうも御苦労さん」とどなるような大声で彼はいった。

「え?」と私はカウンターに両肱を突いたままで答えた。私は、すっかり昨夜のことを忘れていた。

「なんだ、またミイちゃんを口説いてんのか、仕方のねえ野郎だ」よく肥った浜田はあたりの空気を吹きとばすように哄笑して、私のとなりに大きな円い尻を寄せた。「昨夜のあれ、ほら、東海汽船から子供を海へほうりこんだオバちゃんのこったよ。すまなかったな」

「ああ、あれかい」いいかける私の言葉を待ちもせずに、タオルで顔を拭くと浜田はまたどなるような声でいった。「おら、へんな気がしちゃった。あのオバちゃん、子供をなくしてな、べつに悲しんだりゲッソリしてるわけでもねえみたいなのさ。水上署でちらっと見たんだけどさ、なにかさっぱりとしたね、予定の行動で、やっと一仕事すませました、って顔をしてやがんだ。呆れちゃったよ」

三保子が珈琲を差し出しながらいった。「大きな声ねえ、耳ががんがんしちゃうわ」

「へっへ」浜田は笑った。「すみませんねえ」

「ふしぎね、そのくせハマさんの話ったら、いつもなんの話だかよくわからないの。なんの話？」

「なあにね、この男にね」浜田は分厚い掌で私の背をたたいた。「ケイソツに俺みたいにね、ヨメさんなんか貰うんじゃないの、って話をしてたの、女は、おっかないよう、まったく、魔物だからなっていうおハナシ」

それ以上、浜田は松尾さと子についてはいわなかった。億劫で、私もまたなにもいわなかった。夜の海に、女がその嬰児を投げ棄てたという報らせは、たしかに私にしてみれば一つの事件の発端だったのに間違いない。だが、ひと仕事すませた安堵のうかんでいたというその直後の女の顔。——ふと私は考えていたのである。それはもしかしたら一つの帰結、それに向って進行したある事件の、一つの終末ではないのだろうか。女にそれをさせたものは何なのだろう。家出をしているという夫のことを想い、私は、漠然とそれを知りたく思った。茫漠とした、かすかな、黒い小さな渦の目のようなものが私に生れていた。もっとも、その渦はまだ、ほとんどの事件のあとに感じそのままいつのまにか忘れられる、なにか割り切れぬ一つのしこりのようなものにすぎなかったが。

もう一つ、奇妙に鮮やかなその日の喫茶店での記憶がある。浜田が私の不器用な身持ちの固さについてからかい、さっきも三保子を口説いていたようだがどうもお前にはそんな真似は似合わないな、といって大きな笑い声をあげたが、私は彼女となにもしゃべっていたのではなかった。口説く必要はなかった。二三日前の夜、私ははじめて三保子と寝ていたのだ。その後彼女と顔を合わせたのはその日が最初だったが、誰も気づいている気配はなく、三保子もそしらぬ顔でふだんと全く同じようにカウンターで珈琲の加減をみていた。三保子はひとつも愛だとか結婚だとか口走らず、ごく単純な浮気としてかえって私がそのことに意味をみつけるのを、平素どおりの親切と明るく無心な態度とで避けているように思えた。

「すまなかったなあ、せっかく、なんとか頑張ろうとしてたらしいとこを邪魔しちゃって」私が腰を上げると、浜田は上機嫌でそう叫んで、「へっへ」と、またさも嬉しそうに笑みくずれた。「さよならあ」澄んだ三保子の声が、階段を下りようとする私の肩に落ちかかった。「……さよなら。ああ、おれは眠くってしようがないよ」と、私はいった。

私は、おれは上手く一人前の浮気とやらに成功してしまったのだなと思った。足をとられるようなことはありはしないのだな。三保子の顔を想い、おれたちは軽快で、都会的で、うまいこと乾燥してしまっている。なかなかスマートに手ぎわよくやり遂げたのだな、と思った。とたんに、私にふいにはげしい怒りが来た。暗い、屈辱に似た感情がせまく急な階段を下りる私の顔をこわばらせて、私はわざと大げさに、皮肉に唇をゆがめた。私は、自分がある重大なもの、ある真面目な、あるたしかな重みのある感情、自分の底に沈んでいる暗い充実のようなものから、なぜか透明な壁でへだてられている気がした。私はくるしんでいるのではなく、私はそれを認めていた。風に吹かれている街路の上の枯葉のように浮薄だ。なにかを、私たちのただ速度と活気だけに支えられた生活にとっての有害ななにかを、恐怖からおれはすり抜けようとしている、と私は思った。意識的に。本能的に。とにかく、おれはなにかから逃げ、なにかを失くしている。

なんとなく、まっすぐに家にかえる気になれなかった。私は定期を出し、いつも降りる一つ手前の駅で下りた。その二つの駅のあいだに円山町はあり、それに隣接して私の家のある町があった。

ときどき、私はこの経緯をふりかえり考えてみることがあった。もし杉並区円山町が、私の家の近くではなかったなら、もしそれが宿直あけの日ではなかったなら、この事件とはべつに深いつきあいを持つこともなかったろう、と私は思った。たいして面倒だとも思えないていどの距離の近さ、それと宿直あけ。……たぶん、明確にはこの二つが、ふとしたこの二つの偶然が、おれにこの事件をえらび、「洗って」みる最初の実行力をあたえたのだ、と。

松尾さと子が夫の捜索願いを出したのは、正確には六月の九日、火曜日の午前である。私が社名入りの名刺を出し、出された椅子に腰を下ろすと、出てきた昨夜の善良そうな中年の警官は、まるでいい相手をみつけたとでもいうように、多少興奮した感じでとめどもなくしゃべりはじめた。朝刊に報じられたばかりの事件が、彼を刺戟していたのにちがいなかった。

聞くうちに、私は混乱し、はじめてあきらかな興味が湧き上った。私は、急いでいて昨夜とっくりと聞かなかったことを後悔して、いくども眉をしかめたり首をひねったりしながらそれを聞いた。

九日の朝、九時すぎごろだったろうか、と中年の警官はいった。あの奥さんはやってくると、いきなり、夫を逮捕して下さい、といったんだよ。

「夫を逮捕して下さい。あの人は国家のお金を費いこんでしまったんです。早く捕えないと、どこかに逃げてしまうかもわかりません」と、さと子はいった。ふだん着の水いろのワンピースにサンダルをつっかけ、さと子は表情にも声音にも、なんの乱れもなかった。すこし頰が赤く、額の毛をかきあげる手速いしぐさをくりかえすのが内心の緊張を語っていたのかもしれなかったが、私たち警官にしゃべるときへんにギクシャクしちゃう人は多いからねえ、と警官はいった。松尾さと子はじっと警官の目をみつめていた。

「なんですと?」警官はおどろいて聞きかえした。「タイホ?」

「悪いことをしてしまったんです。うちの人が」と、さと子は生真面目な早口でくりかえした。「昨夜から、あの人は帰ってきません。A-省のお金を、四十万円つかいこんでしまった、といっていました。あの人は、昨日の朝、家を出たままです」

松尾浩一はA―省につとめている官吏である。警官は緊張した。さっそくさと子の口述書をとり、署に連絡した。さと子は警官の筆記した書類を読み直すと、万年筆を借りて署名し、エプロンのポケットから判をつまみ出しそれに呼吸を吐きかけて捺印した。それはふだん受取りなどにつかう平凡な小さい小判型の判で、それでいいのだったが、さと子がその必要を知ってかちゃんと用意してきていたことに警官はちょっと気を呑まれた。

『私は右記の（右側の欄に住所が書かれている）所に住んでいます。夫は松尾浩一、三十二歳で、A―省の××課につとめています。俸給は七級の五号で、（当時はまだ現行の給料法ではなかった）他にときどき省の外カク団体の雑誌などに原稿を書き、原稿料をとっていました。

私たちは四年前に結婚しました。見合い結婚です。それからはずっとここに住んでいます。

一昨夜のことです。夫は私に告げたのです。その七日の夜、夫は、僕は公金を四十万円ばかり費いこんじゃったよ、といったのです。「そんなに、なにに使ったの？」といっても返事をしません。笑いもしませんでした。僕は自首する。どうせ、二三日じゅうにはみつかるにきまっているんだ、僕はとってもヘマだからね、と夫はいいました。その夜はそのまま寝たのです。そうして昨日、つまり六月八日の朝、「もしかすると、当分家へかえらないよ」夫はそういって、いつもと同じ七時五十分に家を出ました。心配で、私はバスの停留所まで送りました。きっと自首するのよ、といいました。うん、と夫は答えました。

家族は四人です。夫と私と、長女能里子（三歳）と、次女登志子（当歳）とです。そのときは子供はつれて行きませんでした。停留所は、家のすぐ近くですから。

ですが、昨日一日待っても、警察からなんともいってきません。夫が気おくれしてまだ自首していないのではないか、と私は考えたのです。……』

さっそく連絡したA－省には、すでに開庁して二時間ちかくたっていたが、松尾浩一の姿は見えなかった。では、松尾は月曜の朝いらいどこかに逃走してしまったのか。

××課の松尾浩一の室長は、私学出身のでっぷりした川口良吉という課長である。だがさっそく有楽町のその官庁を訪れた丸の内署のI刑事に、その川口をはじめ、居合わせた課員のすべてがふしぎそうに口をそろえて答えた。松尾浩一は、昨月曜日、勤務時間の最後までずっと官庁でふだんと同様に執務していた。欠勤は今日はじめてのことにすぎず、それもまだ昼休みまえのことであるから、もしかしたら遅刻して彼はやってくるのかも知れない。

その証言はたちまち裏づけが出現した。差し出された松尾浩一のタイム・カードには、昨日の日づけの横に5・06と捺されていて、受付の男はつけ加えた。「あの人は、いつもぶらぶらと散歩に出かけるみたいにあたりを見ながらゆっくり出て行くんですがね、昨日も、べつに変ったところなんてなかったですねえ、さよなら、といってね、こう、拳でソフトをすこしあみだにして出て行きましたが。ええ、昨日。ひとつもかわったところはなかったです」

しかし、I刑事をもっとも混乱させ、怒らせ、ある意味で落胆させ、表情に困らせたこというのは、それではなかった。調査の結果、たちまちそれは判明したのだったが、松尾浩一には、一円の横領の事実さえ認められなかった。

松尾浩一は、出入りの業者と直接に、そして隠密になにかを取引きできるような、そんな位置にいたのではなく、金券にふれる仕事をしていたのでもなかった。彼は技官であり、机に置かれている書類は地方送りの資材や瓲《トン》数や数量の帳簿の他は、ややこしい機械類のそれでしかなかった。抽出しの中には封筒に入って小額の紙幣もまじえた二千いくらかの現金があったが、それは表記されているとおり、代表として彼が課員からとり立てたある技術関係の月刊誌の購読料で、向うからあつめにくる約束のものがまだ果たされていないのにすぎなかった。あまり広くはないその四階の部屋のどこかからは、立ち往生のかたちになったI刑事への、押し殺したかすかな笑い声もおこった。

「全然、疑わしい点はなかったのかな」と、あとになり丸の内署に彼をたずね、私は不精ひげの濃いI刑事の口もとを見つめながら質問した。「たとえば、机の中なんかは?」一見、工場の係長級の貫禄の、肩幅のひろいまだ若いI刑事は、するとだまって手帖を出し、指をなめて頁をくりはじめた。

「机の中にあったのはですねえ」と、三白眼を向けて彼はいった。彼は頰をふくらませて、私の不信用な語調にむっとしていたのかも知れなかった。「省内各課の対抗野球試合の組合せの表。これには一日まえの日曜日の試合の結果までちゃんと書いてあった。それに鼻紙に包んだ十枚一組のエロ写真ね。それにすこしは野球をやったらしいんだな、自分の打率が細かく打点や長打率まで計算してつけてあるメモ。赤鉛筆でマークのついている競輪の新聞。調べたら大穴はないがなかなか確実な予想をしていた。ええと、あとは靴ベラや計算尺や空っぽの仁丹入れ、べつに特別なものはなにもなかったねえ」

どこかで一晩外泊しただけのことだ、これにはきっと女がからんでいる、すべては嫉妬にかられた妻がでたらめな理由で警察の手で夫をつかまえさせ、大いにおそろしいところをみせてやろうと仕組んだ突飛な筋書にすぎない、I刑事はそう思ったというのである。彼はぷりぷりしてA－省の表に出た。

ひでえ女だ。さもなくても忙しいのにえらい迷惑をかけやがって。

――だが、そのことを杉並の警官から伝えられたさと子は、はじめて感情をあらわにして彼に抗弁した。

いいえ。とさと子は涙を拭きながら、爆発するような高い声でいった。私のいったことは本当です。私はだまっていたんですが、ほんとは、見ちゃったんです。それで、どこか遠くへ逃げたのではないか、と今朝私はいったんです。昨日の朝、家を出るときになって、はじめて背広の左の内ポケットが妙に分厚い感じなので、私は見ました。袋にもなにも入れず、千円札がいっぱい入っていました。算えてはみませんけど五、六万円です。私は、それではじめてあの人が悪いことをしたのを信じたんです。競輪？　そんなことは知りません。そんなお金なんて、私知りません。これはほんとなんです。……

玄関の上りがまちに腰を下ろし、警官は途方にくれ、さと子の長いすすり泣きが声を失うのを待ちつづけた。ちょこちょこと長女らしい白服のお河童の女の子が、ゴム輪で括ったような短い脚を動かして出てきて、敷台にぺったりと坐り顔を覆っている母の肩をおさえた。「あッ」ぴくりと肩が慄え、さと子は奇妙なほど狼狽してそう叫んだ。「ああ、……能里ちゃん」さと子はそのまま腕をまわし、女の子を抱きかかえた。三歳の長女は、無言のまま、唇をあけ黒い瞳でじっと警官の顔をながめていた。指で涙のあふれた目をこすって、低い、しかし頑強な声でさと子は執拗にいいつづけた。「ぜったいに、ぜったいに私は嘘なんていっていません。あの人は、いままで一晩だって家をあけたことなんかなかったんです」

警官はだまっていた。彼は、それまではエプロンをつけたただの平凡な家庭の若い主婦にすぎなかったさと子に、はじめて手強い一人の女としての蕊《しん》をかんじていた。「ほんとに、あの人は公金を横領しちゃったんです。そういったんですから」睫を伏せさと子は暗い声音になっていった。土間をみつめ重くうなずいてくりかえした。「女なんか、いないわ、いやしないわ。……あんな気のちっちゃい、ケチンボーな陰気な人。いるもんですか。女なんて」

あたしにも高校に行っている娘があるがね、と、そう中年の警官はつけ加えた。それも、どうせいずれ嫁に行くよ。そしてどこのだれだかわからない男だけを頼りにしていろんな苦労をすることになるんだ。そう思って、あたしはあの奥さんがふと他人ではなくなったような気がしちゃって、急にね、へんに可哀そうな気がしてきてならなかった。

しかし、一日たち、二日たって、事件は杉並の警官やI刑事たちにとっては意外な方向に進んだ。いや、意外にもなんの発展も、終結もみせないまま時がたった、というほうが適切であるかもしれない。あの火曜日はもちろん、翌日も翌々日も松尾浩一はA－省に出庁せず、杉並の自宅にも姿をみせなかった。

I刑事は杉並の警官を同道して松尾の家をたずねた。この若い平刑事は、万一、松尾浩一の屍体でも発見されやしないかと、カンを働かせていたというのである。ちょうど、ある警官が妻の手でバラバラの屍体にされ、行方不明となった事件の記憶がさめぬ頃であった。が、家にはなにひとつそのような兇行を語るような跡が見えない。月曜日、彼が寄贈をうけポケットにねじこんで帰ったというある外郭団体発行の雑誌も、みつからなかった。ただ、その月曜日の朝、さと子がバスの停留所で夫を見送ったという事実を確認した隣家の大学生が、そのとき、さと子がなにか泪ぐんでい、小声でなにごとかしきりにくりかえして、そして夫はなにもいわず、ただうなだれたまま待ちかねるようにしてバスに乗って行った、と証言した。「強情な女でねえ」と、白い開襟シャツの刑事は番茶をあおりながらいった。「絶対に自分のいったことには間違いがない、本当だといってねえ、そして泣くんだなあ。……私は、夫がもしかしたらふいに気が狂って、とてつもないことをしゃべって家を出たんじゃないかとも思ったねえ。とにかく、なぜ妻子のいる家に三日も四日も帰らないか、これがわからないんだ」

ちょうど彼の捜査の日常は、緊張の谷間にあったたし、なにか割り切れぬ気持ちのまま、彼はふたたびA－省に出かけた。もちろん、今度は公金拐帯の被疑者ではなく、行方不明の家出人の調査として。

松尾浩一の机は、ファイルを一時的に二つの隣席に等分に移され、主のない椅子を残している。巨大な省の機構は彼一人の欠けたのなどなんの痛痒もなく、遅滞なくふだんの速度で事務を運転させつづけていた。刑事は、ちょっと「諸行無常という味わい」をかんじた。一つきりのタイプが緩慢にキイを叩いていて、風がゆるやかに窓のガラス板の隅をゆすり、窓はかすかなざわめきを立てている部屋に午後のなめらかな日光を充たしていた。

彼はそこで、同室の一人一人に松尾浩一の精神状態について、平素から異常はなかったか、発狂の前兆のようなものは感じられなかったかと質問した。が、収穫はなかった。隣席の鈴木孝次などはむしろあざわらうようにこう答えた。

「どんな人間にだっておかしなところはありますよね、よく見てけば。しかし、社会の一単位として無事に過ごしているかぎりその人は正常なわけでしょ？　そりゃあの人はかわりもので、一日くらいぶすっとして人と口をきかなかったり、エスペラント語ばかりでしゃべったり、ってこともありましたよ。でもそんなのはこの建物のどこの部屋にもおそらくは一人か二人かはいる種類の、そんな程度の変人だったたってことでしかないしね。とにかく僕の知っている月曜日の五時までは、彼はそんな、そこいらによくいる男の一人でした。その間に彼の内面にどんなことが起きていたか、そんなことについてはだれだって責任のあることはいえやしないですよ。しかも、その後の松尾さんに、どんな突発的なことが起きたか、いったい、だれがなにを想像するしっかりした根拠をもっているというんですかね」

結局、彼はなんの手がかりもみつけられなかった。課長の川口良吉のごときは、よほど面白くなかったらしく、I刑事は唇をゆがめながらいった。明瞭に不愉快な顔を向けてこの平刑事の質問を黙殺した。川口は、松尾夫婦の仲人であったのである。だが、I刑事は、その日まったくの無駄足をふんだのではなかった。

薄暗い廊下に出たとき、背後に跫音がきこえて、彼は「あの、刑事さん」と呼ばれた。振りかえると、背の高い、タイピストらしい黒い上っぱりの女が足をとめた。「あの、お話があるんですが」

それが松尾浩一の「女」だった。奇妙なことに、女は自分から名乗り出たのである。もう四日にもなるでしょ? なんだか心配になってきちゃったんで、と女はまず口をきった。

たしかに「女」はいた。この点、さと子はやはりその可能性を認めておいたほうがよかった。ほらみろ、やっぱり彼女はいた。あんたのいうことはどうも信用ができない。ほんとにあんたは嘘をいってはいないか? 警察をペテンにかけて、それでいいと思っているのか。とさと子は、その日さっそく追究をうけたのである。

その女——同室に勤務する和文タイピスト・三崎幸枝の申立てによれば、関係は主に、出庁前の朝のうちに、中央線沿線の三流ホテルの一室でもたれた。松尾は、君にも子供がほしいといい、ばからしいわ、とてひどく幸枝に嘲笑されたという。金を貰ったことはないが、ホテルの勘定や、ときどき誘ってくれる映画や食事の代金は、いつも彼が払った。紺のリボンを買ってくれたこともあった。

幸枝は大柄だが、まだどこか少女じみた二十歳の色の浅黒い健康そうな女で、ときどきうすら笑いをうかべ考えこむような顔をはさみながら、質問にはすべて答え、わからないときはわからないとはきはきと答えた。彼女は、それが魅力である程度をすこしばかり越えた斜視で、ひどい出っ歯で、若いというほかにはなんの取り得もない女でねえ、とI刑事ははじめて無邪気に金歯をむき出して私に笑った。

しかし、三崎幸枝の言葉によると彼女はこのふた月、松尾浩一とは関係をもたず、省以外の場所で——たとえば喫茶店とか往復の電車の中でさえも、——いっしょになったことがなかった。べつに喧嘩したわけではないが、誘うのはいつも向うからだったし、べつに話をすることもなかった。こんどの失踪にはなんの心当りもない、もちろん松尾さんに家なんて教えてはいないし、月曜日以後は一度も松尾さんを見てはいない、と彼女はいった。

2

初夏の日はまだ落ちてはいなかったが、I刑事と別れたあと、ひろい道に出ると商店の飾窓やネオンには光が入りはじめていた。二条ずつ並んだビルの部屋々々の蛍光燈が白く光っている。夕暮れに近いぬるい風が頰にあたり、私は考えこみながら退社時の雑沓の中を一人でぶらぶらと歩いて行き、あの杉並の交番をたずねた宿直あけの日、ついでに訪問して聞いたK大生の話をふと思いおこした。K大生——それは月曜日、さと子がバスの停留所で、夫を見送ったのを目撃した隣家の長男であったが——は、私にこう語っていた。

「日曜日なんか、よくあのせまい庭の楠から家の廊下の柱との間に、洗濯物を干すビニールの紐をつないで、夫婦でバドミントンをして遊んでいたんですよ。仲の良い夫婦で、僕はへんにそれを強く心に刻みつけたことがあります。今年のお正月、二日の朝でしたが、僕はあの松尾さん夫婦が二人の子供をつれてね、ええ、上のほうは旦那さんが手を引き、下のほうは暖かそうな毛の肩掛けをした和服の奥さんに抱かれて、どっかへ御年始に行くとこだったんでしょうか、仲良く歩いて行くのを見たんですよ、笑いながら。僕はそのとき、『幸福』ってこんなものなのだな、と思いました。たとえ御本人たちがどういおうと、これは『幸福』以外のなにものでもない、『幸福』とは、つまりそうまわりから認められることなんだな。それに、いかにも新年らしい、佳い風景だったですしね、なんか感動的に僕はそれを憶えちゃってるんです……。和服のときは、いつもきっちりと襟を合わせていてね。きれい好きないい奥さんだって、うちの母もよくいっていました」

つまり、おそらくは松尾夫婦は、典型的な、どこでもざらにある、小市民の、平凡で、「幸福」な夫婦だった。子供も二人あった。生活も、一般の水準とくらべ苦しかったとは考えられない。私は、冷たい風のようなものがするどく内部を吹き過ぎるのを感じた。いずれにせよ、夫は失踪してしまったのだ。そのわけのわからない夫の突然の行方不明、それが、なぜ、彼女にだけおこったのだ。なぜ彼女のみにおこり、なぜ他の者におこらないのだ。他の人びとにおこらない理由はどこにあるのだ。

……つづいて、そのとき私の内部のくらい奥深くに、ふいに身をもたげてきたある感情、それを私はいま、すこし気恥ずかしいが怒りと名づけようと思う。「社会」というものへの怒りだった、といってみようと思う。

実際、私は敵意にみちた睨むような眼眸で街をながめ直していた。その街路に氾濫する、私をおしつつみ、私をもみくちゃにし、どよめきながら笑いさざめいて動いて行く不気味な海のような群衆、その体熱、その明朗、その圧力のようなものを私は全身に感じていた。

この正常な人びとの渦巻き、と私は思ったのだ。正常さという人びとの鎧っている曖昧な、幻影に似た、伝説のような、それでいて不可侵の規約。その集積。その人びとのつくりあげた正常な社会というもの。松尾夫婦の行為は、この正常な虚構そのものの圧力に押しつぶされようとしての、それぞれの叫びのようなものではなかったのか。私たちにできることは、はたしてそれを嘲笑し、黙殺し、目をそらすことだけだろうか。その叫びを、正確に聞きとってみたいという衝動が、はげしく私をとらえたのはそのときであった。

晴れた宵で、社にかえるために横断しようとして車の切れめを待つ銀座通りはだいぶ暗くなってきていた。明るいウィンドウからの光が雑沓の顔を照らし、腕をむき出しにした男女たちが賑やかに笑いながら川のような音を立てて歩いて行く。人びとは、私を含めて、みなそれが地面のつもりで、それぞれ舗装された道の上を歩いているのでしかないのだ。夫の失踪などという突発事は、われわれには起らないかもしれない。しかし、起るかもしれない。われわれは、いつその舗装道路を見失い、それから足を踏みはずすか知れない。いつ、どんなきっかけでそれを奪われてしまうか知れない。虚構からふり落とされ、裸の大地にじかにふれねばならなくなるか知れない。

私は、肩を固くして歩いて行った。私には、群衆が、そのままおそろしい危険な動物たちのように見えてきたのではなかった。いつその危険な動物になるかわからない危険に、そして、そのなにを犯すかもわからぬという危険に、均等に、なんの備えもなくさらされている彼らを、そして自分を、私はかんじていたのだった。

松尾浩一は、おそらく死んでいるのだろう、と私は思った。人知れぬ山の奥か、水の中で、彼だけの秘密を抱いたままもはや朽ち果てているのだろう。だが、その私の予想は裏切られた。彼はちゃんと生きていたのである。

松尾浩一の帰宅を私に知らせてくれたのは浜田である。I刑事を紹介してくれたのも彼だったし、この事件に関しては、私は徹頭徹尾彼の親切な協力にたすけられた。

酔客にもまれながら私が新橋のそのうねくねと曲る小路を折れ、同じような看板を並べている小さな飲み屋の一軒に入ると、「よう、」と浜田が手をあげて迎えた。愛宕をまわっていた浜田は、(水上署は愛宕署まわりの者の管轄である。)ほんの一坪ほどのその店の常連で、私はそこに呼ばれたのだ。もう十時をまわっていた。

「今日、Iから聞いたんだが」浜田はビールを注いでくれながらいった。「松尾のやつ、昨夜、鈴木とかいう友達のところにあらわれたんだってよ」

「鈴木? 鈴木孝次かい?」

「なんでもA−省のやつらしいね」浜田はからかうような目つきをした。喉を鳴らしてビールをあけ、指で唇をこすった。「昨夜おそく、そいつの家にね、出て行ったときの服装のまま、くたくたになってやってきたんだって。事件は知らなかったらしいんだね、鈴木に聞いて、真青になって、一晩じゅう泣いていたそうだぜ。でも、へとへとに疲れ切って憔悴しちゃっていて、どうせ聞かなくても腰は立たねえみたいだったってよ」

「どこへ行っていたんだって？　なぜ家出をしたんだ、やつは」

「そこさ。ひと言もいわねえんだってさ」

「頭はおかしくはないのか？　どうなの？」

「そんなこたあ知らねえ」浜田は、皿の蛸の煮つけを器用に口に運びながらにたにたした。「へっへ、でもなあ、ことわっておくけど、おれは松尾浩一発狂説だよ。おかしいよ、家出なんて。東京にあこがれる小娘のようなよくある話じゃない。一家の主人が、家出しちゃうなんて。そそりゃ、おれだって時には家出したくならあ。けど、したいのとしちゃうのとは大ちがいさ。狂人の真似をして表通りを歩くやつは、狂人にきまっているとだれとかもいっている」

「へっへ」機嫌よくたかい声で笑って、浜田は力いっぱい私の背をたたいた。「事件というものはですねえ、しらべて行くと、そりゃ周りは明るくなり暗闇はせばまるけど、結局は中心に、それこそ果てなしの穴ぼこみたいなねえ、どうしようもない真っ暗なものがのこるだけだぜ。それにはどうにも手がつけられない。ぽっかりとした深い濃い闇がな、のこるだけよ」

「しらべるというのは、その闇のあかりをはっきりとさせることなんだろ」と、私はいった。

「ま、たいていは闇を濃くしちゃうだけのもんです」浜田は笑った。

「でもまあ、やる気ならやってみんだな、若いうちは浮気でも仕事でも、したいだけはしとかなくっちゃいけませんよ。でも早くしないと腐っちゃうぜ。そうそうおくれちゃ、みんな忘れちゃうよ」

そのころは、私はまだそれを半分は本気で同じ社の週刊誌の記事にするつもりだった。松尾浩一に逢ったときもその私の気構えはつづいていた。私はそれから後にその予定を放棄したのである。べつに彼に逢ったから中止したのではなく、純然とそれは時間と、それから能力の問題であった。私はこの事件に関しては、そのときそれを要領よく短い枚数の読物にまとめあげるだけの才能がなかった。いわばお茶を濁すだけの才能がなかったといってもいい。私の関心は、ながい時間と枚数とを必要としたのであり、それがいつのまにか個人的なものでしかなくなってきたのは前に述べたとおりである。

おどろいたことに、数日後、松尾浩一はふたたび何事もなくA－省に勤めはじめていた。そんな事が許されるのか。松尾浩一の頭脳は、では異常がなかったのか。私の二度のA－省への訪問は無駄であった。彼はなにもいうことはないといい、絶対に直接には逢ってくれなかった。私は、ある夕方、円山町の家に上りこんで彼の帰宅をつかまえようと計った。飲み屋で浜田と酔っぱらった、たしかその次の休日であった気がする。

事件のあったあとの家というものは、なにかがらんとした廃墟のような静けさをかんじさせる。円山町のその家には、六十近い老婆がいて、女の子の泣き声がきこえていた。老婆は私の名刺をみて、「娘のことで?」と、重い声できいた。「私、さと子の母でございます。娘が、たいへんなことをしてしまって。……申しわけございません」老婆は、早くも袖口で涙をおさえながらいった。よく肥って声の太い、どこか人の応対に慣れた物腰なのをふしぎなことのように私は感じたのだったが、「さ、どうぞ、上ってお待ちになって下さい。もう帰ってまいりますよ」と、親切に老婆は前掛けを外しながらいった。私は呆気にとられた。うんといやがられるのを充分に覚悟して私はきたのだった。

通り抜けようとした茶の間に、白布の台に置かれ嬰児の写真と位牌とが上っていた。私は老婆にことわって線香に火を灯した。新しい白木の位牌には、釈登光童女、とあり、小さな写真立ての中では気むずかしげな眉のうすいよく肥った子が睨んでいた。

「登志子というんでございます」と、老婆がいった。「こっちが能里子で」

部屋の隅の桟で囲われた小さな蒲団で、女の子は呼吸をつめたような黒い瞳で私を見ていた。私は寄って行ったが、女の子は恐怖に口もきけぬという感じで、瞳の色がつよくなった。泣かなかった。淡い桃いろの柔らかな肌。そしてごく微かにふるえている、海の底の硬い小石のような瞳。瞳はあきらかにおびえ、私を拒んでいる。その大人のような表情をうかべた三つの女の子の顔つきを、私はいまも忘れることができない。女の子は声も出さなかった。私は次の六畳の部屋に通った。

老婆は収監されている娘の代りに、長女や浩一の世話をしに来ている様子だった。茶を運びながら、老婆は、「まあ、ほんとに、世間さまにとんでもない御迷惑をおかけしてしまって……」と、いく度もくりかえした。「能里子が、ときどき火のついたように泣くんでございますよ。ママ、こわい、と申しまして……、熱を出しまして、あれからまだ寝っきりなんでございますが、うなされるんでしょうか」

松尾浩一が帰宅したのはその直後である。小さな家なもので、玄関での私の靴をみての浩一と老婆の会話が、手にとるように聞こえた。私は緊張した。あきらかに松尾浩一は怒っていた。

「なんの御用ですか」襖をあけ、立ったままで彼はいった。

松尾浩一は色の黒い小男であった。思ったより整った顔立ちで、眉が濃く太く、鋭い鼻をしていた。

「なにも申上げることはありません」

坐ろうともせず、松尾はいった。声がふるえていた。

「A－省に、行っていられるんですか？」と、困惑して私はまず口を切った。

松尾はうなずいてみせた。「いまごろ、でもなんの用でいらしたんですか？」

「いったい、どうして家出なんかなさったんですか？」

私はメモを出し、鉛筆を握っていた。松尾は下を向いて、すこしためらってからきちんと両膝をそろえて坐った。

私は、彼の気弱な、どこか卑屈とさえみえる小心さをかんじた。怒りはどこかに消え、おどおどとおびえたような姿勢だけがいまは彼のものであった。

「たあいないことなんです」彼は、弱々しいかすかな声でいった。「かえりそびれちゃって。

……じっさい、くだらないことをしちゃったんです」

うなだれて畳をみつめている松尾の、その異様に大きな二つの耳が真赤だった。彼は、ときどき洟をすすった。

だが、私がいくらなにをきいても無駄であった。それからあと、彼は頑強に沈黙したのである。お答えする必要はありません、とさえ答えず、彼は私のすべての質問にたいし黙りつづけた。苦しそうに両膝についた手に力をこめ、腰を浮かせかげんのその彼の不健康そうな蒼黒いせまい額に、やがてあたらしい汗粒が滲み出すのを私はみた。「なんとか、説明していただけませんか? あの金は、競輪で儲けられた金だったんでしょうか?」

私は、余計なことまでを訊いていたのかも知れない。突然、松尾浩一は声をふるわせて答えた。

「どうとでも想像して下さい。なにもいいたくないんですから。もう、どんな記事をお書きになってもいいです」

いい終ると、松尾は唇をゆがめ、暗い、物憂げな目でゆっくりと畳の黒い縁を追った。ふてくされた絶望的な態度であった。あきらめて私は手帖をしまった。膝をあげ松尾と目を合わせて、ふと、深甚な感情が私をとらえた。「こんどのこと、あなたにも責任があることとは思いませんか?」

私は、それを非難とか、詰問のつもりで口にしたのではない。いったい、この男はなにを考えているのか、なにをどう感じているのか私はすこしでも知りたかった。「……思っています」

と、すると彼ははじめて視線をあげ、呻くような、朗読するような声で答えた。「だから私は、私としては、どんなことがあっても、さと子と別れるということはいまは考えていません……」

老婆だけが、私を玄関に送ってきた。彼女は平べたく頭を下げ、「あの人の失礼をどうかゆるしてやって下さいませ」といった。老婆は、あきらかに、私が記者であるのを警戒していた。私は、けっして裁判中のお嬢さんに不利なようなことはいたしません、と約束した。「あなたにも、いろいろとお聞きしたいのですが」老婆はまた頭を下げ、奥の気配をふりかえって、低く、しかし、悲しげな声でいった。「ええええ、私の知っておりますことなら、なんでもお話しいたしますです。……ツグノイでございますから」

図々しく、私はあとでこの老婆に、さまざまなことを明らかにしてもらった。だが、二度と松尾浩一とは話す機会はもてなかった。

その日、つづいて行く生垣の檜葉の角を曲り、やや広いアスファルトの中高にふくれた道に出ると、バスが私の後ろから走り抜けて二十米ばかり先きで停った。そこが、さと子があの月曜日の朝、夫を見送ったという停留所にちがいなかった。バスはまだ明りを灯けてはいず、ぞろぞろと降りる四五人の勤めを終えたらしい男女をながめながら、私は、ああ、ずいぶん日が永いなと思ったのを憶えている。

それは、まだ六月が過ぎぬ日のことであった。松尾さと子の第一回公判が開かれたのはその年の八月の終りである。ちょうど私はデスクでの用事に縛られていて行けなかった。私の行った次の公判には、さと子は姿をみせなかった。

日比谷の、暗く古めかしいその陰気な赤煉瓦の建物に行ったのははじめてで、私は法廷の右手の傍聴席に座を占めたが、さと子は急性の盲腸炎をおこしていた。医師の精神鑑定の結果が報告され、弁護人から証拠品として彼女の持ちあるいていた黒ビニールの大きな手提げ袋、粉乳の缶、小さなキャラメルの箱などといっしょに、留置場で書いたという手記が申請されたのがその日である。

浜田の顔と腕のおかげで、途切れ途切れの乱雑なものではあったが、私はそのさと子の手記を読むことができた。ながい時間をかけ、私は自分の調べた事実と手記を中心に事件を整理してみた。——整理という仕事にはかならず価値判断や方向づけが伴うから、それは私がこの事件をこのように理解し、このような意味を私なりに発見した、ということにしかならないのかも知れない。

私はいま、なぜ自分がこの事件にこれほどの関心をもったか、巧く説明することができない。たぶん、理由は私の生活じたいのなかにあっただろう。それを探索し、検証して、いくつかの理由をつけてみるのは簡単だが、それらのほとんどは後になって発見したものだし、無理にいうことはいわば説明のしすぎになってしまう気がして、私はそれをおそれるのだ。だから、どうしてもそれをいわねばならぬのなら、私はあるアルピニストの言葉でしか、それに答えられない。

私は、とにかく私なりに、その山に登らねばならなかった。

だが、私は足が空中に踏みまようことのないようには注意したつもりである。以下『　』の箇所は、さと子自身の手記の部分である。

3

さっきまで道を走りすぎるバスは明りを灯していなかったが、いまはもうライトも室内燈も灯けてしまっている。松尾さと子は三歳の能里子の手を引き、背に登志子を括りつけて、夕闇の落ちかかる門の前でぼんやりとそれを見ていた。三崎幸枝という夫の「女」の存在を告げ、しつっこくさと子の届け出をでたらめだろうと追究しにきたI刑事もとうに帰り、その日、彼女はながいことそこに立って広い通りのほうを見ていた。おそい初夏の日も沈んで、生垣のこまかな葉かげにも影が滲みはじめてきた。六月十二日、夫の家出から五日めの夕暮れのことで、彼女は夫が失踪してからの毎日、そこで彼の帰りを待ちつづけたと手記に誌している。

道を、幾台も明るいバスが通りすぎる。人びともいく度となく横を通り抜けた。夕方から近くの映画館に、「現金《げんなま》に手を出すな」を観に出かけた隣家の大学生も帰ってきた。彼は長女にむずかられながらまださと子が同じところに立ち、焦点のない目を通りに向けじっと動かないのを見た。胸をつかれ、「こんばんは」と声をかけたが、答えは得られなかった。しずかな屋敷町はとっぷり暮れ、もう外燈が灯っている。さと子は薄く唇をひらいていた。

さと子は、その五日目、もはや警察の手で夫がつかまえられ、つれもどされるのを期待していたのではなかった。悪いことだったかもしれない、とさと子は思っていた。警察に嘘をいって、一刻も早くあの人を自分の手に取り戻そうと思ったのは、警察の人たちにはいけなかったかもしれない。でも、たぶんそれより下手なことだったのだわ。月曜日の朝、あの人がへんな大金を持っていたのはほんとなのだ。でも、もうだれも信じてはくれない。私は、私への同情や信用までをあのことで失くしちゃった。そして、夫は無数のただの家出人のなかにかくれてしまっている。罵倒され、軽蔑され、いくらかの憫笑《びんしょう》があたえられて、もはやさと子には夫をさがす方法が考えられなかった。でも、何故あの人は帰ってこないのだろう。夫はどこに消えてしまったのか。なぜ、消えてしまったのか。

鼻を鳴らす能里子を叱りながら、でも、さと子は、自分が夫を待っているのだという感覚はすでになくしていた。夫につき、あの金の出所につき、突然の家出の理由につき、そのかくれた場所について、彼女は考えるのに疲れはててしまっていた。いくら目をこらしても、なにひとつ見えはしない。彼女の目は空虚をみるのに慣れ、もう、なにかを発見しようとして動くのでもなかった。夫には、手がかりがなかった。彼は、ひとつも考える手がかりを残してはくれなかった。

消えたのは夫であり、だから私たちをみつけるのは彼の仕事なのだ。私たちは、ただじっとそれを待っていることよりできない。さと子はただ、夫にみつけられるのを待って門口に立っているのだという気がしていた。『降参、降参。もうたくさん。……もうかくれんぼはたくさん』口の中で、次第に彼女はたかい声になった。しかし、耳にも心にも、なんの答えもない。ちょうど道を曲ってきた巡査の影に気づいて、さと子は家に入った。

二人の子供をやっと寝かせつけると、さと子はその日の最後のニュースまでラジオを聞きつづけた。べつに身許不明の屍体や記憶喪失に陥った男の報らせもない。さと子は布巾をかけた夫の膳の前にすわり、それを喰べた。あまった飯を眺め、明日からあの人の分を炊くのはやめよう、と思った。だって、どうせ無駄なんだもの。それに、このごろは腐るのが早いわ。

「……気ちがい」と、彼女はあらあらしく声に出していった。そうよ、そうとしか考えられないじゃないの。それとも死んじゃったの？　それならそうはっきりわかるように死んでくれたらどうなの。バカな人。間抜け。エゴイスト。ぐず。どこにかくれてるの。

習慣のように、彼女は泣きはじめた。子供を起さないよう声を殺しながら、でもわざと大仰に肩をゆすり、胸をふるわせて彼女は慟哭した。私、あなたが狂人になったなんて、そんなこと、信じられない。

『この四五日ほど、あなたを愛していると思ったことはないのよ。あなたは私の部分、いいえ、私があなたの一部なのよ。』どこへ行ったの、なにを考えているの。なにが気に入らなかったの。私はただ、ちょっとあのお金をどうしたのか聞いただけじゃないの。主婦として、当然の権利じゃない。でも、もうお金だって女だってどうでもいい。早く帰ってきて。もうあなたの読んでいる新聞を取ったりはしない。ちゃんと返事をする。うるさくはしないわ。でも、あなた、二人の子供はどうするのさ。ばかねえ、あなたなんて、お金がなくなったらほっぽり出されちゃうのよ。ほんとよ。あなたを愛してくれる女なんて、いやしないわ。貧相で、ちっちゃくて、融通がきかなくって、ぐずでしみったれで、勝手で、だれがあなたなんか好きになってくれるもんか。あなたは人が善くてダマされてんのよ。ひどい女。私が殺してやる。いいえ、なにもしない。なにもしないから帰ってきて。泪は止まなかった。それはエプロンをとった水いろのワンピースの、その股のあたりをまるで失禁のように濡らした。私には、もう、どうしたらいいかわかんないわ。ねえ、なんとか返事をして。「返事をして」と、さと子は叫んだ。「……返事をして！」

声は壁に吸いとられた。さと子はあたりを見た。かすかに、遠くを走って行く車があり、庭の楠をゆする暗い風の音があった。

なにも考えられなかった。ほとんど、さと子は怒っていた。また一人で睡らなければならない。無理な眠りを、さと子は夫のときどき使っていた小抽出しのアドルム※の、その最後の二粒

※編集部註：睡眠薬の一種。

で買った。

彼女は、もはや認めねばならないのだと思った。待つことは無駄であった。『夫は私を捨てたのだし、だから、その帰宅をあてにできる資格は私にはない』のだ。私——いや、私たち三人のこの家族には。

……たしかに、それはいつもの留守、出勤や出張とは、質のちがう夫の不在だった。夫は考えうるなんの理由らしい理由もなく、どこにもいなくなってしまったのだ。

空をつかむように、さと子はどこに手をのばし、どこを見、どこに語りかけ、どこに耳を澄ましてさえ、生きている夫の体温、鼓動にふれることができない。谺のように自分の声がかえるだけで、夫は沈黙した冷えた青空の壁のような、一つの空虚なのでしかなかった。さと子には『夫もまた、べつに特別なところなどはない一人の生きた他人だった』という認識、『自分が棄てられたのだという』一つの理不尽の承認のほか、このことにつきなにひとつ参加できるものがなかった。もはや幾日待ってみても、それ以上のものがあたえられるあてもないのだ。夫が家出して五日たって、さと子はやっとそれをはっきりと『確認した』のである。

軒で雀が啼き、さと子はその日も威勢のいい登志子の空腹を訴える泣き声でめざめた。さと子は粉乳で登志子の食餌をつくった。彼女の乳は停っていた。

能里子との食事を終え、土曜日の朝刊に目を通して、さと子は所在なく頬杖をつきまた床に横になった。舌を出して上唇を舐めながらぼんやりと天井を見ていた。能里子が乳房をさぐってくる。はげしく、さと子はふいにその手を払いのけた。その一瞬、さと子に、はじめて瞳の燃えあがるような激烈な憎悪が来たのだった。

『憎悪――でも、それがなにに向けられた憎悪なのか、正確にいうことはできません。夫にも、子供たちにも、夫の彼女などを含めたあらゆる他人たちに向いたそれでもなかった、とは思うのです。私は、夫の不在で、生理までに変調を来たしてしまっている自分、その自分に腹を立てていた、といったほうが、まだしも正しいような気がします。全身がびりびりと慄えていて、私は顔が真赧に充血してくるのがわかりました。慄えは、五分間ほどもつづいていました……』

庭の正面の生垣に沿って、松尾の家には五六本の淡い色の立葵がならんでいる。雨戸はすでに開け放たれ、庭をみつめていたというさと子は、おそらく庭のきらきらと朝の日光を浴びて佇立するその白っぽい花々を視野の一部にそよがせていたのだろう。庭に鋭い眼眸で見入りながら、そのときさと子は理解したのである。夫への愛――その彼女の愛、不安、臆測は、じつは彼女だけのものにすぎない。同時に、夫の希望、夫の失踪、夫の言葉、夫の肉体の所在は、すべて夫にだけ属しているのでしかない。……びっくりして泣きはじめた長女を、桟で囲われた蒲団でしきりと小さな拳を振りまわしている次女をさと子は見た。これら、子供もじつは『他人なのだ、夫と同じように、フランスの首相やアフリカの小説家と同じように、他人』なのだ。さと子は大きく呼吸を吸って、吐いた。松尾浩一は、「夫」は、ただそう特別に思いこんでいただけの、つまらないやせた一人の男だった。夫、それはもはやどこにも存在してはいない。『それは一つのカラクリだったのにすぎない。』……眼から鱗がおちたようにそれがわかり、浩一は、いまは白濁した一枚の薄い骨片なのでしかなかった。そして、さと子は、すべての橋の断たれたような沈黙のなかに堕ちた。

もはや、彼女は安全な船の上にいるのではなかった。船は嘘であった。嘘が船であった。それまでの彼女の日常をしっかりと支えていた夫との関係、契約は、じつはどこにも実在していたのではなかった。生活は、架空なものの上に浮んでいた。――われわれの生きている毎日とは、蟻がすぐその下はどろどろの底なし沼であると知らず、あるいは忘れたまま、なんの恐怖もなく枯れた水面の木の葉のつながりの上を歩いているのに似ている。いつでも立ち止って、自分の立っているものの真下を掘り、のぞきこんでみるがいい。真っ暗な底知れぬ深淵が黒ぐろとした口をあけてあなたの底にねむっている。だれしもの立っている足の下の、その深い、暗い海の部分こそが、だがじつはその人の生命の部分であるのかもしれない。危険で、無秩序で、なんの言葉もない、いつあなたに襲いかかりあなたになにをさせるかわからない、あなたの部分であるのかも知れない。――このとき、一匹の蟻が木葉から足をふみはずした。

「ゴリラ、ゴリラとあそぶのよう」泣きつづけていた能里子が、叫ぶような声でいった。ゴリラとは、子供たちのために伊東の母が買ってくれた、縫いぐるみの大きな猿の人形である。さと子はしばらくは能里子の相手をした。能里子がなにかをいい、さと子はかるくうなずいたが、しかし耳はなにも聞いていたのではなかった。

その六月中旬のはじめての土曜日には、いつものコーラスの練習がなかった。三崎幸枝は同じ省内の合唱会の、女性の友だち二人と二本の映画をみて家に帰った。家は中野である。ガス会社の前を右に折れたこまごまとした板塀の家の一つで、露地にまがり、彼女は適当な声を張りあげて、『ブナの森』の高音のハミングをはじめた。今日も練習があるから、と父母に嘘をいって家を出たのである。彼女は、顔に似ぬ美しいゆたかな声をしていた。

家の前で、彼女は幼い女の子をつれた女にじろじろと眺められた。女は背に紺の帯でもう一人の子供を負い、こまかな花模様のプリントのワンピースを着ていた。小柄で、すこし険しい目をしている。幸枝はちらとその不釣り合いな、高級品らしい白のパンプスにまで目を走らせ、大股に家の格子戸に歩み寄った。

「三崎さんでいらっしゃいますね？　まだ口のなかで歌をうたっていた。

子供づれの女がいった。

「A－省におつとめの」

「え？」

「私、松尾です。松尾浩一の、妻です」

「……ああ」咄嗟に幸枝はいい、困った、と思った。家はせまく、大声を出されたらうるさい父母はおろか、きっと隣り近所にまで厄介な話題がひびき渡る。「ええと、どっかに行きましょうか?」と幸枝はいった。

なんだかへんにこわいみたいな気がして、声がふるえちゃったわ。だって、すごく突きつめたみたいな目をしていて、しかもあの奥さんたらにたにた笑っているんですもん、と幸枝はそのときのことを語っている。――が、さと子は、幸枝のその言葉は、まるで昔の級友に逢ったときのように、どこかうきうきとした親しげな声音だった。と誌している。

肩をならべ中野駅のほうに歩き出して、だが、その一粁近い道のりを、二人はほとんど口をきかなかった。ただ、「家のひとたちに、なにかおっしゃった?」とおずおずと幸枝が訊き、さと子は、「大丈夫よ、なにもいっていないわ。だからああして上らずに待っていたんじゃありませんか」と答えた。「ああよかった」幸枝は卒直に胸をおさえた。彼女はてきぱきとして気さくな、どちらかといえば朗らかな気性だった。「私、高校の先輩がたずねてきたんだって、そう母さんにいっちゃったの」

駅前の喫茶店で、幸枝は松尾さと子と向い合った。「あなたはなにになさる?」とさと子はきき、幸枝は即座にアイスクリームだと答えた。「アイスクリーム」と、小さな女の子も口を出した。「ノリちゃんも、アイスクリーム」といって、子供はうれしそうに卓をつかんだ。

「私ね、なんだかじっとしているのが怖いみたいな気がしてきちゃったんで……」と、さと子は弁解がましくいった。

次々とバスの発着する、暮れかけた駅前の広場を眺めながら、幸枝は急に不機嫌になってしまっていた。私に、この人はなにを聞こうというんだろう。警察の人にいった以上に、なにを喋る義務があるんだろう。すみませんでした、なにもお話しすることありませんて、なぜ私は逃げなかったんだろう。意外に松尾の妻が色が白く、すこし目は細いが整った目鼻立ちをしているのに、この色の黒い馬づらの娘はちょっと劣等感にとらえられた。なにさ、金ピカの結婚指輪なんかはめちゃってさ。とソフト・アイスを能里子に食べさせているさと子の白い指に、目ざとくそれをみつけながら幸枝は思った。ひけらかしているみたいでさ。そんなこと主張しなくったってさ、だれも松尾さんを盗っちゃうつもりなんかもっちゃいませんよう、あんな男。「すみませんでした」とにかく勝利者はあたしなのだ。優越をかくして、幸枝は低い声でいった。幸枝は、そのときは自分のソフト・アイスを、カップまできれいに喰べてしまっていた。

「……もう一つ召上る？」

「ええ」

幸枝は答えた。その日は友だちとすでに二箇のアイスクリームをたべたあとだったが、彼女はその喫茶店で、結局は三つのソフト・アイスを胃におさめた。

さと子は遠慮のない眼つきで、その自分より背の高い、浅黒い頬のぴんと張った若い外斜視の女を眺めた。ブラウスの衿には刺繍があり、髪の手入れも行き届いたものだったが、流行のそれはけっして面長な彼女に似合う髪型ではなかった。思ったより健康そうな、はっきりした、幸枝は悪びれない平凡な若い大柄な娘にすぎなかった。

さと子は、低くいった。

「なん度ぐらいしたの？」

「え？」幸枝はしばらくはきょとんとして、やがて舌を出してクリームをひと舐めした。

「さあ、わかんないわ、……三回か四回、五回くらい旅館に行ったかしら。算えろといえば算えてもいいんだけど、はっきり憶えてないんですよ、かくすわけじゃないけど」そして、「ごめんなさい」とつけ加えた。

「ひとつも気がつかなかったわ、私」さと子は白い歯をみせて笑った。美しい歯並みだった。出っ歯の幸枝には、それはわざと歯をみせびらかすための笑いだと思えた。

幸枝は戦闘的にいった。「松尾さんを、信じきっていたのね」

「ええ」と、さと子は答えた。「だって、私だってべつに誘惑したくなるような男性だとは、いくらひいきめに見たって、ねえ？」

それがたいそう皮肉なものに聞こえた。幸枝は奇妙な憤激にとらえられた。「奥さんは、松尾さんを愛してらしたの？」

「……ええ、そりゃあ」冷えた紅茶を置き、さと子はおとなしく二人の会話を見まもっている能里子の髪を撫でた。口もとに笑いがうかんでいた。さと子は左手で登志子を抱き、嬰児はだらしなくあけひろげられた胸にはみ出した乳首をしゃぶっている。

「ふうん」いやな女、図々しい、妻の座に安定しきった臼のような女、と絶句して幸枝は思った。子供をつれて、いやがらせにやってきてさ、そのくせしゃあしゃあとしてさ、夫を愛してるなんて、それだって吸いとるだけであたえない無反省なエゴイズムの愛なんだわ、とこの少々ひとにあたえやすい博愛的な女は思った。こんな自分本位の鈍感な女だからこそ、松尾さんだってやりきれなくなって浮気心をおこしたりするんだ。なにさ、この余裕たっぷりな笑いかた。ひとを馬鹿にしたみたいな。突慳貪にいった。「じゃ、すくなくとも奥さんには、なんの御不満もなかったんですわね」

「……ねえ、いったい、あなたはどういうふうに誘惑したの？　松尾を」さと子がいった。

「向うからですよ、それは」怒りに頰を染めて、幸枝はいった。これははっきりさせておかなくてはいけない。私からだなんて、とんでもない。「朝、電車の中で逢ったとき、たしか去年の春だったわ、松尾さんが、君、明日、もう一時間早く来てみないか、新宿で待ち合わせよう、っていったんだわ。誘ったのは、松尾さんだわ」そして、やっと幸枝は肩をすくめる余裕をとりもどした。「だから私がひとつも悪くないとはいいませんけど、でも、事実は事実よ」

けんめいの努力でかぶせようとする上唇を押し上げ、幸枝の口もとには語を切るごとくに鈍くひかる黄色い歯並みが顔を出した。あきらめたように幸枝は努力をやめ、さと子は、それを笑った馬のような顔だなと思った。

「それだけ?」と、さと子はいった。

「それだけって?」

「それであなた、行って、そいでホテルへ行ったの? そのあくる日」

「ええ」

さと子は、三崎幸枝はちょっと異常なところがあるようだが、だが根は善良で、私にはとても親切にいろいろと答えてくれた、と誌している。『でも、私はすこし感情的になっていました。口惜しさを怺えるだけでやっとでした。』

「あなたは、松尾といっしょになる気はあったの?」と、さと子は訊いた。

「いっしょ? 結婚?」念入りにとかれた髪のうすい頭をあげ、幸枝はびっくりしたようにさと子を見た。

「いいえ、一度も」

当然のようにそう幸枝はいい、「あなたは、」と、さと子は鋭い声でいった。「ほかの男の人ともそんなことをしたの?」

「まあ、あんまりだわ」肩をせばめ、やにわに幸枝は失笑するように泣きはじめた。「ひどいわ」嗚咽のあいだから、彼女は小さな声でいった。

「してんでしょう、ほかの人とも」

いた。

「していないわ」三崎幸枝は断《いな》くようにいった。外斜視のその目の、そちらだけ相手をまともにみることの出来る右の瞳が、指のあいだからきらきらと濡れて光りながらさと子に向かっていた。

「ぜったいに、していないわ。私、松尾さんとしか、まだそんなことしてはいないわ」

「ママ」と、能里子がいった。「ママ、おねえちゃん、泣いてる」

あのひとったら、すごくへんなことを訊くんですよ、と三崎幸枝はあとになって、そのときも二つか三つめのソフト・アイスを齧りながら、銀座の喫茶店で私に話した。ちょっとひとにいえないようなことまで平気で訊くんですよ。意地わるそうで、自分勝手で、金輪際つきあいたくないような種類の人ね。あの人って、目が細くて、ちょっと狐みたいでしょう？　あごが尖っていて、それが、もっと目を細くして、なにも見ていないような目つきになって、それで私の胸のあたりをみつめたまま根ほり葉ほりちっちゃな声できくの。そんなとき、なんかじわじわってお尻が寒くなってくるみたいな、へんなとっても淫蕩な感じになっちゃうのね。とってもいやらしかったわ。あの人が事件を起したって聞いたとき、なぜか、ああ、あの顔になってやったんだな、って、そんな気がしたんですよ。何故だかわからないけど。

幸枝は、しかし正直にその「ひとにいえないような」質問に、いちいち律義に答えていたらしい。そのうちに彼女はどきっとして、思わずソプラノで叫んで立ち上った。眼を閉じたさと子の唇がわなわなと慄え、さと子がかるい脳貧血をおこしたのだとわかるまでにはかなりの時があった。さと子は、急に蒼ざめ、額に汗の粒を滲ませて椅子ごと床に転げ落ちた。

「松尾さん、松尾さん」泣き出した能里子の声、駈け寄るウェイトレスのだれの声よりもたかく、悲鳴にちかい声で幸枝は絶叫した。しっかりとさと子の胸に抱えこまれ、幸い怪我ひとつなかった登志子が泣きはじめて、ウェイトレスがさと子の指をもぎ放すようにして嬰児を抱えあげた。さと子は唇や喉、爪にまで血の色がなかった。

幸枝はさと子の首を膝にのせた。その膝ががくがくして、理由もなく幸枝は涙ぐんでしまっていた。驚きか、恐怖かのためだったかも知れない。「だいじょぶ？　え？　だいじょぶ？」甲高く上ずる声はふるえ、幸枝は目を閉じた蒼白なさと子の顔に唾を吐き散らしながら叫んだ。

「しっかりして。だいじょぶ？」

すぐなおったんですけど、と三崎幸枝はいった。でも、呆れちゃったわ。目をあけて、ああ、あなたね、っていったっきり、あの人ったらお礼もいわないのよ。

だが、松尾さと子の言葉どおり、このアイスクリーム好きの娘に、すこし度はずれな善良さのようなものがあるのも否定できない。彼女の性格には多少難解なところがあり、私はしまいまで理解を追いつかせることができなかった。その日、彼女はすっかり仲良しになった能里子を背に負ぶって、いろいろと談笑しながら駅までさと子たちを送ったというのである。

「おねえちゃん、おねえちゃんのおうちはどこ？」

意外に明瞭な発言で背の上の能里子がいう。幸枝のほうがかえって舌足らずの口調でそれに答えた。「オネエチャンノオウチハネエ、ココ。コノアッチ」能里子は、幸枝の買ってやったキャラメルの箱をふりまわして、「そっちへ行くう」といった。やっと地面におろしたのだが、彼女は幸枝の脛にかじりついた。

「おねえちゃん、おうちにあそびにこなくちゃダメ。ノリ子のおうちに」

切符を買ってきたさと子がいった。「まあ、すっかり気に入っちゃったのねえ。血筋かしらね」

そして二人の女は声を合わせて笑った。

幸枝は定期を持っていたので、プラットホームまで松尾母子三人を送った。「どうも、いろいろとありがとう。気にしないで頂戴ね」とさと子はいい、「どういたしまして、それよか奥さん、御馳走さま」とあかるく幸枝は礼をいった。三崎幸枝は、ひどくいいことをした気持がしていて、でも、このくらいは親切というより、女どうしとしての義務なんだわ、と思った。

——疲れてしまったのか、子供たちはすぐ睡った。登志子がすこしむずかっていたが、これもおとなしくなった。

さと子も疲れていた。茶袱台の下に脚を投げ出し、彼女は、すべてそこに夫が訪れてはいないことを教える速達の返信にまた目を通した。山口の松尾の長兄からの返事がいちばん簡単で、もしやってきたら電報をうつ、とだけ書いた葉書をよこしている。学徒兵のときの友だちの二人からだけは返事がなかった。古い、昔の年賀状をしらべて出した手紙だから、宛名の人物はもうとうにどこかに引越してしまっているのかも知れない。

夫とのアルバムをみるのも飽き、彼女は音を立ててそれを畳へとほうり出した。仰向けに横になって、腕を頭の上で組み天井を見上げていた。昨日今日、掃除らしい掃除もしてはいない。腕をひろげ股をすこしひらいた姿勢になり、なにかいやらしい刑罰をうけているみたいな姿だと思った。下着の裾の乱れているのを感じながら、でも、さと子は起き上り裾を直すわけでもない。彼女はふと、すっかり男なしの生活に慣れきった一人暮しの女のようなだらしのなさ、怠惰と気ままさとに、ごく容易に自分がすべり落ちて行こうとしているのに気づいた。

ラジオはモツァルトの舞曲を終え、心臓肥大症について博士が陰気な声で語りつづけている。さと子には、だが、奇妙な放心がつづいていた。好奇心と、敵意の排泄。そのほかに、あの若い女に会ったことにどんな意味があったかしら、とさと子は思ってみた。べつに夫につき新しい手がかりがあたえられたわけでもない。ただ、それをもとめる場所を一つ減らしただけのことなんだわ。だが、久しぶりの外出は、彼女の鬱陶しい気づまりをいくらか医《い》してもいた。あゝ、のんびりと日光の下を歩いて行ってみたい、ほんと、家にじっとしてるなんて、呼吸がつまるわ、と彼女は思った。

目をつぶって、ぼんやりと夫の残して行ったものを思った。歯ブラシ、手拭い、剃刀、灰皿、服、書物、……それら等身大の一人の人間をかたちづくる輪郭。だが、いまはそれら日常の一つ一つの物たちはふと死者の花輪のように白く冷たく体温をなくしていて、その一連の環にふちどられた透きとおった風の跡みたいなもの、それが「夫」の痕跡なのでしかなかった。たしかに、夫はすこし遠く、空ろになりすぎてしまっていた。

突然、ベルの音が電撃のようにひびいて、さと子ははね上った。夫が、帰ってきたのかしら？とたんに冷水を浴びたような恐怖が背すじを走り落ちて、さと子は無意識に隠れ場所をさがすようにあたりを見た。滲み出すように頰が熱く染まってきた。さと子は頰をおさえ、喘ぎながら、足がすくんでいた。

『不意打ちでした。でも私は、自分がなぜ恐怖におそわれたか、わかりません。私は、ほとんど幽霊でも見るような気持ちで、こわごわ玄関の鍵をあけたのです』

「――困るねえ、奥さん」暗闇で声がいった。「家をあけるときは、そういっといてくれないとねえ。すっかり心配しちゃって。……」

巡査が顔を出した。いきんだような顔のままで、さと子は口をきけなかった。

「まさか一家心中をしてんじゃあるまいかと考えてね」巡査は人なつっこく笑った。「女子供だけだからね、ちょいちょい見廻ってみてんですよ」

「……すみません」やっといった。さと子はなにかを防ぐように、両手で胸のまえに固く拳をつくっていた。彼女はそれに目を落した。

「こんど出るときには、そう声をかけて下さい」巡査はいい、帽子に手をかけて表へ出た。淡い霧のかかったような夜で、街燈が暈をつくってぼんやりと生垣の葉を照らしている。夜は涼しかった。巡査は欠伸をして、あたりを見まわして歩き出した。

「おまわりさん」と、声が呼んだ。玄関をあけ、さと子が頭に手をやりながら走り出てくるのを巡査は見た。巡査は、靴底に小石のはじけ飛ぶのを感じながらいそいで引き返した。

「どうかしたのかね?」

「いいえ」門の前で、さと子は呼吸を切らしながらいった。「私、明日も家をあけますから」

「……待っていないのかね?」やっと中年らしい余裕をとりもどして、彼はいった。

「明日から、旅行に出ようと思うんです。子供たちといっしょに。……いま、不意に思いついたんです。だいじょぶです。私、死にゃしません」

さと子は笑いかけた。「……私、あの人との新婚旅行のコースを、も一度まわってみるつもりなんです。そうしてもう一度、あの人のことについて、ゆっくり考え直してみたいんです。お願いしますわ。二三日は留守にしなくちゃならないと思いますから」

「探しに行くのかね? でもねえ、……」巡査は口ごもった。だが、さと子は決意した声音をかえなかった。

「私、このままで待っているのがこわいんです。きっと、あの人をどういうふうに迎えたらいいか、心の準備ができていないんです。明日から行ってきますわ。子供たちといっしょに」

巡査は首をふった。思い直しそうにもない、自分から探しに行くつもりなんだ、と彼は思った。きかん気の女だ。そして若い。……苦笑して、背をまるめ彼は歩き出した。ふと、いまは遠い、若さそのものにたいするような愛情と軽蔑とのまざりあった気持ちが、一つの焦立ちとなって彼に生れていた。

もしあれが自分の娘だったら、自分はどんな忠告をするだろう、してやれるだろう、と考えながら彼は交番へかえった。

大磯を過ぎるころから雨になった。伊東行きの湘南電車の満員の箱の中では、雨をうらむ行楽の人びとの声がおこった。ちょうど、日曜日にあたっていた。

松尾浩一・さと子の新婚旅行は、四年も昔になる。春の初めで、伊東から大島をめぐる汽車と船の旅であった。いまは初夏、透明な光にみちた静かな細い雨が、畦に積まれた熟れた麦の束を、窓を過ぎる濃いゆたかな木の緑を、国府津あたりの眼下を走り抜ける海岸の砂の肌を、しっとりと音もなく濡らしている。松尾さと子は二人の子供をつれ、その午後、奇妙なその新婚旅行のくりかえしへと出発したのである。

伊東では、さと子の母が福家《ふくや》旅館という小さな温泉宿を経営している。さと子はまずそこに足を向けるつもりでいた。

知っているのか知らないのか、さと子は手記では全くそれにふれていないが、彼女はその実の娘ではない。長年母は五反田で小さな待合を経営していて、さと子はその三業地の芸妓の娘である。父はわからない。生みおとした母は翌年綱島で心中をしてしまった。ただ、伊東の母はそれをかくしおおせていると信じている。

仲人の川口良吉は、その待合の馴染みの客の一人だった。母は一人っ子のさと子を縁づけると、「自分も温泉に浸りたい」一心から、伊東で旅館をはじめることにきめた。それでも東京での知人や贔屓客やがゴルフの帰路に寄ったりして、商売はけっこう繁昌した。月々それとなくさと子に小遣いや品物を送ることもできた。私が松尾の家をたずねたときいたのがこの母である。小肥りで色黒の彼女は、事件後さっそく上京して、家をあずかっていたのである。梅雨どきとはいえ、日曜日は伊東の温泉宿にとって書き入れの日であるのには間違いない。さと子が浩一と泊った四年まえの旅館に行かなかったのには、予約がないと泊れないという判断も一つの理由であっただろう。

福家旅館は、水道山といわれる頂上に浄水場のある小丘の裾をめぐる道に面している。さと子の母は知人の客の一人と、縁側でその丘の斜面に立ちならぶ家々に降る雨をながめながら、とりとめのない無駄話をしていた。そこに女中が「東京のお嬢さん」がいらしたと告げに入ってきて、彼女は仰天した。

てっきり夫の帰るのを待ちかね、自分から家を捨てて飛び出してきたのだ、と彼女は理解したのである。

「子供は？」

「ええ、おつれになって。お二人とも」

いよいよ、と母は思った。あんなに短気はおこすなといっといたのに。彼女は浩一が失踪したという手紙をうけとった水曜日、あわてて上京して杉並の家に一晩泊ってきたばかりだった。そのときも寝もの語りでとっくりといいきかせておいたはずだ。けっして別れるんじゃないよ。いいかい、あんたにもどこか落度がある。そう考えなくちゃいけない。だいいち二人も子供がいるじゃないか。もし家へなんかやってきたら、私はすぐにおいかえしちまうからね。

「しようがない人だねえ」二階の自分用の六畳の襖をあけ、母はちょっとたじろいで足をとめた。さと子は見ちがえるほど蒼ざめ、頬の肉が落ちて、ただでさえ白眼の多い細い目を吊りあげ、まるで怒ったような顔でけわしく母を睨んでいた。

「能里子が」とさと子は喧嘩腰の声でいった。「この子が、途中で急にお腹が痛くなっちゃったの。早くお医者さんを呼んで頂戴」

「そりゃたいへんだ」

母はびっくりして、すぐにでも追いかえそうという意気ごみをたちまちどこかへと吹き飛ばした。

「おやまあ、こんなに濡れちまって。傘をもってこなかったのかね、駅から電話でもしたらよかったのに」

「だって、いそいでいたんですもの。早く寝かせようと思ってタクシイで来たのよ」

雨の滴はさと子の肩や髪の上にも光っている。能里子はくるしげに呻いて、蒲団をのぞきこんだおばあちゃんの顔から不機嫌に目をそらせた。顔をしかめ、泣きはじめた。するときょろきょろとあたりを見ていた登志子までが泣きはじめた。母は、もうお客さんどころではなかった。

能里子の腹痛はたいしたことはなかった。たぶん、ちょっと冷えたのだろう、と呼ばれた町の医者はいった。さと子はつききりで能里子の枕もとから離れなかった。

その間、おばあちゃんは登志子を背に負ぶって、さして長くはない宿の廊下を往復しながら、「思案」していた。しょうがない、あの子には今晩か明日にでも話をして、家に帰る決心をつけさせよう。でも、どうもあの子の眉をしかめた、気むずかしそうな顔は苦手だ。そして一人きりの目になって上唇をぺろぺろと舐めるあの癖。あれが出ると、もう、都合の悪いことには返事もしなくなるんだから。脚がだるく、呼吸も切れてきたが、彼女は額にうっすらと汗をうかべたまま、廊下を去らなかった。思案の一方で、彼女は、通りかかる顔見識りの客の一人一人にそれが二人めの孫であることを説明して、いちいちほめさせては悦に入って倦まなかった。

上下線の最後の電車が伊東をはなれるのは夜ふけを過ぎた時刻である。それまでは母にあわただしい日曜日の夜がつづいた。六畳に引き上げ、やっと母がさと子と落着いて話すゆとりを得られたころは、もう女中たちの眠りをいそぐ物音がかすかにして、部屋では二人の子は首をそろえ、安らかな呼吸音をたてて眠っていた。

「ああいいお湯だったよ、極楽だよ」と母は湯の香りを漂わせて、小さな茶袱台のまえに幅びろい尻を下ろした。「あんたも入ってくりゃいいのに」

「でも、あの人が帰ってこないおかげで、ずっと停っちゃってたのよ」宿の浴衣を着たさと子は、もはやそんなに嶮しい目つきではなかった。「今日、電車に揺られたのでなっちゃったのね、きっと」

客の残りもののビールを母に注いでやりながら、さと子は質問に答えた。「べつに、もう家に帰らないつもりなんかじゃないわよ。ただ、あの人との新婚旅行のあとをまわってみたかったんだわ」

「だって」と、母はいった。「そんな、おまえ、浩一さんが帰ってきてたら、どうすんだい。家がしまってたら、内へ入ることもできやしないじゃないか。かわいそうだよ」

「またどっかへ行っちゃうかもしれないわね」

「それさ」母は声を大きくして、あわてて声を低めた。「いいかい、別れちゃいけない、子供がいるんだもの。子供のために、癪にさわっても我慢しなきゃいけない」

母はさと子に家を守ることを説き、さと子はビールをすこし飲みながら反対もせずにそれを聞いた。「いいね？　いつかさめるに決まってるから。迷いなのさ。金光さまのお告げではちゃんとこれは迷いだ、じきに帰ってくるって出てるんだよ。私は、べつに浩一さんをひいきにしてんじゃない、あの人もひどいよ。けど、あんたの身を思うからこそ、家にかえれっていってんだよ。家ってものはね、みんなの、たくさんの辛抱でできているものだよ。家をこわしちゃっちゃいけない」

「たしかに悪いんだよ、浩一さんがね」母は呟いた。ビールは、新しい三本めのそれに移っていた。「こんなにさ、おまえをやつれさせて……母さんだって、平気でいるんじゃない」

「でも、べつに私はいま、たいしてあの人を怒ったり恨んだりしてはいないわ」と、さと子は明るい声でいった。母は洟をすすり上げた。

「……どこにいるのかねえ」母が、ため息をついていった。

「いいのよ、どこにいたって、もう」と、さと子はいった。投げやりなというより、声は、母をなぐさめるためかどうか、むしろ明朗にひびいた。「私ね、あの人を愛していると思ってたの」

「うん、うん」と母は首をふった。

「でも、ふっとあの人がいなくなって、考えてみたのよ。そしたら、愛しているってことがわからなくなったわ。私の愛したのは、あの人のせいじゃないのね。私は、へんな、勝手な、透明なねばねばみたいなもので、あの人をつつんでたの。それだけ。そして、そのねばねばは私だけにしかつながっていなかったの。それが愛だったわけなんだわ」

「ふんふん」

母はやたらと首を縦に振った。たとえちんぷんかんぷんでも、とにかく言い分をきいてやらなくては。すこし睡たかった。母は、いいたいことはすべていい終ってもいたのだった。

沈黙がややつづくのを待ち、母は欠伸をした。「……おや？　二時だよ。寝ようか。母さんもくたくただよ」

「ええ」さと子は逆らわなかった。ゆっくりと微笑して、茶袱台の上のものを部屋の隅に寄せはじめた。

「……母さんがついているよ」母は鏡台に向って、たんねんに栄養クリームを頬から首すじにすりこみながら声をかけた。

さと子が答えた。

「なんだか、あの人がいなくなって、硝子戸がはずされちゃったみたいなのよ。……私、はじめて世の中へぽいっと一人きりでほうり出されたみたいな気持ちなのね。どうにかしなきゃいけない、その中で、どうにかして行かなくっちゃ、って考えるの」

さと子は早くも蒲団にはいってしまっていた。母は能里子の横の蒲団にはいった。声をかけて、スタンドを消した。

「大島に行く船の時間はわかるわね」と、そのときさと子がいった。

「わかるさ。でも、家に帰ったほうがよくはないかい？」

「行ってみるわ。決めたことですもの」と、さと子は透明な声で答えた。「それから家に帰るし、べつに心配しなくっていいのよ。ただね」

暗闇の中で、さと子の仰向けになる気配がした。「私ね、あてもなく待ちつづけているのがたまらなくなってきたの。そして、それは私だけに任された、私だけの気持ちなんだわ。その曖昧な、不安定な気持ちを、なにかをはっきりさせて、私、始末してやりたいだけなの。……」

「探したって、大島になんかいやしないよ。金光さまのお告げでは、西の方角だよ」

「いなかったら、いないことをたしかめるの。——でも、私は、探しているつもりでもないのよ、ほんとは。あの人のことなんかどうでもいいわ。私は、私のなかのあの人をもう一度見直すいろいろな手がかりがほしいだけなの。私は、私のことだけでいっぱい。ほかのことか、あとのことなんかは、考えていないの」

「……電報もこなかったね」母はいった。もし留守に浩一が帰ったなら、早速ここに電報を打ってくれるよう巡査に頼んできた、とさと子は語っていたのである。……母には、大島行きをとめる根拠は、なにもなかった。

でも、家を棄てるというまでの決心もないらしいし、ともかく悪いのは浩一なのだから、留守に帰ってきて野宿しようと自業自得なのだ。気のすむようにさせてやって、それでさと子がもとの鞘におさまるならそれでいい。なんてったって、子供がいるんだもの。

ただ、母はその夜ひとつの不吉を予感していた。さと子が髪に気を使うでもなく、肌の手入れをするでもなく、一度も鏡を見ずに床にはいったことが、この中老の女の心に小さな傷痕のように残ったのである。女が、化粧や身じまいにかまわなくなったときは危険なのだ、と彼女はため息をついて語った。ふつう、死にぎわだってちゃんとお化粧をするのが女でございますし、鏡をみないようじゃ、女としてもう人間じゃございません。どっかいちばん大切なところがのっぺらして、そのときはもう、どこかまともでなくなってしまっていたんでございますよ。

さと子は、もともと寝《やす》むときの身支度に時間のかかる娘だったという。杉並の家で私にそれを話してくれた老婆は、一つの哲学をもっていたのである。彼女によると、男と女とはおなじ人間でも、牛と馬ほどにできかたのちがった動物である。だから男が鏡を忘れることはなんでもない。女が鏡を忘れるということは、そういう形式であたえられている彼女の人間としての生命、それを暗黙のうちに拒否したことと同じい。つまり女は、そのことによって、単に「女」であるばかりか、「人間」であることまでを喪失して、人間としての不具になるのである。

だから、彼女にとってそれは重大な心配ごとであった。翌る日、伊東発八時三十分の船便のため家を出ようとする娘に、当座の費用として二万円の金を渡したあと、うるさいほど化粧にもっと気をくばれと彼女が念を押したのはそのためなのであった。

「うるさいなあ」ふしょうぶしょう玄関の式台に大きな手提げ袋を置き、プリントのワンピースのさと子は唇を塗り直しながらいった。「でも、こうしてうんと綺麗にして、だれかに見染められるのも悪かないわ」

「なにをいってるんだい、もうあんたは売却ずみだよ。子供が二人もいるじゃないか」

「そうかしらね」さと子は肩をすくめた。「私、じゃあ、もうずっとあの人とは離れられないのかしら？」

「いくら気が弱くてぐずな人でもねえ」そしてふと母は思いついた。「浩一さん、きっと一日たち、二日たつうちに、だんだん帰る度胸がなくなってうじうじしてんじゃないのかねえ、どっかで」

「まさか、いくらぐずでも」と、さと子はいった。そのさと子が、昨日よりはよほど表情にやわらかさを取り戻しているのを母はよろこばしげに眺めた。調子にのっていった。「たかがあんな男の一人ぐらい、いいようにうまく扱いきれないなんて女の恥だよ。これと思った男なら自分の自由にして、一生自分にしばりつけておくのが女の腕っていうもんだよ」

「……すごいわねえ」正直にさと子は感嘆した。登志子を負ぶったまま、黒ビニールの手提げ袋を抱えあげた。

能里子が元気に門のほうに走り出した。

「送らないよ」と、母はいった。もう、他家の娘なのだ。しかし、それがいけなかったのかもしれない、とあとになってくりかえし彼女は思いつづけることになった。

大島では、さと子はほとんど宿から出歩かなかったらしい。身がるな新婚当時とはことなり、乳呑み児を含めた子供が二人もいる。とうてい火口を見にのぼるのも無理であったのだろう。

彼女はでも、二日つづけて島の東側の、自然動物公園でだけ遊んでいる。

その冬、折りをみて私は大島にまで行ってみたが、さと子の泊った岡田港のO旅館で、幸運にも彼女にやとわれたという娘と直接話すことができた。豊かな髪をいわゆる催促髷に結ったアンコといわれる若い娘の一人で、さと子はガイドより子供の世話のために彼女についてきてもらったものらしい。

彼女はさと子のことをよく憶えていた。さと子は二日で千円くれ、なかなか金ばなれのよかった客の一人だった。子供は二人とも色が白く、たいそう可愛く、おとなしかった。「あれ、七ヵ月だったんですってね、一年くらいの赤ちゃんかと思っちゃった。大きくって」と、娘はいった。

とてもいい天気だった。バスからは富士がくっきり見え、自然動物公園の緑の芝はかがやくような光をはじいていた。「いっぺんに真夏のとこにきちゃったみたいね」木かげを探しながら、さと子は機嫌よく白い歯を光らせて笑った。

公園はなだらかに海に向ってうねりながら低くなって、古い熔岩がそこここに苔や木を生やして露出している。一本の細いユーカリの白っぽい幹を背後に、亜熱帯性の竜舌蘭やサボテン類を前にして太い木で組まれた休憩所がある。さと子はそこにおしめやミルクを入れた手提げを置き、芝生に脚を投げ出して坐っていた。能里子をつれたガイドの娘は、アンコの手拭いをその人なつっこい少女の頭にのせてやったりして、のんびりと二日間の昼を猿や狐や孔雀の檻をみてすごした。

「そのほかには行かなかったの？」と、私は訊いた。

「ええ。そこに行くのだけでも、すこし面倒みたいでしたよ、あの奥さん」と、その色白でくりくりとした瞳の、鼻の低い紺飛白《こんがすり》の娘は答えた。「ときどき、宿ではなにかぼんやりとしてたね。くたびれきったみたいに、こう横に坐っちゃって、海をながめててね」

「……憂鬱そうだったのかい」

「いいえ、それはそうじゃないんです。公園なんかでは、とってもたのしそうでしたよ。大きいほうの娘さんと、きゃっきゃっいって追いかけっこをしたり……、あそこは、低くなったり高くなったりしててね、それで奥さんもよくころんでねえ。そうそう、一度鹿に頬っぺた舐められたって、悲鳴をあげたりして。あすこは、放し飼いにしてあるんですよ、鹿なんかは」

「だれかを探しているように見えなかった？」

「そうねえ、ただ面白そうに、すっかりたのしそうに遊んでいただけだったね。宿の外では。……だれかを探しに島に来ていたんですか、あの奥さん」

私は、娘の話を聞きながら空想した。真青な夏空のしたにひろがるゆるい起伏のある緑の芝。ほとんど人気がなく、管理人もいず、鹿や鵞鳥などを放し飼いにしている無料のその公園で、ただ無心に二人の子供と遊びたわむれている若い母——さと子。さと子自身の手記によれば、その情景はこのように書かれている。

『……私には、その小舎の蔭から、芝の窪みから、檳榔樹《ビンロウジュ》のかげから、ふいに夫があらわれてきはしないか、という気がしていました。でも、私は思ったのです。そこにあらわれてくるような気のする夫の姿は、三十二歳の夫、くたびれた紺背広や銀鼠のギャバジンのズボンの、あのいまの夫ではなく、まだ子供もない昔の、結婚したての夫の姿でしかない。いまの夫、それは私にとり、はっきりと「どこにもいない」人になっていました。

そして、突然私は気づいたのです。私は、いまの夫、生きているあの人を愛することができない。なぜなら、それが生きているから。……過去の記憶の中に払い落され、一つの古めかしい肖像写真のように定着してしまった夫のほか、私には愛することができない。

へんな言い方なのですが、私はそのことを感じました。私のほしかったのは「愛」ではなく、ただの安定だったのかも知れません。私は夢中で子供とあそびました。なるべく、あたりをみないようにしてました。もし、ひょっこりと現実の夫があらわれたら、私は死人が歩くのをみるように恐怖するだろう、と思いました。もう、私は生きているあの人を、はっきりと恐れはじめていました……』

「あくる日も、同じそこに行ったんですよ。いろいろ見てまわるのは面倒だし、いやだと奥さんもいうし、上のお子さんが、もう一度行くってきかなくって……。でも、あの奥さんがねえ、あんなひどいことをするなんてねえ。……とうとう、みつからなかったんですってね、あの赤ちゃんの……」襟脚のきれいな娘は、眉を寄せ深刻げな表情をつくった。

「さがしたのかな、屍体は」

「三度ぐるぐるってまわって探すのが船の義務なんです。でもみつからなかったっていってましたよ、船の人が。……ねえ、いやなこと」

「そんなことしそうな気配はなかったの？」

「そういやあね、ちょっとこわいような、子供さんにきびしい人でねえ、ときどきすごく冷たい顔をする人だったけどね、でも、あんなに機嫌よくねえ、まるで子供みたいに無邪気にあそんでいて。……ねえ」

その宿の窓からはせまい道をはさみ、藁屋根の人家が二つ三つ並んでいるのが見下ろされて、その向うに海がひろびろとつづいている。渚の岩にあたる日が弱まり、岩の色が黒さをましてくると日暮れだった。そして、闇のなかに白っぽく短い水平線が浮びはじめ、太陽がそこから滑り出すように波の面に金色の光を撒きひろげて、町には朝がくるのだった。五時には、東京からの巡航汽船が港に着く。宿の者は起きて舟着場へと客を出迎えに行かなければならない。初夏の五時は、もう窓が明るかった。

階下に、人びとの起き出す気配がする。さと子は夫と新婚の夜を過ごしたその宿の部屋の中で、刻々と明るくなる桟のあるガラス戸をみつめていた。とうとうこの一晩、睡ることができなかった、とさと子は思った。いまごろ、あの人はもしかしたら、杉並の家に帰ってきているのではないだろうか。どこを歩いているのか。伊東の母の宿に、電報がついていないだろうか。夫は死体か、廃人になってしまったのか。どこかの家の中で、女と一つの蒲団にはいって眠っているのか。

「……死んでいるわ、きっと。あの人」と、彼女は声に出していった。夫は、死んでいるのだ。そうに決まっている。死んでいると思いこむほうが、どんなに心が安まるかわかりゃしない。『まだ死んでいなかったら、むしろ私が殺してやりたい』くらいだ。

さと子は、夫の「死」に、それほど慣れてしまっている自分を感じとった。もう、私には生きているあの人は『要らない。むしろ生きているあの人を想うことがこわい。生きていること、その不たしかさが胸が凍るほどこわい。生きていることがこわい。……』

生きている自分、とさと子は思った。この自分、私は、でも、いったいどうすればいいのかしら。これから、どうやって生きて行けばいいのかしら。

経済的な不安だけではない。彼女は今後、なにを頼りにし、なにに支えられて自分が生きて行くか。その心の拠りどころのようなものをみつけようと努力していた。

不意の夫の失踪、それはたしかに突然の垣根の消失と同じだった。彼女は風通しのよい明るい外気、外光、群衆のひしめきあい、争いあう喧騒と熱気のようなものに充ちた「社会」に、じかに裸の肌で接していた。その中にぽっかりと新しく生れていた。新しいその自分を引きうけねばならなかった。

一人ぼっちで、心細くて、身をかくす蔭も、なんの武器もないのだ。彼女が身をまかせていた「夫」との関係、その安定、毎日の順序、礼儀だの習慣だのは、いまになればどこにも実在しない不たしかなカラクリにすぎない。

確実なものはなにもなかった。さと子は、ただ一つそれが確実だと信じられるもの、つまり、彼女の孤独からまずたしかめ、回復して行かねばと思った。自分は他人たちのだれにも属していず、他人も自分には属していないのだということ、それをはっきりと知ること、そんな正確さから——正確な孤独の確認からはじめねばならない、と彼女は思っていた。

明るい初夏の光を避けた肱のしたで、もはや曖昧ななにごとかを思いながら、さと子はやっと待ちくたびれた睡りのなかに落ちた。階下の柱時計が、かすかに七時を報らせたのを憶えている。すっかり日は昇って、新鮮な陽光が裏の青葉に覆われた山肌を眩く照らしていた。——松尾さと子に、昭和……年六月十六日は、このようにしてやってきたのだった。

そして、今は私は知っている。松尾さと子のうとうとと眠りかけたその日の朝、愛知県蒲郡の海岸で、一人の男がずぶずぶと海に歩み行った。彼は紺サージの背広に銀鼠のズボンをはき、茶いろい靴をはいた姿のまま、渚から沖へとまっすぐに歩き入ったのである。

海はもはや明るかった。彼はすぐ観光客にみつけられて、ある彼と同年輩の近くの宿の主人が、胸まで海に浸ったまま放心して救いあげられた男を引き取った。宿の主人は、おそらくは大学から軍隊にかけての彼の友人だったのではないだろうか、と私は想像する。彼は、それを同じ齢の近くの宿の主人だ、としかいっていない。この男が松尾浩一である。松尾は、ずっとあとになって、ただ一人同室の気の合う皮肉屋の鈴木孝次にだけこれを話した。松尾は発熱して、その後三日間を小さなその蒲郡の宿の一部屋で寝込んでいたのだという。このことは、地方新聞にも、三大新聞の地方版をしらべても出てはいない。私は鈴木からそれを聞いた。でも松尾は、鈴木にもその突飛な行動の理由は告げなかった。

ところでさと子は、大島では土産物はなにひとつ買わなかった。彼女の買い物はただ一つ、登志子のための粉乳の缶一箇だった。

「でも、べつにお金がなかったんじゃないんですよ」と、紺飛白の娘は胸のあたりをさぐりながらいった。「べつにケチってわけでもないんだろうね、これをくれたの。私がハンカチでね、子供さんの口を拭いてあげたら、代りにこれ、ってあの奥さんがくれたの」

手渡された真新しい白い絹ハンカチを私はひろげてみた。自分で縫いつけたのらしい刺繍の水いろと桃いろの絹の糸が、あざやかに片隅に松尾さと子のSとMのイニシャルを描いていた。

橘丸はその日、元町から出航した。乳ケ崎の沖でゆっくりと進路を左にとり、風早崎の白い燈台をあとにまっすぐ東京湾へ向う。

船は快い速度で進んで行く。一等の個室をとったさと子は、せまい部屋の蒸し暑さに耐えきれずに甲板に涼みに出た。左手に三浦半島が間近に見え、女の声が拡声器を通じて城ケ島を紹介していた。それが終り、レコードが歌のある曲を奏でた。

その日もよく晴れ、遠くには夏を想わせる積乱雲が昇っていた。天が高く、ジェット機の航跡が、白く毛糸を引いたように二三本カーヴを描きながら青空に交叉している。デッキにはかなりの風があった。

登志子を抱き、能里子と甲板の中央のベンチに坐ったまま、さと子は船が描く水尾に見入っていた。青黒い海の上に、濁った白い泡が次々と消えながら長くつづいて行く。女の声の説明もおわって、一時はベンチにいっぱいになった人びともそれぞれの船室に下りて行った。約六時間の行程の半ばを船はすぎてしまっている。

左舷に横浜が遠くのぞまれるころから、海面はそろそろ日が翳りはじめてきた。さと子は甲板を去らなかった。さと子は、沈んで行く夕日を眺めるため、ベンチから立ち上ってデッキの金属のてすりに寄って立った。太陽はおどろくほど着実に、速く落ちて行った。水いろの平たく細い雲が、下からの赤い光に映えてそこに残っていた。

能里子がうれしそうに声を張り上げてうたい出した。拡声器からの「赤トンボ」のレコードに合わせているのだった。気づくと、海は急速に夕暮れの色を深めている。平坦な波の肌はもはや光がなく、海面のいちめんの小皺も小暗い影におおわれて見えなかった。

「皆さま、もうすぐ東京港の入口でございます。やがて、左舷前方に見えてまいりますのが、羽田、空港でございます」職業的な口調で、拡声器の女の声がいった。

もうすぐ東京……そうさと子は思った。ふいに『われにかえるよう』な意識がきた。もうすぐ、東京。——

『べつに、特別なきっかけがあったのではなかったのです。』とさと子は、左下方に東京地方裁判所と印刷された殺風景な青罫の便箋に、ペン字で達筆に書き下ろしている。『私は、海を見ていました。ほんとうに、鏡のように静かでした。海は、急に黒ぐろとした夜の感じになってきていました。私は東京へもうすぐ着く、もうすぐあの東京にほうり出されるのだと思いました。

生きて行くことを思いました。私はまだ若い、そう考えてもみました。とにかく、松尾との結婚は失敗だったのだわ。出直しだ。はじめっから。この失敗のことは忘れるのだ。

能里子が寄ってきて、膝にかじりついてきたのはそのころだったでしょうか。ちょっとよろけかけて、私は左手でデッキの金具をつかみました。登志子を右手に抱いていました。きらりと手になにかが光って、私は指の松尾との結婚指輪に気づいたのです。私はそっとそれを抜いて、海へ放りました。お別れ。そう心の中でいったのを憶えています。もう、私とあなたとは縁もゆかりもない他人なのよ。

ほとんど私は無意識にそれをしたのでした。だけど、それがきっと子供を海へ放るなどということをあとでごく自然に私に思いつかせたのです。いま、そう私は思うのです。

けっして計画的なものではございません。夫への復讐とか、そんなことは、つゆ考えませんでした。いくら子供たちに父親の血が、おもかげがあるからといっても、そんな、だれかへの憎しみなどというものは、もう私にはなかった。私は私のことしか考えてなかった。

東京が近づいてくるのを、私は全身で感じとっていました。痛みか恐怖かのように、ひりひりと疼くほどに、それをかんじました。

そのとき、私には、ふいにいっさいを整理してしまいたいような気がしてきたのでした。一人になって、東京に帰りたい。一人ならば死ぬにせよ生きるにせよ、いざとなれば自分ひとりの始末だけをすれば責任がとれてしまう。——思うと、とたんに熱烈に私に一人きりになりたいという願いが湧き上ってきたのでした。そうだ、私はこれをもとめて、あらゆるものからの曖昧な支配をのがれるため、夫をはっきりといない人、死んだ人にしてしまうためにこの旅に出たのだ、自分がひとりだということを回復するために旅に出たのだ。私ははっきりとそう思いました。身がるに、清潔に、体あたりで、私は一人だけで勝手に生きて行きたい。……

私は、一人になりたかったのです。その、私が一人であることをさまたげるすべてのもの、それを始末してしまいたかったのです。

私は海をのぞきこみました。そのとき、デッキにいっせいに明りが灯ったような気がしますが、それははっきりとは憶えていません。海は黒く、とっぷりと暮れかかって、舷側からあふれ出す白い波が、捲くれこむようにしてその黒い海の上をすべって行き、消えて行きます。私はしばらくはぼんやりとそれを見ていました。単調だな、と思いました。

けっして、私は怒り狂っていたり、逆上していたのではございません。でも、冷静であったとも申せません。私は、それをはっきりと意識してはいました。私は慄えていました。子供を海へ放ろう、という考えがおそろしかったのでしょうか。いいえ、私はもっと別なものに――私は、一人きりになって生きる未来を思っての緊張に、全身を占められていたのでした。勇気をもたねば、と私は思いました。私は勇気をもたねば。生きるために。挫けないために。ふたたび死か睡りかのような曖昧な生活の中に、自分自身を見うしなわぬために。もう、なにものにもだまされずに、死ぬまで私が一人きりで生きるために。……』

化粧品店主・駒田兵太郎は、二時半の出航を待っていた元町の土産物屋の二階で、早くもビールとウィスキイを飲みはじめた。化粧品会社の招待旅行で一応湯場から火口までのぼったのだったが、ひどく疲れていて酔いは速くまわった。船に乗ると、だからすぐ涎をたらしながら彼は熟睡した。

目はさめたが、まだ頬の火照りがとれない。円窓の外の海には夕暮れが近づき、右舷を飛魚のように尖った舳先をした淡色の小さな漁船が、幾艘もつづいて沖へと出かけて行く。彼は酔いをさまそうと思い、立ち上った。三等のその畳じきの広い部屋には、よほど船に弱いらしい顔見識りの店主たちの、金盥に顔を突っこんでいる姿もある。こんなところにいちゃあかえって伝染して気分が悪くならあ、と彼は思った。

後部の甲板はわりにひろい。畳にして三十畳か四十畳ほどもあるだろうか。その小男のもと海軍兵曹長は、ひろびろとした海をながめて満悦した。禿げた頭をなでて行く風も涼しく、快かった。

これっぱかりの海で酔うとはねえ。酒の酔いを忘れて、彼は呟いた。製菓会社の名前のある右舷のベンチに坐り、海をぼんやりと眺めていた。いつみても海はよかった。

デッキには人かげがまばらだった。彼の膝の前をぱたぱたと靴音を立ててまだ小さい女の子が走り抜けた。女の子は、白いソックスに赤い革の靴をはいている。可愛い子だ。と思って、その化粧品店主は目であとを追った。女の子は、同じ後甲板の、左舷のデッキに立つ子供を抱いた女へと走り寄って、スカートのその腰にかじりついた。女は笑っていた。ああ、あれがお母さんだな、と彼は思った。

乳呑み児を抱えたその女に、女の子は背のびをして手のキャラメルの箱をさし出し、女はうなずきながら一つをとった。しばらくうつむいていた女は、ふと右手をあげ、海になにかを放りなげた。ふしぎなことをする、と化粧品店主は思った。キャラメルの粒を放りなげたと思ったのである。海に見入りながら、女はしきりに舌尖で上唇をなめつづけた。西日に赤く映えた横顔に、妙になまなましく小さな舌尖が動くさまを、彼はへんにあざやかに記憶している。

胸の子供が泣き出し、女は、細い、よくとおる声で子守り歌を歌いはじめた。暮れかけた涼しい海の上に、その歌は物がなしく甘い感情を禿頭の店主に芽生えさせた。いい風景だな、平和はいい、と、一人うなずきながら店主は聞き、開襟シャツの前をはだけたまま、また快い眠りに引き入られた。案外、子守り歌が効いたのだったかもしれない。

気づくと、デッキにはいっぱいに明りが灯っている。女は、まだ子守り歌をうたっていた。それがぷっつりと途切れた。店主は首をめぐらせて後方の海をながめた。船の周囲はほとんど沿岸の点在する明りにとりまかれて、わずかに左後方の一部の水平線にだけ光がない。船は、東京湾に近く、すでに内海の奥ふかくに入っていた。

首をもとに戻し、そしてその四十五歳の店主は見たのである。女は乳呑み児を胸から離すように抱えあげて、後ろへひと振りしてそれを海へ遠く放りなげた。小男の店主は、まるで叫ぶように円く口をあけていたが、声は音にならなかった。耳もなにも聞かなかった。ただ、赤児の白い産着が音もなく吸いこまれるようにして舷側に消えたさまだけが、ありありと網膜に貼られていた。

「な、なにをするんだ!」

やっと叫べたのは、女が、もう一人の女の子を抱きあげ同じように後ろへひと振りする姿勢をとったときのことであった。彼は突進して、まさに空中に浮きあがろうとした女の子を両手でうまく抱えこんだ。「き、気ィがちがったのか!」と、彼はありったけの声でどなった。

「なにをするんですか? ね、ね、ほっといて下さい」

女は、ひどく冷えびえとした事務的な声音でいい、女の子を奪いかえそうとして追いすがった。二人は争いあい、なにごとかをいいあい、重なりあって木の甲板に倒れた。他の船員や乗客が押し寄せたのはその直後である。

女の子がやっと二人の手から無事にもぎ放され、口汚い叱りがちの罵声を浴びせかける禿げた小男の足もとにうずくまって、女は身をもんで人びとの手を拒否しながら低く泣きつづけた。唇に泡をためてどなりつける小男は真赧な顔をしていて、握りしめた拳や唇がふるえていた。赤い靴の女の子は、船員の腕のなかで失神していた。目がぽかんと空を見つめたまま、蒼ざめた顔のなかで唇がうすくひらいていた。手に、しっかりと十円のキャラメルの箱を握っていた。

4

『私は減刑をねがうためにこれを書くのではありません。私は、ちゃんと意識して登志子を海に放りました。能里子も放ろうといたしました。私は二人の子供を海に捨ててしまうつもりでございました。そのことを認めます。そのことについては、どんな刑でも甘んじて受ける覚悟で居ります。』

松尾さと子は、その手記の終りちかく、このように書き誌している。この部分については、なにひとつ口をさしはさむことはできない。忠実にそれを書きうつそう。

『私はいま、一刻も早く裁かれ、服役したいと願って居ります。その他に望みはございません。夫や母、能里子にも逢いたくはございません。今こうして留置場の厚いコンクリートの壁の中に、ひっそりと世の中から隔離されていることが、私にはとても安らかな、なぜか落着いた気分すらあたえてくれるのです。

夫をべつに憎んでは居りません。あの人のせいだとも思いません。でも、夫のことは、考えられない。あの人のことについては、私は考えるのに疲れました。それはもう、どうでもいいことです。昨日、夫が面会に来てくれましたが、逢いませんでした。夫のことなどは、ほんとにどうでもいい。生きていようが、死んでいようが……、私は、まだ、その考えからは脱け出て居りません。あの人は、私からふいに消えてしまいました。なんの理由らしい理由もなく、突然、いなくなってしまいました。私にはそのことだけで充分です。

それが、この事件に関するあの人の役割りだったのです。消えたことだけが。そして私は、――私がそれからすべてをはじめたのです。罪は私だけです。私には、もはや生きているあの人を想ったりしてみることがなくなってしまった。

罪だと、そう私は私のしたことを思っています。たしかに、私はなにかを間違えたのです。一人きりの人間、だれともなんの関係もない人間、どんなカラクリにも関係のない生きた人間、そんなものはいません。私は、いない人間になろうとしたのでした。それが私の犯した間違い、私の罪なのです。……でも、これらのことがわかってきたときには、もう、登志子は海に呑まれ、私はここに連れてこられていたのでした。

あのときの気持ちというもの――それより、いまの私の耳には、あの登志子の海に落ちたときの、かすかなポッというような水音、その音が、ついて離れません。あの音は、たぶん私の生涯についてまわり、一生、時をさかのぼって私はあの音を聞きつづけることでございましょう。それと、あのときの、全身が硬直してまるで血の気のない化石したような表情で私をみつめていた能里子の顔。私は、子供ごろしの母親です。この手で子供を殺しました。……私は、とりかえしのつかない間違いを、してしまった。私はおそろしい。標準よりずっと成長が速くて、半年で体重が三倍近くもなった、あの手数のいらなかった元気な子を……登志子のことばかりを……、私は苦しい。

でも、私は、このことをわかって頂きたいと存じます。私はいま、生きている人間の一人である自分を、やっと、全身で感じとれて居ります。そして、これこそが、あのとき私の望んでいたものだったのです。……私は、くるしんでいます。これは本当です。あの水音を、いつも私は聞いています。……でも、いまは私は知ったのです。このくるしみこそが私、私ひとりのもの、たしかな私、生きている本当の私なのだと、……』

5

松尾さと子の刑の決まったのは、翌年のまだ春にならぬ季節である。彼女は控訴や上告の手つづきをとらなかった。

浜田とならび、私は氷雨の降る窓に寄った傍聴席に坐っていた。

「――なにも、申し上げることはございません」

裁判長に問われて、さと子は低い、よく透る声で答えた。執行猶予の判決を得ながら、べつに感謝の意をこめた声音ではなかった。写真でみた顔より、さと子はすこし頬の骨がたかく、肥っていた。あるいはむくんでいたのかもしれない。腰のあたりも思ったより幅があった。私が直接にさと子の声を聞いたのはその一度だけである。

私は、さと子がつづいてなにかをいうのではないか、と期待していた。が、彼女はなにもいわなかった。あっけなく閉廷が宣せられて、廷吏につきそわれて彼女は退廷した。蒼白い額のひろい顔は、泣いているのでもなかった。彼女は小柄なわりに肩がひろく、赤く縮れたような髪の毛をしていた。

ああ、また世の中へ出て行くのだな。前列の傍聴席でぞろぞろと腰をあげる。母、夫、そして川口良吉の顔を眺めながら、私はなぜかそれが彼女にとり、いちばん残酷できびしい刑のように感じられた。さと子は薄ぐらく口をあけた大きな扉のなかに消えて行った。背後の扉にいそぐ傍聴席の人びとのあいだで、さと子の母だけが白いハンケチで眼を蔽って、片手で川口良吉につかまったその肩が小刻みにふるえていた。うなだれてあとにつづく松尾浩一は、両手を固く握りしめて、生真面目な、どこか頑固とさえみえる表情で頬を赤くしていた。額にうすく汗をうかべ、一度も顔を上げなかった。

「どうだ、感想でもきいてこないか」浜田がいった。

それまでのこともないのだ、もう、と私は答えた。私は思っていた。この刑の宣告、これがさと子のたどりついたある行動への、人びとの側からの行為であり、そうして、あの水音、それを聞くくるしみ、それがたった一つ彼女の得たものだったのだな。

「お淋しいことだったな、カメラのやつも来てなかった」無遠慮な大声で、浜田は笑った。「ちえっ、執行猶予だなんてうまいことやりゃがって。へっへ、あんときメンスだったってのが効いたんだな」

「えらく寒いな、どうだ一つ、ミイちゃんのとこで熱い珈琲でも飲んで行けや。へっへ、熱くしてくれるぜえ」

新聞社の旗のついた車に乗り、浜田はまだ外套の襟を立てたままでいった。

「寒いねえ」と、私も答えた。「早くかえらねえと、デスクがうるさくてな」

「どうせまた区版の手つだいだろ？ 毎日ドブをさらっている感心な少年、とかいうやつ。つまんねえことをしてるよなあ、まったく」と彼はいった。「かまうもんか、行きゃあ用事があるにきまっている。珈琲は飲まなくちゃならない。早くそっちを片づけて元気になってから帰りな」

「そうするかい」

「へっへ」得意の笑いかたで、彼は私にはちきれんばかりに肥ったまるい肩を寄せた。「おい、ところで今日、旦那が来てたな、松尾、浩一とかいうやつ」

私はうなずき、彼は一人でしゃべりつづけた。こまかな水滴で窓は曇り、外を見ることもできない。

「失踪ってのは、どうやら三十代の男の専門だな」と、彼はいった。

「ハマさんは平気なのかい」

「へっへ。ところでおめえはだいじょぶかい？　いくつだっけ。まだ三十をすぎちゃいねえだろう？」

「まだまだ」答えて、ふいに私は気づいた。おれは松尾さと子と同じ年だ。……あの女も、終戦のときは十五だったんだな、と私は思った。あの女も、ある崩壊のなかに生れてきた。

「ええ、たまんねえな、歩いたほうが早いや。おれは歩かあ」浜田はどなるようにそういい、車を停めさせて車道に出た。冷えた雨に顱に皺を寄せて、顔をしかめながら私にいった。「おれは、廻ってくるからな、ミイちゃんに、よろしくいっといてちょうだい」

あの女も、ある崩壊のなかに生れてきた、と私は思っていた。私は三保子のことを考えていたのではなかった。すべての肉親、仲間が、べつの生命をもった他人にすぎぬことを、——そして、自分が「個」であることをしか信じられぬ、爆撃や銃撃や空腹やに育てられた時代、その孤絶の洗礼をうけてわれわれはあたらしく生れ直してきた。

「どうだったの？　公判」と、私がカウンターに肱をつくと、三保子が笑いながらいった。「美人だった？　あの女のひと」

「終ったよ。執行猶予、五年さ」私は、われながら明るい声で答えた。

喫茶店の窓ガラスに顔を寄せて、熱い珈琲を待つあいだを、私はぼんやりと雨の降る新聞社の前の昼下りをながめ下ろしながらすごした。濡れた昆虫のような自動車の間を、たくさんの、さまざまな色彩の傘の男女が黙々と道にあふれ、跳びはねるようにそれが動きながら、果てもなくつづいて行く。私は無言のまま、飽きもせずその絶え間ない人びとの流れを見ていた。

事件は終ったのだ、とにかく、と私は思った。今日にも記録はどこかの埃りだらけの棚に積み上げられ、ひととき明るみに引き出され、私の瞳のなかで生きた事件の人びとも、いまはふたたび闇のなかに、顔も名前もない無数の群衆のなかにまぎれた。ちょうど、その事件が起きる前と同じように。——その、無名の、数知れぬ人びとの海のなかに。

……ふと、私はひっそりと澱んだしずかな海を見ていた。不気味な、爬虫類の肌のようにうねりかがやく海。さと子の見ていた海。私は想像した。黄昏れて行く現実の黒い海に、さと子はなにを見ていたのか。

さと子は、そこに二つの海をみていた、と私は思ってみた。彼女をとりまく海、彼女のなかにある海。外と内との二つの海、外は無数の人びとが争いあい、競りあい、私もまた揉まれている人びとのつくっている社会という海。もう一つは、彼女のなかに沈み、彼女を溺らせようと待ちかまえている彼女ひとりの海。ぽっかりと黒い穴のような口をあけた、彼女ひとりの海。いつ荒れて湧きかえって、その人におそいかかるかも知れぬ人間の二つの海。……

彼女は、人びとの海におびえていた。そして先ず自分だけの部分、他のだれのものでもない部分をもとめて、彼女は自分のなかの海に溺れたのだ。自分だけの領域をさがしその中に降りて行って、苦しみの他には人間にはなにひとつたしかな所有のないことだけをつかんだ……でも、なぜ彼女はあらゆるものと無関係な、一人きりの自分という虚像を護符のように求めたのか。

私は気づいた。その、自分が単独であるということの他には、なにひとつ確実なものはないのだという考え、それこそが、戦時の経験がいつの間にか身に沁みつけたわれわれの唯一つの信仰ではないのか。単独な人間などというものは存在しない。

だが、私はまだ、実在しもしないその「孤絶」に身を置いてのみ自分の安定を回復できるのだという滑稽な習慣、滑稽な呪術から逃れられていない。人びとがばらばらな点でしかなくなり、それぞれが単独に青空とだけ直結していたあの時代を唯一つの故郷として、われわれはまだ今日を生きているのだ。私もまた、あらゆる関係を断ち切り、私ひとりの海に沈んで行こうとするその馬鹿げた執着を忘れることができない。

「なにしてんの」

三保子の声がいった。カウンターの中に坐ったまま、物うげに彼女は頸をそらせ、遠い眼眸で髪を直していた。

店には客がなかった。三保子にはあたらしい青磁いろの丸首のセーターがよく似合っていた。それは、私からの誕生祝いだった。

「ばかみたい。冷めちゃうわよ」

私は、目の前の珈琲が冷めはじめているのに気がつかなかった。薄暗いせまい店内にはラジオからしい小さな音量のジャズがながれている。三保子のなめらかな乳の隆起をみて、冗談をいいながら私は珈琲をすすった。

やがて私は時計を見た。大きく呼吸をした。私は、そろそろデスクに戻らなければならなかった。

〔1958（昭和33）年12月「文學界」初出〕

P+D BOOKS ラインアップ

天使　遠藤周作　●　ユーモアとペーソスに満ちた佳作短篇集

白い手袋の秘密　瀬戸内晴美　●　「女子大生・曲愛玲」を含むデビュー作品集

ゆきてかえらぬ　瀬戸内晴美　●　5人の著名人を描いた珠玉の伝記文学集

愛にはじまる　瀬戸内晴美　●　男女の愛欲と旅をテーマにした短篇集

緑色のバス　小沼 丹　●　日常を愉しむ短篇の名手が描く珠玉の11篇

微笑　近藤啓太郎　●　病魔と闘う妻と献身的に尽くす夫の闘病記

P+D BOOKS ラインアップ

P+D BOOKS ラインアップ

断作戦 古山高麗雄 ●騰越守備隊の生き残りが明かす戦いの真実

龍陵会戦 古山高麗雄 ●勇兵団の生き残りに絶望的な戦闘を取材

ブルジョア・結核患者 芹沢光治良 ●デビュー作を含め著者初期の代表作品集

海の牙 水上 勉 ●水俣病をテーマにした社会派ミステリー

塵の中 和田芳恵 ●女の業を描いた4つの話。直木賞受賞作品集

散るを別れと 野口冨士男 ●伝記と小説の融合を試みた意欲作3篇収録

（お断り）

本書は2000年に筑摩書房より発刊された『山川方夫全集』1～3巻を底本としております。

あきらかに間違いと思われるものについては訂正いたしましたが、基本的には底本にしたがっております。また、一部の固有名詞や難読漢字には編集部で振り仮名を振っています。

本文中には気狂い、労務者、土方人足、ニグロ、女中、矮人、メカケ、百姓、精神耗弱者、情婦、白痴、オシ、ツンボ、混血、盲、ちんば、毛唐、エテ公、娼婦、外人、白ちゃん、黒ちゃん、乞食、不具などの言葉や人種・身分・職業・身体等に関する表現で、現在からみれば、不当、不適切と思われる箇所がありますが、著者に差別的意図のないこと、時代背景と作品価値とを鑑み、著者が故人でもあるため、原文のままにしております。

差別や侮蔑の助長、温存を意図するものでないことをご理解ください。

山川 方夫（やまかわ まさお）
1930（昭和５）年２月25日―1965（昭和40）年2月20日、享年34。東京都出身。「三田文学」の編集者として活躍の傍ら、「演技の果て」「海岸公園」等の作品で芥川賞候補になるも、交通事故に遭い34歳で亡くなる。

P+D BOOKS とは

P+D BOOKS（ピー プラス ディー ブックス）とは
P+Dとはペーパーバックとデジタルの略称です。
後世に受け継がれるべき名作でありながら、現在入手困難となっている作品を、
B6判ペーパーバック書籍と電子書籍を、同時かつ同価格で発売・発信する、
小学館のまったく新しいスタイルのブックレーベルです。

演技の果て・その一年

2024年7月16日　初版第1刷発行

著者　山川方夫
発行人　五十嵐佳世
発行所　株式会社　小学館
〒101-8001
東京都千代田区一ツ橋2-3-1
電話　編集　03-3230-9355
販売　03-5281-3555
印刷所　大日本印刷株式会社
製本所　大日本印刷株式会社
装丁　おおうちおさむ　山田彩純
（ナノナノグラフィックス）

2024 Printed in Japan
ISBN978-4-09-352491-9

P+D BOOKS